『復活の地 I』

ハヤカワ文庫JA

〈JA761〉

復活の地 I

小川一水

早川書房

5409

Cover Direction & Design 岩郷重力＋ **WONDER WORKZ。**
Cover Illustration & Cut 前嶋重機

目次

スーザック・グレイハン少将

同・陸軍参謀本部所属

ジスカンバ・サイテン

同・万民院議員

ヨーシュ・クノロック公爵

レンカ帝国・元老

ネリ・ユーダ

帝都トレンカの少女

ジュロー・シンルージ男爵

帝都トレンカ都令

カクト・ザグラム少将

レンカ帝国・天軍軍令部総長

タムンド・リューガ中将	レンカ帝国・陸軍参謀総長代理
シルド・ノート中尉	グレイハンの副官
シャントラ・ガーベルウェイフ	ダイノン連邦権統国・駐レンカ大使
キュンツ・ヒャウス	同・陸軍情報部中佐。大使館付き武官
シリンダ・グランボルトン	同・惑星科学者

レンカ帝国復興に携わる人々

ハーヴィット・ソレンス少佐
同・天軍軍令部調査部所属

セイオ・ランカベリー
レンカ帝国・ジャルーダ植民地総督府参事

サユカ・シンルージ
スミルの侍女

スミル
レンカ帝国・ハルハナミア内親王

イェーツ・シマック侯爵	レンカ帝国・ジャルーダ植民地総督
キルナ・メルク中佐	ザグラムの副官
アンタイル	聖ナニール寺院の司祭
タンジ・ヘリト	「トレンカ彙報」自由記者
ワショー・グインデル	同上

トーマ州
至ハイダック
クエマル市
レト市
ソーネ川
ホリア市
⑨
ウェルノ
皇
マウンド
⑧
①
②
デッド
ストリート
⑯
ベルタ
トロンカン
官庁街
④
③
ツヴァーク州
⑦
タルベル
プラット
マロック市
ディクラ
西プラット
⑤
サンザ
⑫
タンナウ
タルガマ
南プラット
ロウ・ヒル
⑬
トリバット
ヘイロウ
⑩
ハイ・ヒル
ノーグ市
ラムザン
⑥
トレンカ湾
ロード
ストリート
⑪
バクラフ市
⑮
⑭
帝都トレンカ周辺概略図

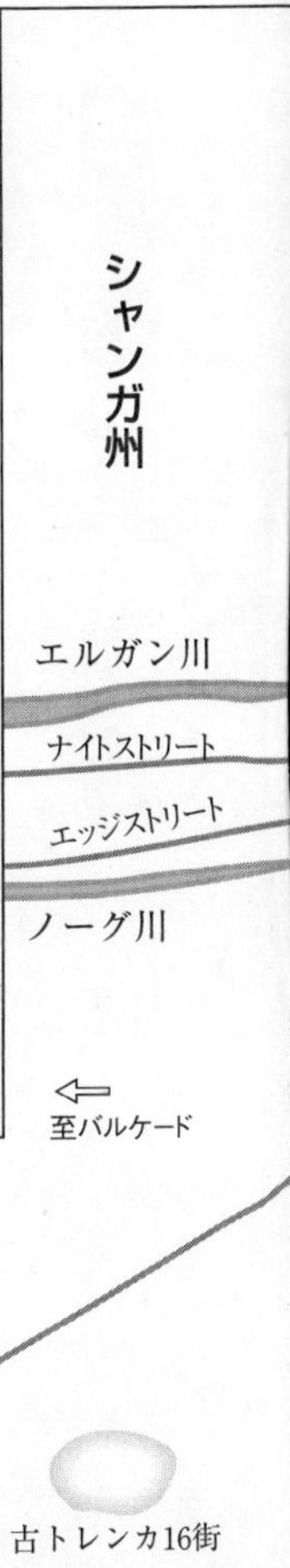

① グノモン宮
② 聖ヤシュバ寺院
③ 新トレンカ大橋
④ 防都門
⑤ 聖ナニール寺院
⑥ トレンカ港
⑦ 帝都庁
⑧ 黒甲の森
(陸軍参謀本部)
⑨ ダイノン大使館
⑩ 陸軍第 2 師団
⑪ 緑鱗離宮
⑫ トレンカ空港
⑬ トレンカ天港
⑭ 帝都防衛海堡
⑮ 陸軍第 4 海戦師団
⑯ 天軍軍令部

復活の地 I

プロローグ

銀杯を満たす旋紋茶《せんもんちゃ》に、かすかなさざなみが起こった。

親しい侍女のサユカ・シンルージと花合わせをしていたスミルは、ヒメノバラの花弁を指につまんだまま、杯に目を凝らした。スミルの手を待っていたサユカもそれに気づいて、テーブルから顔を上げた。

「姫さま」

「ええ」

二人揃って、なだらかに下る牧草地の向こうに目をやった。

東屋《あずまや》の建つ丘のふもとに鏡のように凪《な》いだハイダック湖がある。対岸は切り立った連峰で、いくつかの谷間には溶け残った雪渓が白い姿を見せている。

と、雪渓の一つがゆっくりと滑り落ち始めた。こちらの岸では点在するオーク樹の疎林から小鳥が一斉に舞い上がり、草を食《は》んでいた乳牛たちが顔を上げて、間の抜けた鳴き声を交互に上げた。

ごうっ……と、どこからか低い地鳴りがやってきた。

二人が椅子から腰を上げるより早く、テーブルがかたかたと揺れ始めた。花びらの枚数ごとに並べられたヒメノバラが震えながら滑り、銀杯から細かなしずくがはねた。

「姫さま！」

「あらあら……」

サユカが立ち上がって手を伸ばす。しかしスミルは危険を感じたふうもなく、東屋の床へはらはらと滑り落ちていく花弁をぼんやりと見つめていた。

「姫さま、こちらへ！」

サユカが再三呼びかけてテーブルを回り込む。スミルはまだ事態を理解していないようにゆっくり立ち上がったが、その頃にはもう、揺れは収まりかけていた。

スミルがサユカの手を借りてテーブルの横に立つのと、大地が静けさを取り戻すのとは、ほぼ同時だった。二人は片手をつないだまま、呆けたように湖を見つめていた。

ハイダック庄の風景は元のように穏やかなたたずまいを見せていた。地震の名残をとどめるのは、少し荒れてちりちりと夕日を飛び散らせる湖面と、牧草地を駆けていく牛たちだけだった。

牧夫ロボットがコンプレッサーの静かな唸《うな》りを上げて牛たちを追っていく。それを見ていたスミルがぽつりと言った。

「牛って、本気で走るととても速いのね」

それからテーブルに目をやって銀杯を取り上げた。

「お茶もだめになってしまったわ」

差し出した旋紋茶の杯をサユカが受け取った。緑の液面に垂らしたミルクの渦を最後まで崩さず飲むのが作法とされているその飲み物は、水苔を溶かしたように濁っていた。

スミルは椅子に腰を下ろし、何かを待つようにサユカを見上げた。サユカが少し戸惑って言った。

「侍従長にご下問なさいますか？　今の揺れがなんだったのか……」

「あら、勝ち負けをうやむやにする気？　あと二枚で私の勝ちだったのに」

スミルは床に散らばる薄紅の花弁を指差した。花合わせを続けろと命じているのだ。サユカが物言いたげな顔をする。この地方で地震が起こることは稀《まれ》だ。たいした揺れではなくとも、何かよからぬことの兆しかもしれない。サユカが気にしているのはそれだ。

しかしスミルは、侍女でさえ思い至ったそのことにはまるで気が回らぬように、テーブルに残った花弁を熱心に数えていた。浮世離れした姫だった。

「姫さま、せめて離宮と帝都に無事を知らせるぐらいのことは……」

「構わないわよ、無事なのだから。――無事でなくても、だけど」

サユカが口を閉じた。丘の背後にある離宮の者どもはともかく、帝都トレンカの人間がスミルのことを気にかけているはずがない。気にかけていないからこそ、帝都から一千五百キロも北のこのハイダック庄にスミルを追いやったのだ。

スミルは夜明けの空の色の瞳を細めて面白そうに、あるいは寂しそうに、サユカに微笑みかける。市井の諸事には興味がなくとも、帝国の偉大な高皇家《こうおうけ》における自らの微妙な立場については、身に染みて知っている姫だった。

「さあ、花合わせを続けましょう。私はもう出したわ」

可憐なヒメノバラをつまむ仕草には、まごうかたなき皇族の気品がにじむ。青紫のドレスに包まれた肢体は細くはあってもか弱げではない。並みのレンカ人とはかけ離れた紺の瞳を持ち、同じ色の髪を背の帯まで流し、透き通るような白い頰をしていても、その血筋は疑うべくもない。

備えるものは美しさだけではない。椅子に立てかけた白鞘の佩刀《はいとう》は飾りではない。アメジストの腕輪の揺れる細腕は、レンカ皇家に伝わるリューグ流刀法をすでに極めている。

彼女にないものはただ一つだけ。

生まれの早さ。

今上《きんじょう》カング高皇第四息女にして高皇白翼兵団総帥である、ハルハナミア内親王スミルは、第一親王ヒノクに遅れること八年余にしてこの世に生を受けた。それゆえに他の六名の皇族の陰に立たされ、僻地《へきち》へ封ぜられているのだった。

忘れられた姫は、自分の花弁をそろえてじっと侍女の手を待った。サユカが軽く息を吐き、背を向けた。スミルは咎《とが》めるように言う。

「逃げる気?」

「いいえ。お茶を淹《い》れなおします」

「ありがとう。でも、先にあなたの手を出してくれない?」

「では、僭越ながらこれを」

床からつまみあげた花弁を、サユカはスミルの前に置いた。双方の花びらの数がぴたりと一致した。スミルは描いたように細い眉を寄せる。

「あら……」

「打ち返せますか?」

微笑むと侍女は、東屋のそばに止めてある無蓋《ソフトトップ》の浮行機《ソアラー》に向かった。しばらくテーブルと手の内の花弁を見比べて、スミルは挽回をあきらめた。

両手を天に上げて大きく伸びをした。

「何が起ころうとも——あるいは起こらずとも変わらず、か……」

ハイダック庄を囲む峰々に夕日がかかり、盆地を美しい黄昏の中に沈めていく。ここは帝国の他の地域から隔絶している。外界の嵐はここには及ばない。しかしスミルの手が外界に届くこともない。

静穏なる箱庭。二歳でここへ来て以来、十六年にわたる風波のない年月に、また一夕が加わった。恐らくこの先死ぬまでそんな日々が続くのだろう。たやすく生まれてはたやすく死ぬ塵芥《ちりあくた》のような下々の者に比べれば、それは幸福な生活だ。スミルはいつもそう考えて自分を納得させていた。

それ以下の暮らしや、ましてやそれ以外の暮らしなど思いもつかないから。

「お代わりが入りました」

サユカがソアラーから新しい盆を捧げ持ってきた。それを一杯飲んだらもう帰ろう、とスミルは思った。

離宮に戻って典礼官の講義を受け、遅い晩餐を摂った後、礼拝を適当に済ませてから、スミルは床についた。そして翌早朝、暴力的な轟音に眠りを破られた。

生まれて初めての体験に驚いたスミルは、サユカを呼んで着替えるのももどかしく、絹の寝巻きのままで寝室から飛び出した。回廊を走り、音に近い南側で通用口を押し開けてテラスに出る。近くにいた警士が気づいて、大慌てで駆け寄ってきた。

「殿下、お出ましなさいますな！」

「何事なの？」

「わかりません、しかし知らせは受けておりません！」

警士はスミルを背にかばい、長銃を構えて空を見回す。離宮のあちこちでも警士や侍従たちが騒いでいるようだが、暁天を覆う轟音にかき消されてよく聞こえない。出し抜けに背中をどん！　と押されたので振り返ると、サユカが引きつった顔でしがみついていた。感心なことにこんな時でも侍女の務めを果たすつもりらしく、片手にスミルの衣服を持っていた。それも使者に謁見する際などにまとう、身の丈より裾の長い儀典袍《ぎてんほう》だ。

「私を朝食会にでも出す気？」

「お寝巻《ねま》のままですよ！　これならおみ足まで隠れますから、早く中でお着けに！」

「ありがとう、気が利くわね。でもここでいいから」

スミルは夜会ドレスをいかめしくしたような儀典袍を手に取って、素早く袖を通した。言っても無駄だと思ったのか、サユカもその場で着付けを手伝った。

サユカの焦りは故なきものではない。ハイダック庄を囲むのは山々という地理的な障壁だけではない。ここは不可侵の権威に守られた、皇室が直轄する天領だ。人車のみならず宇宙空間を飛翔する天船ですら、離宮からの可視範囲を通ることを禁じられているはずなのだ。

にもかかわらず音がするということは、賊か。

袖先や襟を合わせながら、スミルは周囲を見回す。離宮の四方はブナのうっそうとした梢に守られていて視界が利かないが、南の方向には昨夕サユカと遊んだ丘の頂が見えている。あそこの東屋なら音の源を探せるかもしれない。

しかし、その考えを実行に移す必要はなかった。

突如轟音が高まり、スミルはそちらを振り向いた。東の森の上に獲物を狙うハヤブサのような姿が浮いていた。大きく広げた可変翼を傾けてこちらへ旋回する。白色のソアラーだ。それも有蓋《ハードトップ》の、武骨な戦闘機！

ばらばらと走ってきた警士たちが、スミルの周りにぐるりと円陣を作って銃を構えた。

「殿下をお守り参らせよ！」

「待ちなさい」

叫んだ警士の長を制して、スミルはつぶやいた。

「撃ってはいけないわ。あれは三九式ソアラー――天軍の機体よ」

「天軍……白翼兵団ですか？」

「ええ。間違いないわ」

うなずいたスミルに、サユカが不安げなまなざしを向ける。

「でも、姫さまは天軍とはあまりご縁が……」

「一度、閲兵しただけね。総帥の位も名目だけのもの。わかっているわ、でも撃たないで」

スミルの落ち着いた態度を見て、警士たちはおずおずと銃口を頭上に上げた。スミルは数歩前に進み出る。

本当のところ、味方だという確信があるわけではなかった。天軍は二年前に新設されたばかりの兵団だ。高皇の大纛《たいとう》を仰ぐレンカ国軍の一翼だとはいえ、その性状はまだどのようなものか知れない。歴史ある陸軍に比べれば烏合《うごう》の衆だという世評もある。

しかし、だからこそスミルは恐れなかった。陸軍は惑星レンカ統一のために先帝の時代から外征と殺戮を強行し、つい三年前にも南方のジャルーダ王国を滅ぼして二百五十万の卑族民を虐殺した、血に飢えた集団だ。対して天軍はまだ一度も実戦に臨んだことがない。将来は宇宙へ出て列強諸国に相対することを期待されているが、今の段階では赤子も同然の勢力だ。お飾りの総帥が据えられたのは、お飾りの軍だからなのだ。

たとえ反旗を翻したのだとしても、そんな者たちが大逆を犯してもなんの意味もない。帝都にいる陸軍の総帥を狙うほうがよほど理にかなっている――そのように考えて、スミルは見守ることを選んだのだ。

白いソアラーはもう離宮の庭園にまで入っていた。轟音とともに直下に叩きつけられる烈風を浴びて、春の花の咲き乱れる花壇が土ごと吹き飛ばされる。スミルも腕で顔をかばう。そしてあることに気がついた。

純白のはずの天軍の機体が、松明《たいまつ》をこすり付けられたようにあちこち黒くすすけている。まさか戦闘をしてきたのだろうか？　スミルは身震いした。

しかし、今さら逃げ出すこともできない。精一杯気を張って見つめ続けた。

ソアラーは二十メートルほど先のサクラソウの花壇に降着した。ハヤブサの足そっくりのギアがゆっくりと縮み、鋭角的に突き出した機首が地面近くまで垂れ下がった。

キャノピーが持ち上がり、前後に並んだ席で二人の人物が立ち上がった。

後ろの操縦席の男は群青の天軍制服を身に着けた、黒い髪の士官だ。

もう一人が奇妙だった。茶色と赤の奇妙なまだらのチョッキに黒いインバネスを重ねた、鉄灰色の髪の若い男だった。

軍人には見えない。というより、チョッキとインバネスは政府の役人が好んで身に着ける服装だ。よく見れば、チョッキを葦《あし》の穂のブローチで留めている。それは帝国高等文官の紋章だから役人に間違いない。しかし、役人がなぜ戦闘機に？

いぶかるスミルの前で二人は降り立ち、十歩ほど先までやってきた。こちらの警戒の様子からスミルの身分をうすうす悟ったのだろう。黒髪の士官が地に片膝をつき、スミルの顔を見ないようにして言った。

「火急の用向きにつき、ご無礼なにとぞご容赦願います。小官は高皇白翼兵団軍令部調査部所属、ハーヴィット・ソレンスと申す者、少佐の位を賜《たまわ》っております。帝都皇宮より急ぎまかりこしました。恐れながらハルハナミア内親王殿下に御謁見賜りたく願い奉ります」

時と場所さえわきまえれば非の打ち所のない口上だと言えた。いかめしい語句を連ねながら口調は落ち着いた柔らかなもので、態度も申し分ない。少なくとも賊や反逆者ではないようだ。

スミルは誰かがその頼みを許可するのを待った。許可が下りるまでは、たとえその言葉が直接スミルの耳に入っていても、この士官はまだスミルと会っていないことになるからだ。

だが、口を開く者はいなかった。この場にいるのは離宮の下仕えにすぎない警士と侍女だけで、許可できるのは侍従長や典礼官などの人々なのだ。その彼らはどこにいるのか。呆首を回したスミルは、回廊のガラス壁の向こうにいくつもの青ざめた顔を見出した。呆れるとともに怒りを覚える。皇族を闖入者《ちんにゅうしゃ》の矢面に立たせたまま自分たちだけ見物を決め込むとは。いくらスミルが中央にもてあまされた皇族だからといって冷たいにも程がある。

大きくため息をつくと、そんなことをしていいのかどうかもよくわからないまま、スミルは言った。

「私が内親王です。直言許すゆえ、私の眠りを侵した理由を説明なさい」

「ありがたき幸せ。内親王殿下の宸襟《しんきん》を悩まし奉ったこと、重ねてお詫び申し上げます」

早く事情を聞きたいのだがソレンスはあくまでも礼儀を保とうとする。自分がいかに実際的でない世界に生きているのかをつくづく感じつつ、スミルは尋ねた。

「『火急の用件』で『急ぎ』やってくるとは、大層なあわてようですね。一体皇宮で何が起こったというのです。なぜ天軍がその知らせを携えてきたのです？　宮内府や政府からは何の知らせも届いていませんよ」

「届くわけがない、宮内府も政府も大混乱だ」

スミルは不思議な生き物でも見るように、そう言ったもう一人の男を見つめた。彼女が一度たりとも聞いたことのない言葉遣いだった。

サユカの顔色が変わり、警士が一斉に銃を男に向けたことで、何かとんでもない行為が行われたのだと気づいた。そういえば男は表情を隠す黒いデータグラスを外そうともしていない。それどころか皇族を目の前にしているというのに、立ったままだ。

警士長が鋭く叱責する。

「控えよ、内親王殿下の御前なるぞ！」

「直言許すと言われた。益体《やくたい》もない宮廷儀礼で時間を浪費している余裕はない。本題をしゃべらせろ」

男は信じられないほどの傲慢さで言い放ったが、それでもさすがに無礼がすぎたと思ったのか、付け足しのように短く名乗った。

「セイオ・ランカベリーだ。ジャルーダ総督府参事、いや、総督代理だ」

「ジャルーダ総督代理……?」

スミルはランカベリーの無礼を咎めることも忘れてつぶやいた。その地名はレンカ帝国が三年前に占領した——政府の表現を借りれば「鎮撫《ちんぶ》」した——植民地のことだ。

「そのような者がなぜここに? 総督本人は?」

「閣下は亡くなった。つい——」

データグラスに軽く手をやる。時間を見たらしい。

「——つい十四時間ほど前のことだ。理由はソアラーの着陸事故。おれは閣下に同行していて、あの方の死の間際に総督位を委譲された。口頭でのことだし、任官の詔勅《しょうちょく》も受けていないから、差し当たり代理を名乗っている」

「亡くなった……ですって。一体何が」

「国会議事堂のエアサイトに着陸する瞬間に揺れを食らったんだ。エアサイトだけではなく議事堂そのものも崩壊した。貴族院と万民院の議員はほぼ全滅だ。閣僚も七割がた行方が知れない。レンカ政府は現在瀕死の状態だ。だからここへ連絡が来ていないんだ」

恐るべき悲劇の幕を少しずつ巻き上げるようなランカベリーの言葉を、スミルは信じることができない。半ば笑い、半ば怒ったような顔で、叩きつけるように言う。

「政府が瀕死? なぜそんなことに!」

「わからない。だが厳然とした事実だ。確かなのは百二十年も使われていたあの重厚な議事堂を一瞬で破壊するような地震が、帝都トレンカ全域を襲ったということだけだ」

「帝都……全域」

「まさか、昨日のあの地震が」

サユカのつぶやくような言葉で、スミルも思い当たる。地震のめったにないハイダック圧を揺さぶるほどの地異——しかも、千五百キロを隔てて。震源地での揺れは想像を絶するものだったに違いない。

ランカベリーは淡々と続けた。

「誇張ではない、あれは未曾有の大変事だった。議事堂が崩壊してからおれも逃げ惑った。孤星時代以前の占王の塔が真ん中から折れた。大ヤシュバ寺院の伽藍《がらん》も抜けた。防都門は瓦礫《がれき》の山だ。中央諸官衙《かんが》は壊滅だ。下町でもナイトストリートの敷石は死体に覆われてもう見えない。西プラットの繁華街とロウ・ヒルの住宅街は火の海だ。ネーダ川は血であふれている。カンザ橋、エルガン橋、新旧のトレンカ大橋もみな落ちた。トレンカ港、トレンカ天港、鉄道網、道路網もズタズタだ。——原形をとどめているのは聖ナニール寺院ぐらいのものか。そこも死体と避難民であふれ返っている」

「見てきたようなことを！」

たまりかねて——信じたくない一心で——スミルは叫んだ。ランカベリーの答えは差し出した腕だった。

「この足で廻ってきた。この腕で何人も看取った」

彼の衣服を染めていたまだらは、乾いて茶色くなった血だった。

スミルは化け物に出会ったように頬を引きつらせてランカベリーを凝視する。聞いただけでも血が凍るような、そんな地獄を歩いてきたこの男は、なぜ平然と立っていられるのか。

色の濃いデータグラスの向こうに、かすかに瞳が透けて見えた。スミルは、彼のどの言葉よりも確かなものをそこに見た。涙も涸れ果てたように充血しきって、底知れぬほど深い疲労とやり場のない怒りがたたえられていた。けれども、それらの凶暴な情念をねじ伏せるだけの強靭きわまりない意志の光も、そこにあった。

すべてを目の当たりにしていなくて、このような目になれるものか。寸毫《すんごう》も疑う余地なく、この男は事実を語っている。

スミルは声を失った。

唇をわなわな震わせ始めたスミルのかたわらで、サユカが勇気を振り絞るように言った。

「う……ランカベリー総督代理。宮殿は――今上のおわしますトレンカ宮殿はどうなったのです？」

「潰《つい》えた」

最も短い表現で、最も衝撃的な一言をランカベリーは告げた。

「皇宮の城塔は議事堂から見えなくなっていた。宮内府がかろうじて残っていて、宮殿の崩壊と皇族方の死亡を確認した。今上のお姿も目下のところ見えていない」

スミルに肉親の死を告げる言葉をも、ランカベリーは直截《ちょくせつ》に言ってのけた。もはや誰も、同行者のソレンスでさえも、口を挟まない。

「つまりこういうことだ。帝国の中枢には巨大な真空地帯ができた。元老の中でただ一人残ったヨーシュ・クノロック公が八方手を尽くしてまつりごとを執れる人間を探し、見つかった中で最も位が高かったのがジャルーダ総督代理だった。おれのことだ」

ランカベリーはそこまで言うと、ちらりとソレンスに目をやり、静かに結んだ。

「だから、おれがここに来た」

ランカベリーは突然片膝を地に着き、今までの態度とは打って変わって厳粛な口調で述べた。

「臣、セイオ・ランカベリー、元老ヨーシュ・クノロック公爵に口上を託され、これをハルハナミア内親王殿下に奏上致す。すなわち、帝都トレンカは壊滅し、今上のお姿は知れず、宮様方もことごとくお隠れあそばされしゆえ、殿下におかれては急ぎ帝都にお還り給うことを願い奉る。帝都五百万の都民、ひいてはレンカ帝国八千万の臣民のため、摂政位に就かれて帝都復興の詔勅を発せられよ」

「私が——摂政に？」

呆然とつぶやいたスミルは、データグラスから覗くランカベリーの眼差しの強さに、思い知った。

迷う暇も、ためらう暇も与えられてはいないのだ。

「時間はないんだ。今この瞬間にも数万の人が死につつある。打ち砕かれ、焼かれているあの町で……」

セイオが南の空を見る。スミルもそちらを見た。はるかに遠い帝都トレンカの方角を。

セイオが十二時間にわたって彷徨《さまよ》い歩いてきた地獄を。

第一章

王紀四四〇年五月四四日二三時〇〇分星間電
発・駐レンカ帝国カンガータ州領事館　スリンゴリック領事
宛・ダイノン連邦権統国連邦政府外務省
「複数の国内情報筋に拠《よ》れば今夕帝都トレンカ方面に大地震を含む激甚なる災害あり、之に続き大火及び津波を発し帝都は猛炎浸水に覆《おおわ》るれば、死傷十万とも二十万とも定むる能《あた》わず。在帝都我大使館へは二時間来再三問い合わせ中なるも回電全くなし、レンカ政府並びに皇室も明瞭なる応答なしにつき委細不明なり。本国政府に於かれては大至急調査救難の人員物品を手配されたし。詳報後電」

ソアラーの離船はかろうじて日没に間に合った。太陽アマルテが西方のバルケード連峰に近づき、エルガン川河口平野に伸びた山の影が帝都トレンカに近づいていくのを、セイオは機上から見ることになった。

顔には焦りを出さなかったが、無意識のうちに指先で窓の縁を叩いていた。コツコツという音が注意を引いたらしく、隣席の初老の男が声をかけた。

「急がずともよいさ。どうせ議会はいつも通りの野次合戦、わしらの出番もまだまだ先だろうよ」

半白の豊かな髪をきれいに撫で付けた、日焼けしたいかつい顔立ちの男だ。がっしりした肩にまとったインバネスを、帝国高等文官の身分を示す葦《あし》の穂をかたどったブローチで留めている。セイオの上司に当たるイェーツ・シマック総督である。歳は五十八歳。

セイオは振り向き、生真面目に答えた。

「遅刻は非難の理由を与えることになります。先戦派のサイテン議員は私たち和平派の隙を虎視眈々《こしたんたん》とうかがっています」

「今日に限ってはその心配はいらん」

シマックは自信ありげにうなずいた。セイオは聞き返す。

「なぜですか」

「与党の後継首班指名があるからだ。いくらサイテンがわしらを目の仇《かたき》にしているといっても、自分が首相の座を射止められるかどうかというときに構っている余裕はないだろうさ。——もっとも、奴が首相になるなんてことは、どう転んでもありえないだろうがな」

「そうでしょうか。先戦派の議会勢力はかなりのものですが……」

「いや、奴は首相になれん。なぜなら、わしが邪魔をするからだ」

セイオは軽く驚いて黒のデータグラスを持ち上げた。銀色の瞳で上司を見つめる。

シマックは年に似合わぬいたずら小僧のような笑みを浮かべて言った。

「この三年でわしは——わしとおまえは、ジャルーダの反乱を十分の一に減らした。それも一発の銃弾も撃たずにな。今回の議会報告では和平派の成果として大いにアピールしてやる。後継首班指名はその後、議会閉会の時だ。中立派の七割は取り込んでみせるよ」

「でしたら、やはりサイテン議員はこちらを警戒しているのでは」

「しとりゃせんて。奴や与党の人間は議会工作しか頭にない。現場で被占領民とやり合っているわしらに議会をひっくり返す力などないと思っとる。そこが狙い目なのさ」

セイオはまじまじとシマックを見つめ、探るように言った。

「閣下」

「ん？」

「まさか、そのためにわざと遅刻したのではないでしょうね。舞台効果を狙って」

「とんでもない！　船での大騒ぎをわしが起こしたとでも言うのか？　上陸したがる連中

をなだめるのにわしがどんなに苦労したか、見ていただろう？」

シマックは両手を広げて笑ったが、セイオは内心でどうだか、と毒づいた。

シマックは総督府船アマルテ・フレイヤで、職員を抑えるよりはむしろ煽《あお》るほうに回っていた。港湾事務所から乗り込んできた検疫官が、南方のジャルーダから未知の病原菌を持ち込んでいないか調べようとしたので、シマックは船内には病原菌など一匹たりとも乗せていないと断言して、検疫を回避しようとしたのだ。

しかしそんな無理が通るわけはなかった。かつて大陸遠征に出た征旅大総督の皇族でさえ、帰国時にはおとなしく検疫を受けたのだ。押し問答の末、シマックは二十七項目の検疫検査を必要最低限の六項目にまで減らさせ、代わりに検疫官は職員の即時上陸を禁じて十二時間の観察期間を設定した。それで手打ちとなった。

南方だからといってジャルーダを瘴癘《しょうれい》の地扱いするのは差別である、というのがシマックの論拠である。彼は元内務省衛生局官僚で、その経験に基づいて言ったのだから一応の説得力はある。だが三年の任期を終えてようやく本土に戻ってきた総督府職員からは不評だった。二十七種の検査を受けてでも早く家に戻りたい、というのが彼らの本音だった。

そんなごたごたを、シマックが議会に「遅刻するための」言い訳として引き起こしたと考えるのは、うがちすぎだろうか。

そんなことはない、とセイオは思った。

ジャルーダ総督イェーツ・シマック侯爵は稀代の才人である。二十代の衛生局官僚だった頃、四十万人の陸軍大陸遠征軍に大掛かりな防疫処置を実施したことを手始めに、衛生局のダイノン連邦権統国連絡事務所長、地方のカンガータ州参事、帝国天路副総裁などの職を次々に経て、見事な事務交渉手腕を認められ、三年前に五十五歳にしてジャルーダ総督の地位に就いた。

その性格は剛直かつ熱誠である。傲慢の代名詞のような陸軍軍人たちが、軍事行動に差し支えるとして反対したにもかかわらず、一歩も引かずに予防接種を射たせたり、レンカ帝国の仮想敵国の一つであるサランガナン専領国が不当な天路権の抹消を迫ってきたときには、レンカの国営宇宙旅客会社、帝国天路の代表として交渉に臨み、激論一週間にしてサ国経由での天路以遠権を認めさせたりした。交渉に当たったサ国側代表団の一人は、「シマック侯が国士にあらざれば、レンカに国士あらず」とまで本国に報告したという。国を思う心では右に出る者がないと評したのだ。

しかしながら豪腕を振るうばかりの男ではない。彼には義俠心に富む側面もある。道理のない人とみればいかに高位の相手でも直言論破し、逆に国に益すると判断すれば部外の人であろうと外国人であろうと配下に取り立て、また無官の相手に対しても礼を尽くした。総督府へのジャルーダ王族招請はその一例である。被占領民を統治の枢機に迎えるという、帝国では前例のないこの措置によって、彼は三年にわたって武力を用いずに占領地を治めることに成功したのだ。

ゆえに多くの人がシマックを名総督として慕った。しかしそれは犠牲を払って得た信頼だった。彼が払った犠牲とは、中央の不興を買ったことである。

三週間前、総督府の置かれたジャルーダの旧王都アルチャナに一通の電文が届いた。それはシマックの総督職を予定より一年早く解くとの知らせだった。先戦派が過半数を占める帝国の現政権は、シマックの和平的な方針が気に入らなかったのだ。

総督とともに職員も一新されることになり、間もなく新しい人員がアマルテ・フレイヤに乗ってやってきた。彼らはセイオや多くの職員の仕事を引き継ぎ、最後にやってくるはずの新総督を迎える準備を整えた。御役御免となったセイオたちを連れて、シマックは帝都へと戻ってきたのだった。

議会報告は任務の締めくくりだ。それでシマックの職務は終了する。しかし彼はその場で解任の意趣返しとばかりに、政権批判を敢行しようとしている。彼が本気で議会をひっくり返す気なら、心理的な効果を高めるためにわざと遅刻するぐらいのことはやるだろう。

それでもいい、とセイオは思った。セイオは三年前に総督府の民政参事になり、シマックに仕えてきた。当時弱冠二十五歳だったセイオにシマックは何かと目をかけてくれ、その人柄に触れるうちにセイオも彼に心服した。シマックが議会で最後のひと暴れをするなら、及ばずながら横から援護射撃などしてやろうと決めた。

それに、セイオも政府の先戦策には不満だった。

データグラスをかけ直して、もう一度窓外を見下ろした。

時刻は午後五時少し前。帝都トレンカは今日も活発に息づいている。アマルテ・フレイヤの停泊するレンカ港は後方に消え、真下にあるのは防潮堤で干拓されたロウ・ヒルの住宅地だ。そろそろ炊事の蒸気が立ち上り始め、学校から帰る子供たちの列が路地を流れている。孤星時代からの歴史ある区域なので、道を歩きながら見ればオークの木枠に白い漆喰を塗った壁の味わい深い町並みなのだが、上空から眺めると小さな家々が軒を重ねるようにして立ち並んでいて、いささか狭苦しい印象がある。

やや北にはプラットの繁華街が広がっている。中でもナイトストリート沿いの西プラット一帯は、古びた家屋と洗練された様式の商業ビルが混在し、若者たちでにぎわう派手な区域だ。

そこが、今日はいつにも増してあふれんばかりの人出だ。休日だっただろうかと考えて、セイオはデータグラスを操作した。五月四四日の花曜日。なるほど、とうなずく。

メイポール祭の日だった。古くから伝わる晩春の祝日。道を埋めた群衆のあちこちに、虫ピンのような小さな塔が見える。小屋ほどの大きさの車台にモミの木を立てて紅白の布や吹流しをつけた山車《だし》だ。木の梢から垂らされた布をつかんで群衆が渦のように回る。きっと屋台や見世物小屋も出ているだろう。

ナイトストリートの東の突き当たりにある聖ナニール寺院も、角ばった武骨な鐘楼《しょうろう》から花を編んだ帯を何本か垂らして、控えめに祭りの装いを表していた。その辺りに住んでいるはずのある人のことを思い浮かべて、彼女も花帯を編むのに加わっただろうか、とセイオは物思いした。

ソアラーは五百メートルほどの高度で北へ進み、エルガン川を越える。帝都を南北に区切る大河だ。西へ伸びる川の水面は夕日に照らされてちりちりとまぶしく輝いている。川を横切る何本もの大橋の少し上流で、尖塔に掲げられた星間通信用のクリスタルがぎらりと屈折光を放った。帝都庁だ。その辺りには他にもクリスタルを備えた高楼がいくつも建っている。高価で巨大なクリスタルを備えることが、大企業ビルの最近の流行なのだ。

回転するクリスタル群の谷間には、うっそうとしたブナの木々を貯えた帝都公園が見える。それらの光景も、ゆっくりと窓外を流れ去っていく。

セイオが乗るアマルテ・フレイヤ搭載の二五式ソアラーは十五年も前に陸軍で使われていたもので、払い下げられてからでさえ八年もの年月を経ている。そろそろ老朽化している上、鳩のようにずんぐりした形態なのでろくにスピードが出ない。望みもしない帝都見物を、セイオは仕方なく続ける。

エルガン川の北岸には新旧二本のトレンカ大橋を渡ったロードストリートとデッドストリートが入り込む。古いほうのロードストリートを巨大な石灰岩のアーチがまたいでいる。

防都門だ。ここからは帝国の政治的中枢区域が始まる。寺院に似た、あるいは寺院そのものを改築した、いかめしい石造りの建物が増える。内務省、逓信省《ていしん》、商工省、窮理省《きゅうり》——下町とは打って変わって直線的に続くロードストリートの終わりにあるのが、四百年前の移民時代に築かれた差し渡し五十メートルの伽藍《がらん》、大ヤシュバ寺院だ。

ソアラーがぐうっと旋回し、一見して森のような区域が視界に入った。皇宮だ。移民時代以来、一度も斧の入ったことがないオークの巨樹に囲まれた、広大な庭園と壮麗な宮殿——しかしその大部分は直接見ることはできない。皇宮上空はたとえ皇族の乗機であっても飛行禁止だ。見えるのは巨樹の梢よりもさらに高い漆黒の鋭角的な角錐——皇室の象徴である占王の塔だけだ。

セイオは視線を上げて西の地平を見、次いで首を回してシマックの向こうの東の地平を見た。西の方角には網の目のように走る道路と鉄路に無数の車が流れ、モザイク状に区切られた街区がはるかな山地まで連なっている。東のトレンカ湾では水上の天港から盛大な水煙を巻き起こして天船が離水していく。今まで見下ろした区域はごく一部でしかない。

帝都トレンカ。東西四十キロ、南北六十キロに及ぶ、五百万の市民が住む広大な街。四百年の間に帝都はここまで膨張した。臣民の力は横溢し、帝国はさらなる版図《はんと》を必要とする、それが先戦派の主張の根幹だ。それ自体はセイオにもわかる。

わからないのは、なぜそこで外征に短絡してしまうのかということだ。他にも方策はあろうに。

「また理屈走ったことを考えておるな」

声をかけられて、セイオは夢から覚めたように瞬きした。先ほどから黙っていたシマックがこちらを見つめていた。

意外にも彼は笑っていなかった。セイオをからかうときは楽しそうに目を細めるのが常なのに。

膝の上で組んだ指に力をこめて、シマックは言った。

「それもよかろう。議会が終わればわしは解任、おまえもどこか別の部署に回される。ゆくゆくは一人前の為政者となるために、国のこと民のことにも思いを至しておかねばならん」

「……心得ています」

「そうかな。わしはおまえに行政実務のなんたるかを徹骨徹髄叩き込んだつもりだが、もっと大事なことを教えるにはまったく時間が足りなかった」

「大事なこととは？」

「公僕の矜持《きょうじ》」

シマックは強い光を宿した目でセイオを見つめた。

「我々は強い力を持つ。指先一つで橋を架け、一万の人を動かし、億の金を集める。しか

し我々は賤業《せんぎょう》に就く者だ。私利はない、私欲は許されん、民意のみに殉じる。この力と目的は時に対立する。臣民の奴隷たることを一瞬刹那たりとも忘れず、なおかつ誇りを持って職務を遂行すること——こいつは難しいぞ」

「閣下はそれを為しえた方です」

「馬鹿を言え」

　鼻を鳴らしてシマックはうそぶいた。

「それをやろうとして三十年かかってもやれなかったのがわしだ。それがわからんとは、やはりおまえはまだまだだ」

　不機嫌そうな顔のシマックを見て、セイオは指摘した。

「私にもわかることがあります」

「なんだ」

「閣下が陛下を忘れることがあっても、民を忘れない方だということ」

　意表を突かれたように目を丸くして、シマックはつぶやいた。

「陛下……ああ、うん。いや忘れておらんぞ」

「そういうことにしておきましょう」

　頬を緩めてセイオは言った。——およそレンカの貴顕高位《きけんこうい》の人にあって、帝国の礎《いしずえ》でもあり国家主権者である今上高皇《きんじょうこうおう》陛下のことを忘れるなどという者が、他にいるだろうか？

セイオの知る限り、今の帝国政府の人間は高皇を至高不可侵のものとして崇《あが》め奉り、それに仕えることで自らの権威を高めようとする者ばかりだ。そうでないというだけで、シマックはセイオの尊敬に値する人物だった。

厳粛な雰囲気がやや崩れたところで、隔壁で区切られた操縦席のパイロットが知らせをよこした。

「閣下、間もなく議事堂サイトに到着します。ご用意を」

「うむ、わかった」

二人はベルトを締めなおして着陸に備えた。セイオはもう一度窓の外を見る。

皇宮は立ち並ぶ建物の向こうに隠れ、代わって二つの尖塔を持つ重厚な造りの建物が見えてきた。尖塔の一つは日時計として扇形の庭園に長い影を落としている。その造りゆえグノモン宮と呼ばれる旧貴族の城園――国会議事堂だ。

かつては塔の影を受けて日時計として働いていた庭園が、今では航空機を受け入れるエアサイトになっていた。日没の近い薄闇の中に色とりどりの灯火が明滅している。セイオはそれを見つめ続けた。

ソアラーが両翼端の水素ターボプロップエンジンを上に向け、垂直降下に移る。地上の光景が近づき、地面に跳ね返ったプロペラ音が騒々しく機内を満たす。

グノモンの塔が目の高さを過ぎ、地上が近づいてきた。まだ着地しないうちにシマックがベルトを外した。セイオはやや呆れて言った。

「結局、急ぐんですか？」

災厄はその瞬間にやってきた。

機体がいきなり持ち上がった。おや、とセイオは窓の外を見た。着陸のやり直しか？

――プロペラはまだ回っていたが、その回転速度は確かに落ちていた。

にもかかわらず機体は一メートルほど浮遊していた。機体だけではない。走っていた誘導員が糸で吊り下げられたように浮いて、足をばたつかせている。セイオは目を疑った。

ほんの二秒ほどで浮遊感はなくなり、今度はズシンと勢いよく機体が接地した。誘導員が地面に叩きつけられ、這いつくばった。かたわらで苦痛のうめき声がし、セイオは振り返った。シマックが通路に倒れて頭を押さえていた。「閣下！」と叫んで助け起こそうとしたが、セイオはまだベルトを外していなかった。

そして、破壊的な衝撃が襲いかかった。

ドン！　ドン！　ドン！　と巨大なハンマーのような打撃が下から機体を叩いた。ゴウッと重々しいとどろきが湧き起こり、跳躍する機体をぐらぐらと横にも揺さぶった。狭い通路に倒れたシマックの体が、左右の座席の間で何度も跳ね返った。セイオは歯噛みして留め具を操作したが、ベルトに張力がかかっていてなかなか外れなかった。そのうちに床が傾き始めて、セイオは背筋が凍りつくような恐怖を覚えた。機体が転倒する！

「上昇しろ！　エンジンを回せ、空に逃げるんだ！」

その指示を待たずにパイロットは出力を上げていた。タービン音が耳をつんざき、プロペラが再び回転を速めていく。

しかし、その処置は裏目に出た。

揚力の発生は間に合わなかった。勢いをつけた左側のプロペラが地面に接触した。すさまじい金属音が上がり、さらに続いてエンジンナセルも地面にぶつかった。経年劣化していた翼の一部で破断が起き、めちゃくちゃに変形したプロペラが回転したまま機の胴体に切り込んだ。

セイオの目の前に、天井を切り裂いて黒い刃が降ってきた。あまりのことにすくみあがり、セイオは目を堅く閉じて頭をかばった。金属が裂ける音、ガラスが砕ける音、柔らかいものが潰れる音が立て続けに起こった。それらに続いて、なにやら土砂崩れのような異様な響きが聞こえた。

その音が収まると、突然、静寂がやってきた。

地響きや震動や、エンジンの唸《うな》りさえもなぜか消え、しゅうしゅうとため息のような音がするのみとなった。セイオはおそるおそる目を開け、少しの間ぼんやりと、目の前のつやつやした白い球体を見つめた。これはなんだろう……？

手を触れるとごろりと回って落ち、中から黒いばさばさしたものが現れた。ひゅっとセイオは息を呑む。パイロットの頭だった。操縦席と客席を区切る薄い隔壁を突き破って、ヘルメットごとセイオの前まで突き出していたのだ。もちろん彼は死亡していた。

我に返ってみると、機内はひどい有様だった。天井はすのこ状に切り裂かれ、暗い空が見えている。プロペラに切られたらしく、シマックのいた座席が縦に真っ二つになっている。彼の姿は見えない。セイオもあと五十センチ横にいたら両断されていたに違いない。しかし奇跡的にセイオは無傷だった。

留め具を操作するといともあっさりベルトは外れた。セイオは叫んだ。

「閣下！　ご無事ですか！」

返事はなかったが、何かが足首をつかんだ。見下ろしたセイオはぎょっとした。恐らく機体の背骨に当たるビーム材だろう。金属の丈夫な棒が通路にはまり込むようにして落ちている。その下にシマックがいた。仰向けになった体にビーム材が乗っている。彼の片手がセイオの足をつかんでいた。

「閣下！」

セイオはシマックを引きずり出そうとした。しかし、ビーム材ががっちりと彼を押さえ込んでいて動かせなかった。押さえ込んでいるというより、押し潰しているのだ。ビーム材はシマックの肩から股間にかけて食い込み、その両端は破損した機体とつながっていて微動だにしない。

素手のセイオ一人ではどうしようもなかった。蒼白な顔のシマックにかがみこんで叫ぶ。

「今助けを呼んできます。閣下、しっかりしてください」

シマックがかろうじてうなずいたのを確かめ、セイオは扉に目をやった。紙のように歪《ゆが》んで開きそうもない。やむを得ず座席の背もたれに登って、天井の破口から機体の上に這い上がった。

人を呼ぼうとして息を吸い、それを声にできずに絶句した。

エアサイトの向こうに石材の巨大な山ができていた。そこにあったはずの議事堂のグノモン塔がなかった。先ほどの土砂崩れのような音の意味がわかった。塔が崩壊した音だったのだ。

それは計り知れない被害を表すものだったが、今のセイオはまだ、その意味にまで考えを巡らせることができなかった。塔がこちらに倒れてこなくてよかった、と三つ子のような安堵を覚えたのみである。

議事堂からエアサイトの管理舎へと目を移す。そこもやや小ぶりな瓦礫《がれき》の山に変わっていた。燃料庫や格納庫も軒並みやられていて、見ている前でどちらも煙を吐き出した。

大半の建物はグノモン宮の棟を改築したものである。それらが残らず崩壊したということは、同時代の他の建物も危ないだろう。

「セイオ……」

シマックのうめき声で我に返る。何度も名を呼ばれたが、セイオは機体から飛び降りた。近くに倒れている誘導員の向こうに、整備用らしいトラクターを見つけたのだ。

トラクターに駆け寄って調べると、頑丈な鉄のバールが見つかった。それを手に戻りかけ、引き返して誘導員の様子を見た。手伝わせようとしたのだ。だが誘導員は気を失っていた。介抱するならシマックのほうが先だし、他の者を呼ぼうにも、エアサイトには見渡す限り誰もいない。

それでも大声で呼んでみた。さらに通信機も使った。セイオのデータグラスにはその機能がある。

「ジャルーダ総督閣下が負傷された！　誰か救助に来てくれ！」

返答はなかった。声は辺りに散っていくばかりで、通信回線は空電に満ちていた。

仕方なく一人で機体に戻りながら胸の中で毒づいた。くそっ、なんてことだ。正規の空港ではないといっても、救急隊や議事堂の衛視ぐらいはいるはずだ。連中は何をしているんだ……。

どこか離れたところで、叫び声やサイレンの音がし始めた。しかし見に行く余裕はない。バール片手に機体によじ登って機内に飛び降りると、やはりため息のような音が続いていたが、その正体を探る前に強い声がかけられた。

「セイオ、聞け！」

「しゃべらないでください、今助けます」

　ビーム材の下にバールを突っ込み、肩をかませて渾身の力で持ち上げる。ギリギリと金属がきしみ、ビーム材がわずかに浮いた。すかさずバールを割れた窓枠に預けて、シマックを座席に引きずり上げた。

　一目見て予想以上の重傷だとわかった。右の肋骨がすべて折れたらしく、右胸が不気味に陥没している。茶のチョッキはたっぷりと血を吸って重く濡れていた。

「もうだめだろう。だから……聞け」

　シマックがぜいぜいとあえぎながら言い、直後に音を立てて血の塊を吐き出した。拭こうとしたセイオの手を振り払い、恐ろしい形相でかすれ声を出す。

「助けが来ないということは……外もひどい様子になっているな？」

「はい、グノモン塔が崩壊しています。他にも多くの建物が」

「なんと、塔が……そうか、それはいよいよ大事《おおごと》だ」

　震えるまぶたを無理やりこじ開けるようにして、シマックはぎらぎら光る目でセイオを見た。

「いいか、心に刻み込め。わしの最期の言葉だ」

「最期だなどと――」

「聞け！　これは帝国の危機だ。わし以外にも大勢の人が死ぬだろう。ありとあらゆる勢力が力と立場を替え、この機に乗じて横暴をほしいままにするだろう。だからおまえは……」

激しく咳き込み、血をまき散らす。「閣下！」と抱き支えるセイオの腕に、万力のような力で指が食い込む。

「おまえは帝国を守れ。国を守り、人を守り、レンカを高く潔い国家に育て上げろ。この国はまだ未熟だ。一歩間違えば腐り果てるか、食い尽くされる。若いおまえが、なんとしてもそれを防ぐのだ！」

セイオはかけられた期待の重さにおののきつつも、心の一方では、シマックが苦痛のあまり事態を測り損ねているのだと思った。ソアラーが落ち、尖塔が崩れた程度のことで帝国がそれほど大きな痛手をこうむるわけがない。

しかしそれを指摘してシマックを困惑させたくはなかった。彼の気力を呼び起こそうと声を大きくする。

「閣下、未熟というなら私こそそうです！　まだあなたに逝かれるわけには参りません！」

「未熟はわかっとる」

不意にシマックは指の力を抜き、胸元に手をやって葦の穂のブローチを外した。突き出されたそれが、セイオの鼻先で震えながらきらきらと輝いた。

「まだ十年は先だと思っとったが……致し方ない、今くれてやろう。セイオ・ランカベリーよ、イェーツ・シマックが汝を帝国高等文官に任じ、ジャルーダ総督位を委譲する。後事を継げ」

「このようなものは無用です！」

「ふふ、意地を張るな。こんなものでも役立つ場合が……」

再びシマックは咳き込む。今度は長い。何度も血を吐き、彼の胸元ばかりかセイオの衣服も赤く染まった。収まったというより血を吐き尽くしたという様子で息を取り戻すと、シマックはびっしりと冷や汗が浮いた顔をほころばせた。

「おまえが無事で何よりだ。しっかりとな」

「閣下……」

シマックは目を閉じた。張っていた首筋が緩んで頭が垂れ、はらりと髪が乱れた。

セイオは呆然と彼を抱いていた。国家を育てろ？　まだ三十にもならない、ただの参事に過ぎないこの自分に？　いまわの言葉にしても、あまりにも急な言いつけだった。彼一人が許しても、他の誰がそれを許すのだ。

それよりも何よりも、心の師とさえ仰いでいた人の唐突な死に、セイオは耐え切れなかった。何をする気も起こらず、腕の中の体が冷たくなっていくのを少しでも防ごうとするかのように、じっと彼を抱いていた。

物音がして、機外から声をかけられても、セイオは動かなかった。

「総督、ご無事ですか！　総督！」

何度かの呼びかけの後、ドアがこじ開けられた。入ってきたのは先ほど倒れていた誘導員だった。自然に息を吹き返したらしい。

パイロットとシマックの死体を見て息を呑み、それからセイオの様子を察して、気ぜわしく一礼した。

「ご不幸お悔やみ申し上げます。あなたは総督の？」

「……部下だ」

「ご無事ですね？　急いで外に出てください」

「なぜだ。閣下を置いていけというのか」

「なら引き出してください。早く、燃料に引火します！」

そう言われて初めて、セイオは先ほどから聞こえていたため息のような音の正体に思い当たった。ソアラーの水素燃料は化石燃料のような刺激臭を持たないのだ。

シマックを焼き捨てるなど論外だった。セイオは気力を取り戻し、誘導員と二人でシマックを運び出した。パイロットは潰れた機首に挟まれていてどうしようもなかった。

ソアラーから離れた地面にシマックを横たえると、セイオはまたしゃがみこみ、彼を見守ろうとした。ところが誘導員は背を向けて走り出した。思わず呼び止める。

「待て、閣下をこのままにしておく気か。きちんとしたところに移動を――」

「何を呑気なことを言っているんです！」

誘導員は立ち止まらずに振り返っただけで、殺気立った叫びを返した。

「あれが目に入らないんですか！　何人埋まっていると思うんです？」

彼が指差したのはグノモン塔の瓦礫だった。その周りにいつのまにか何十人もの人間が集まって、狂ったように石くれを取り除けている。ソアラーの事故など些細なことだとでも言わんばかりの様子だ。

セイオは目を見張った。事態が頭脳に染み渡った。呼吸が苦しくなった。

グノモン塔は、国会の本会議場の上に建っていたのだ。

今はまさに国会開会中だ。五百名以上の議員が石と木の下に埋まってしまったのだ。議員だけではない。大臣答弁に同行した各省庁の高等文官や、軍や民間の有力者である参考人や――ひょっとしたら高皇が。

シマックが言ったのはこのことだった。帝国の中枢が崩壊しつつあるのだ。

恐るべき事実が、悲しみに冒されていたセイオの心を激しく揺さぶった。重い感情が速やかに振り落とされた。彼の天性である明敏さが、果断さが、再び呼び覚まされた。

セイオは目覚めた。

拳を握って立ち上がる。手の中にブローチの硬い感触を感じながら。シマックの亡骸《なきがら》などもはやどうでもいい。最も大事なものはこの手にある。

それでも彼を一瞥し、そっとささやいた。

「行って参ります、閣下。お安らかに」

そして駆け出した。

グノモン塔にではない。エアサイトに放置されているトラクターにだ。飛び乗ってエンジンをかけ、急発進する。塔の脇で一度止め、最も位が高そうな書記官に声をかけた。

「緊急の用件だ、これを借りるぞ！」

「なんですって、あなたは何者ですか？」

「ジャルーダ総督府……総督代理、ランカベリーだ！　シマック総督は身罷《みまか》られた！」

驚く書記官にブローチを突きつける。うなずいて――納得したというよりは、無事な人間にかまっていられないという様子で――書記官は答えた。

「かしこまりました、それでどちらへ？」

「港だ。総督府船に向かう！」

総督府船には三年間ともに働いてきた同僚たちがいる。彼らを案じる意味でも、シマックに与えられた権限を行使する意味でも、そこに向かうのが最も適切だとセイオは判断したのだった。

頭上を見上げる。そろそろ闇が広がり始めた空は、風が出てごうごうと騒いでいる。グノモン宮のもう一つの尖塔が不思議にも崩れずそびえていたが、そのシルエットは暗く沈んで墓標のように見えた。尖塔を飾る数々の照明が点いていないのだ。

セイオはトラクターを出した。誰かが笑うような声で、議場は全滅だ、と叫んでいた。

古《いにしえ》の作法にのっとり今日《こんにち》でも毎晩零時前にねじを巻かれているマホガニーの大時計が、深い鐘の音を五回響かせた。

その鐘は百年も前からこの部屋に集う者に決心を促してきた。今もまた、滑らかな布地の上等なインバネスを身に着けた男たちが、鐘の音を耳にして顔を見合わせた。

グノモン宮、時計の間。帝国議会の小会談室として使われているその広間で、長テーブルの端についていた男がおもむろに言った。

「休憩時間は終わりだ。議場に戻ろう」

テーブルの長辺にいた人々が次々に立ち上がる。ただ一人の男だけが、座ったまま声を上げた。

「首相。まだ決議は為されておりません」

いくつもの視線が彼に集まる。テーブルの端で立ち上がったレンカ帝国内閣総理大臣は、わずらわしげに答えた。

「それが決議だよ、サイテン君。君の提案は見送られたということだ」

サイテンと呼ばれた総髪の男は太い眉をかすかに持ち上げた。

「納得できませんな。若い議員たちの意見を無視なさるおつもりか。列強の脅威と実際に相対するのは彼らの世代だというのに」

「彼らを諫《いさ》めるのが私たちの世代の役割だ。帝国は陛下の御威光の下にジャルーダを併呑《へいどん》し、この星を統一した。今は手に入れた畑に種を蒔くときなのだ」

「毒を撒かれるかもしれません」

「毒に毒で対抗するのは不毛だよ」

サイテンはなおも言葉をかけようとしたが、首相を始めとする与党重鎮たちはインバネスを翻して廊下へ出ていってしまった。

開いた扉から入れ替わりに数人の男たちが入ってくる。いずれも三十代、四十代の若い万民院議員だ。首相たちとは二周りも歳が違う。彼らはサイテンの周りに集まり、顔を寄せた。

「ご首尾はいかがでしたか、総領閣下」

「よろしくないな」

サイテンはさほど落胆した様子でもなくそう答えた。しかし議員たちはあからさまに失望の表情を浮かべて、口々にささやいた。

「あの方々は目が見えていないのです」

「帝国の国威を四天に知らしめるには今しかありません」

「閣下が大望を果たされるまで私たちはお供します」

「まあ、そう血気にはやるな」

両手を挙げて彼らの言葉を遮《さえぎ》ると、サイテンは立ち上がった。議場へ入場なさいますかとの問いに首を振る。

「一服していこう。なに、議場が開いても席が埋まるまでには間がある。きみ、お茶を頼んでくれ」

言いつけられた議員が従僕のように、しかし嬉々とした顔で駆けていく。サイテンは残りの者たちに椅子を勧める。彼らは戸惑って言う。

「座れません。この広間の席は貴《とうと》い方々しか……」

「構わないさ。いずれ君たちの椅子になる。早いか遅いかの違いだけだ」

そう言われて、議員たちは面映《おもはゆ》そうに分厚いクロスのかかったテーブルについた。サイテンは立ち上がり、靴が埋まるほど柔らかい絨毯をゆっくりと歩んで、部屋のシンボルである大時計の前に立った。

ジスカンバ・サイテンの姿は、まるでこの部屋を築かせた主のように歴史ある調度に溶け込んでいた。為政者が外見的特質というもので量られるならば、ここを出ていった重鎮たちの誰にも増して、彼はそれを備えていた。

その背筋は針葉樹のようにすっきりと伸び、その髪は黒く豊かに背に流れ、五十九歳の年齢をあざむくほど若々しい。面長の顔に整った容貌を持ち、ことに目は細く美しく、往古の貴族の肖像画に譬《たと》えられたこともある。ただし瞳の輝きのみは別で、それは時として二十歩も離れた人、演説を聞きに集まった群衆をも、一瞥ですくみ上がらせることがある。が、普段の温厚な人柄ゆえに、それすらも隠された決意の発露だとして彼の信奉者たちには誉めそやされる。

無論、容姿のみで地位を得た男ではない。

戻った議員とボーイが配るお茶を受け取り、立ったまま口をつけて、サイテンは振り向いた。いくつかの問いを放つ。

「国防産業調整会の方々は、明日の会合をキャンセルしていないね？」

「はい」

「帝国天路のサルカド会長との話は？」

「私が支援の確約を取り付けました」

「全州建設企業連合からの報告は。陸軍退役軍人会での講演の件は」

「私の元に来ております」

「滞《とどこお》りありません」

「よろしい」

議員たちの答えを聞くと、サイテンはにっこりとうなずいた。最も若い議員が気がかりな様子で尋ねる。

「閣下、その……先のことよりも、今夜の首班指名の対策は」

「今日は負けるだろう」

あっさりとした答えに、議員は絶句した。

サイテンは自信にあふれた口調で言った。

「それでもいいんだ。いや、そうなってほしいと言うべきか。私が先戦論を展開したことは記録に残り、にもかかわらず議会がそれを拒否したことも知れ渡る。しかし現実は冷酷に展開し、帝国は遠からずダイノンやサランガナンの侵略を受ける。これは疑いようもない未来だ。そのとき人々は、陛下は、未曾有の有事を乗り切るのに誰が為政者として相応《ふさわ》しいと考えるだろうな」

「……あなたです、サイテン閣下！」

議員たちが熱っぽくささやく。サイテンはうなずく。

「調整会や帝国天路などの支援者の方々は、それがよくわかっているんだよ。皆、心配は無用だ」

功を焦らず、先の先を読んで動く男だった。この十五年の情勢は彼の読み通りに進展し、それが多くの人間をひきつけたのだ。

四十代までのサイテンは、どちらかと言えば目立たない存在だった。しかしそれが無為に時を費やしたのではなく、力を貯えつつ雌伏していたのであったことは、十八年前に即位した今上帝のもとで帝国が惑星統一に乗り出したときに、明らかになった。

惑星レンカに散在する十数の国家を帝国陸軍は破竹の勢いで打ち破った。それとともにサイテンは目ざましい勢いで力を強めていった。彼はもともと帝国の軍需産業や建設産業と関わりの深い議員だった。その両者の成長は、ヤモ半島という狭い区域に国土を占めるレンカでは頭打ちになっていたのだが、外征によって特需が起こったのだ。業界に精通していた彼は政府・軍隊・企業の三者の間を巧みに取り持って、与党第二派閥の総領を務めるまでにのし上がった。

ただ世間では、彼の躍進も今年までのことだと考える者が少なくなかった。惑星が統一されたためだ。首相たちは軍事を重視してきたこれまでの方針をひとまず改め、内政に重心を移すつもりのようだった。

そこでサイテンは外国の、つまり星外の大国の脅威を訴え始めていた。しかしそれは今のところ主流派の支持を受けていなかった。新設された天軍が、サイテンと無関係の人材、企業によって構成されたのも、彼への牽制の一つだ。そのような決してやさしいとはいえない情勢を乗り切ることが、彼の現在の課題だった。

だが焦ることはない、とサイテンは思った。高さ三メートルもある重厚な振り子時計を見上げる。時は未来へ向かって流れ、決して戻らない。旧弊な考えを持つ現政権の人々はいずれも自分より年上だ。頂点を極めた彼らは消えるしかなく、次にやってくるのは自分たちの時代なのだ。

カチリ、と時計の長針が動いた。五時十四分。

そろそろ議場へ入ろうかと考えたとき、ふわりと奇妙な浮遊感が体を包んだ。

「なに……？」

カップに残っていた旋紋茶《せんもんちゃ》が跳ねた。足の裏から絨毯の感触がなくなった。素早く首をめぐらせると、テーブルが、椅子が、大理石の彫刻が、議員たちが、あらゆるものが床を離れて浮遊していた。

事態を理解するひまもなく浮遊感が消え、サイテンは落下した。とっさに片膝を着いて姿勢を保つ。その頭上に大時計がゆらりと倒れかかってきた。

「……ふむ！」

頭をかばって床に伏せると、ゴォン！　とひずんだ鐘の音を立てて大時計がテーブルに当たった。サイテンの上に頑丈な梁《はり》ができたような形になった。

直後、暴力的な衝撃がすべてを突き上げた。

床が何度も持ち上がり、体を丸めたサイテンを翻弄した。腹に響く地鳴りがとどろき、建物全体からみしみしばきばきと石の割れる音が降ってきた。四人乗りの車ほどもあるシャンデリアが落下して燦然と破片をまき散らし、部屋中を跳ね回る椅子があらゆる調度をはじき飛ばした。

猛烈な震動は一分ほどで収まった。サイテンは体に痛みがないことを確かめてから、議員たちのほうを見た。一人残らず椅子から転げ落ち、這いつくばったり膝を抱えたりしていた。けがなかったらしい一人が立ち上がる。

「お、収まったか……?」

サイテンは、頭上の乾いた破裂音が消えていないことに気づいていた。天井や柱はまだ崩壊を続けている。

腹の底から怒声をほとばしらせた。

「立つな! 皆、こちらへ来い!」

え? というように立っていた議員が振り向いた。その頭に一抱えもある石材が落下して、声を出す間も与えず打ち倒した。泡を食った残りの者がほうほうのていでサイテンの周りに集まってくる。

間一髪だった。続いていた破断音が一気に高まると、洪水のように瓦礫が降り注いだ。頑丈なテーブルと大時計が造ったほんのわずかな隙間で、サイテンたちは息を潜めてこらえた。

やがて、再び静寂が訪れた。今度は石の割れる音もなくなっていた。

　だが、助かったといえるのかどうか微妙な状況だった。サイテンとほんの二、三人の議員がいる空間は、びっしりとからみ合った石材と木材に覆われてしまったのだ。

　明かりもなくなり、真っ暗な中で、誰かが恐怖に震える声を漏らした。

「こ、これは一体、何事なんだ」

「落ち着け」

　穏やかな声が言った。

「大きな地震だったが、もう音がしない。壊れるものはあらかた壊れてしまったようだ。もう大丈夫だ」

「そ、総領閣下。しかし……」

「点呼しよう。私は無事だ。他に誰がいる？」

　三人が返事をした。部屋にはあと四人ほどがいた。彼らが無事だとは思えなかった。悲嘆に暮れた声が言う。

「なんということでしょう、我々はこれからだったのに……」

「落ち着け」

　再び、我が子に言い聞かせるような穏やかな声。だが、その言葉は議員たちが考えもしなかった冷たいものを底に持っていた。

「時計の間がこの有様だ。柱のない広い本会議場が無事だったと思うかね？」

「……まさか」

「私は思わない」

声は予言者のように重々しくなった。

「これは天佑《てんゆう》だ。彼らは死んで私たちは生き残ったんだ。犠牲を悲しむより希望を持とう。それとも君たちは——」

暗黒の中でも、議員たちは彼らを睥睨《へいげい》する強烈な眼差しを感じた。

「死んだ友に同行したかったかな？」

「と、とんでもありません！」

議員たちはひれ伏した。サイテンの一言が彼らの命を救ったのだ。彼らの仰いできた盟主が真の指導者であったことが証明されたのだ。

「感謝しております、このご恩は命に代えても……」

「ありがとう。ではその命を無駄にしないために努力しよう。インバネスで口を覆うんだ。粉塵でのどをやられる。呼吸を減らして、救助を待とう」

声はまた、平穏なものに変わった。ほとんど人間離れした胆力だった。

議員たちがごそごそと体を動かす。彼らの背を抱いて、サイテンは表情を変える。

彼はこの上なく嬉しそうな笑みを浮かべていた。

その部屋が、この国の主の私室なのだと気づくまで、少年は少し時間を要した。

広いとも狭いともいえる部屋だった。召使によって長年磨かれ、砂岩とは思えぬ光沢を放つまでに磨《す》り減った壁と壁の間は、二十歩ほどもある。しかし、壁沿いから部屋の中央近くまで、天井に届くばかりの本棚や、古今天地の書物が数知れず積まれ、人が歩く場所は森の中の獣道のように、本の間の細い通路となっているのだった。

その奥に、古木をまるごと削りだした重厚な椅子があって、細身の老人が斜めに座り、こちらを見つめていた。

「来たな。……こちらへ来なさい、遠慮はいらぬ」

やや甲高い、女性的ですらある声に招かれて、少年は歩を進めた。軟禁室からここまで付き添ってきた警士が背後の扉を外から閉め、室内には二人だけとなった。

二歩ほどを隔てて、少年と老人は対峙した。少年は娘のように見事な長い銀髪で、象牙色の飾り気のない短衣とズボンを穿《は》かされていたが、老人の衣装も意外に似たようなものだった。——ほぼ純白の厚手の寛衣を身に着けて腰で縛り、素足に柔らかな葦のサンダルを履き、肩に羊毛のショールをかけていた。髪はわずかに茶がかった黒で、かさかさに乾いていたが薄くはなく、肩の後ろまで伸ばしていた。目は落ち窪み、眉や鼻や口は細く、頬から顎への線もえぐれてやつれた印象だった。少年は、王者の風格よりも、むしろ年老いた魔法使いの苦悩のようなものをその姿から感じた。

少年は老人の言葉を待ったが、彼が何も言わずに壁の暖炉を見ているので、そちらへ目をやった。

赤煉瓦組みのどっしりした暖炉に、今の季節、もう火は入っていなかったが、その上に小さな吊り棚があって、少年にはどこの産だか見当もつかない化石や、人形や、写真立てなどが並べられていた。

老人がぽつりと言った。

「十七か」

「……そう、です」

「若いな。……私の一番下の娘よりも若い。それ、その娘だ」

老人は骨ばった指で、五、六葉ある写真の右端の一枚を指差した。そこには薄紫の花びらを重ねたような可憐なドレス姿の少女が写っていた。正式な席で撮ったものではなく、恐らく何かの式でほんの偶然の瞬間を写真師が捉えたものらしく、立ったまま片足を後ろへ曲げ、スカートの豊かな裾に苦労しながらガラスの靴を直している、というふうだった。その顔は笑顔ではなく、困ったようにしかめられていたが、それはそれで内心の有様がよく出ているように思われた。

「その子は十八で何不自由なく暮らし……あなたは十七で敵国の虜囚となった」

「ご用件、は」

少年はぎこちなく尋ねた。この国の言葉にはずいぶん慣れてきたが、まだ正確な発音を得てはいなかった。

「謝罪しようと思ってな」

「謝罪？」

少年はキッと目をつり上げて老人を見つめる。

「余の国を焼、き民を殺、したくさんの物を奪っ、たあなたが……今さら謝罪？」

「それを止められなかったことを悔いている」

老人は再び少年に目を向けた。薄くこそげたまぶたの端に涙が光っているのを見て、少年は語調を抑えてしまった。

「……あなた、が命じたん、だろう」

「私は何も命じることはできないんだよ。レンカ帝国とはそのような国なのだ。ジャルーダではまだ国王が直接政《まつりごと》を執り行うことができるようだが。……いや、まだ、というのは良くない言い方であろうな。帝国のようになることが良いことだと言えるわけでもない」

「では……誰が戦争、を」

「軍、政治家、商人、国民——誰でもあり、誰か一人ではない。その理屈から行けば罪は帝国人すべてにある。が……誰がやったのであれ、元首は私だ。だから私はあなたに謝るのだ」

レンカ帝国高皇、カングは悲しげに微笑んだ。

許せるわけがない、と少年はつぶやく。カングはさらに首を振って言う。

「それはわかっている。……そしてこの謝罪にもあまり意味はない。なぜなら、帝国はいまだ悔い改めず、新たな侵略の手を伸ばそうとしているのだから」

「やめさせてくれ！」

少年が叫ぶと、カングは眉間《みけん》に深いしわを刻んで言った。

「できるものなら……としか言えぬ。帝国は巨大で、政府も強く重い。動いている最中には止めることも、変えることもできないのだ。……それができるのは、人ならぬ何者かだけだろう」

カングはふと、口元に場違いな笑みを浮かべた。

「もしくは、帝国そのものが人知を超える力によって揺り動かされるとき」

——後になって少年は、カングが「それ」に気づいたからこそあのようなことを言ったのではないかとたびたび考えた。その災いが起こることをではない——自らの身に禍々《まがまが》しい運命が降りかかることをだ。人は、生死を分ける大難の直前には自《おの》ずからそれと悟るものだというからだ。

少年の前で、微笑む老人がふわりと揺れ動いた。自身も体を揺さぶる不思議な力を感じた。

体重がなくなったような一瞬のすぐ後、巨大な衝撃がやってきた。

床が凄まじい勢いで何度も上下し、あっと身構える間もなく少年ははね飛ばされた。いかなる幸運か、飛ばされた方向には大窓があって、開け放たれ、初夏の微風が吹き込んでいた。少年はそこから外に吹き飛ばされた。

だが、カングはその場から動かなかった。椅子にかけ、椅子ごと揺さぶられながら、何も気づいていないような笑顔で少年を見、何かを認めるように大きくうなずいた。

次の瞬間、万巻の書と幾列もの書架が折り重なるように彼へ殺到し、続いてその部屋を形作る石壁そのものが、がらがらと音を立てて書架の上に崩れかかった。おびただしいほこりが噴出し、暴風のように地を走って少年を打った。

顔をかばいながら、呆然として少年は見つめた。老人がどうなったか、想像もできなかった。

……そしてこの瞬間、帝都トレンカのあらゆる場所で同じことが起こった。

パレードに参加していた娘が、夕食の鍋を火にかけた女が、屋根の上で道具を片付け始めた大工が。満員列車に揺さぶられる乗客と車掌が、前の車を見ながらアクセルを踏んだ運転手が、新聞をポストに放り込んだ自転車の少年が。釣りを渡そうとしていた店員が、両手に皿を持って運んでいたウェイターが、呼び込みの声を上げていた客引きが。注意深くバルブを締めようとしていた工員が、心電計に目をやった医師が、マイクを手に歌っていた少女が。羊水に濡れてもがく新生児が、道ばたで立ち話をしていた老人が、背を刺されて倒れかかる若者が。追いかけあう子供が、帰り道で初めて手をつないだ二人が、ベッドで鋭く震えた男女が。筆をおいて伸びをした学者が、小銭を拾い上げた浮浪者が、級友に呼ばれて振り返った学生が。

等しなみに持ち上げられ、叩き落とされ、猛烈な震動に振り回された。

帝都のあらゆる建物もこの衝撃を受けた。粗末な物置小屋も壮麗な寺院も雄大な橋も立ち並ぶ住居も、上下に、次いで左右に、さらにはそれらの混ざり合っためちゃくちゃな震動に襲われた。数千万の柱、石材、壁、屋根がひとたまりもなく折れ、曲がり、崩れ、吹き飛んだ。その瞬間にいくつかの建物が爆発し、より多くの建物はやがて盛大な宴を始めるために、炎の芽をちろちろと体内で育て始めた。

地は波打ち、空には時ならぬ突風が吹いた。幕のような、針のような、あるいは破裂したような光が大気に激しく瞬き、地を這う魔物のような地割れが恐ろしい速さで開いていった。川は波立ち、堤《つつみ》は切れ、海の波は震えながら遠く引いていき、やがて沖に巨大な水脈が持ち上がり近づいてきた。

帝都の激動は、遠隔の地からも確かめられた。西方三十キロにあるバルケード山脈、タイレノ山頂にいた登山者たちは、彼方にきらめいていたトレンカの町々が一斉にぼうっとかすんだような光景を目撃した。トレンカ湾沖二十五キロの海上にあった貨物船からは、帝都の上空を長大な竜巻のようなものが横切っていく様が観測された。

……その瞬間のあとは、つかの間の静寂だった。

人々は例外なく地に倒れ、うめいた。うめかないのは押し潰され、叩きつけられて即死した者だけだった。肌はこすれ、骨はきしみ、誰もが全身にひどい痛みを覚えた。割れた頭から脳漿《のうしょう》が飛び散り、皮膚を突き破った骨が白く濡れて光り、青年の屈強な腕は不気味に折れ曲がり、娘の美しい脚は挽肉《ひきにく》のようにすり潰された。老人は虫の息で宙を見つめ、子供は泣くこともできずにひくひくと震え、男は這いずりながら身近な人を手探りし、女は恐怖と刺すような痛みに叫び続けた。

血は飛び散り、周りのすべてのものに赤い斑点を描き、それからじわじわと流れ広がっていった。

いくばくもたたないうちに叫喚が始まった。無事な者もそうでない者も、人を呼び、助けを呼び、家族を呼び、同僚を呼び、さらには一体何が起こったのかを知ろうとして大声を上げ始めた。動ける者は動き始め、立てる者は立ち、走れる者は駆け出した。助けるために、出会うために、知るために。

そして、逃げるために。

グノモン宮の庭園をトラクターで走りながらセイオは道順を考え、正門を出たところで港とは違う方向へハンドルを切った。最も単純な道筋は官庁街を貫くロードストリートに出て南を目指すというものだが、今は午後五時過ぎで官庁が閉まったばかりだ。恐らく渋滞が起きている。やや遠回りだが、一キロほど離れたデッドストリートに向かうほうがいいと判断した。

デッドストリートへの道路は皇宮のそばを通る。土塁とオーク樹で囲まれた皇宮の奥を眺めたセイオは、違和感を感じた。いつもより空が暗い。

毎夜、地上の照明を浴びて威圧的にそびえていた占王の塔が、見えないのだ。宮殿も被害を受けたらしい。

デッドストリートの環状交差点《ラウンドアバウト》を南へ回ると、セイオは息を呑んだ。

その通りの名は、かつて孤星時代に高皇に直訴しようとした農民たちが、軍隊に銃撃されて二千人を越える死者を出したという故事から付けられた。今では弾圧の名残を留めるものは道の途中にある石碑だけとなり、半島電力や中央放送局、帝国電電などの政府系企業の重厚なビルが立ち並ぶ近代的な通りになっていた。

そこが、まさに死者の通りという名に相応しい、荒廃した瓦礫の谷間になっていた。

規則正しく並んでいた左右のビルがいくつも崩れ落ち、道路上まで瓦礫の裾野を広げて行く手をふさがれた車のテールランプが幽鬼の灯火のように連なり、少し先では緊急出動した消防車が回転灯の青い閃光を振り回しているが、ビルの照明も中央分離帯の街路灯も消えているために、物陰の闇はかえって濃い。建物はせり出した崖のようなシルエットだけを見せている。

やはり被害はグノモン宮だけに留まらないのだ。セイオは焦りを強くする。グノモン宮に戻って飛べるソアラーを探そうかとも考えたが、ソアラーを飛ばすにはパイロットを始めとして大勢の人間の手助けがいる。あそこにはそんな人手はなかった。

強行突破しかなかった。セイオはトラクターを分離帯に近い道路の中央に向けて、アクセルを踏んだ。

場所が場所だけに大型の作業車は少なく、乗用車が多い。セイオのトラクターは車というよりは整備道具を満載した作業台のような乗り物だ。武骨さに任せて他の車を押しのけ、かき分け、しゃにむに突き進んだ。平時ならばただちに飛んでくる帝都警察のパトカーやソアラーは、姿も見せない。

そうなのだ、なぜか消防や警察の姿が異様に少ないのだ。

理由はわからないが制止が入らなかったせいで、ほとんど止まることもなくセイオは一帯を通過できた。しかし、快進撃もエルガン川の手前で終わってしまった。

そこには全長八百メートルの新トレンカ大橋が架かっている。古くからあるロードストリートの旧トレンカ大橋に対して、十五年ほど前に架けられた鉄筋コンクリートの近代的な橋だ。

その橋の手前を、切り返しもできないほど密集した車の群れが塞《ふさ》いでいた。立ち上がって眺めると、橋の上には数台の車が乗り捨てられているのみで混んではいない。手前の車輌が橋に入るのをためらっているらしい。

クラクションの大合唱の中で、先頭の車から降りた人が両手を左右に広げて、旋回するソアラーのように体を傾けている。何かを叫んでもいるが、とても聞き取れる状況ではない。

セイオはわずかに迷ってから路面に飛び降り、車の隙間を縫って走り出した。

橋の上に乗り捨てられた車がテールランプを点灯している。まだ動力が生きている。それを乗っ取ろうと考えたのだ。渋滞の先頭車のそばで持ち主に何か言われたが、かまわず走り抜けた。

彼が何を言っていたのか、二十メートルも行かないうちにセイオは気づいた。路面が一方に傾いている。橋が倒壊しかけているのだ。

「くそっ！」

戻りたいという気持ちをねじ伏せる。橋が崩れてしまえば別の橋に向かうしかないが、上流の橋は一キロ以上先だ。渋滞はますますひどくなるだろうし、他の橋が崩れていないという保証もない。この橋を渡るしかないのだ。

百メートルほどで車にたどりついた。半ば予想していたが、やはり官庁ナンバーの公用車だった。いくら橋が傾いて危険だといっても、私物ならこうも簡単に乗り捨てまい。——それはここに限ったことではない。自家用車やソアラーといった財産にしがみつき、結果として急を要する他人の移動を妨《さまた》げている無数の市民がいるだろうことに、セイオは思い当たる。

もう一つ、公用車で幸いだったことがあった。盗難防止機能の識別条件が甘いのだ。セイオが葦の穂のブローチをかざすと一発でドアが開き、水素エンジンが始動した。私物ならそうはいかなかっただろう。あるいは参事の身分のままのセイオでは。

「総督、恩に着ます！」

乗り込むが早いかアクセルを床まで踏みこんだ。大型の公用車は驚くほどの出力を秘めていた。鼻先が持ち上がるような急加速で走り出す。橋の終わりまで障害物はない。セイオは安堵しかけた。

しかし、後方カメラを見て顔をしかめた。いくつものヘッドライトがセイオを追うようにやってくる。あの制止していた車を押しのけて来たのだろう。身勝手なものだ——と考えて、思いなおす。彼らには彼らなりの急用があるに違いない。

一体どんな用なのだろう？　想像もつかない。官庁勤めの人間だとしても、その職業に基づく用件なのか、それともこの事態で新たに発生した用件なのか、あるいは単に家族のもとへ急いでいるのか。誰がどんな理由で急ぎ、そのどれを優先させるべきなのかは、それこそ誰にもわからないことだ。セイオが港へ急ぐ理由を誰も知らないように。他人を差し置くほど自分の用件が大事かどうかを個人個人が冷静に判断してくれればいいのだが、そんなことは望むべくもない。誰だって自分の用件が最重要だと考えるに決まっている。

だがそれは、大きな目で見れば決してよい結果を引き起こさないだろう。——セイオはそこまで考えて、自分の用件にも疑問の目を向けた。「これ」が重要なのかどうかを、自分は常に勘案しなければいけない。自分は為政者であるのだから。為政者であるからこそ。

つかの間の物思いにふけっていたセイオを、いきなり衝撃が襲った。路面に撥《は》ね上げられた車体がバウンドし、ベルトも締めていなかったセイオは天井にしたたか頭を打った。

「なんだ!?」

何かを踏み越えたのか。違う、路面には何もない。路面自体が波打っている。これは——

「……余震か!」

車はもう一度跳ね、斜めに飛んで欄干《らんかん》に接触した。けたたましい音とともに火花が散り、スピンしそうになる。セイオは必死にハンドルを押さえ込む。が、残り三分の一ほどになった橋の路面を見通して、さすがに冷たいものを覚えた。

今まで傾きはしたものの静止していた橋が、今度はゆっくりと倒れつつある！

「もってくれ！」

すでに加速は限界だった。路面の傾きは十度を越え、十五度を過ぎ、セイオは車を直進させるために当て舵を利かせながら、片手で自分の体も支えなければいけなくなる。

突然セイオは破局が避けられないことに気づいた。対岸にもたくさんの車がひしめき合っているのだ。減速しなければ衝突してしまう。だが減速すれば車が川に落下する。

対策といえばベルトを締めることぐらいしか思いつかなかった。セイオは公用車の頑丈さに賭けた。

「頼む、どいてくれ！」

セイオの願いは半分だけ聞き届けられた。突進する大型車に驚いた対岸の人々が泡を食って逃げ出したのだ。――自分たちの車を乗り捨てて。

直前に踏み込んだブレーキの悲鳴を引きずって、大型車は衝突した。ベルトを引きちぎらんばかりの勢いでセイオの体は飛び出し、わずかな時間差でハンドルから白い奔流が噴出した。

数秒後、セイオは自分の無事を知った。白い奔流は衝撃緩和用の発泡ジェルだった。噴出と同時に硬化したジェルが、ぷつぷつと音を立てて体の前面を包んでいた。

セイオは気を緩めなかった。すぐに後続が突っ込んでくるはずだ。ジェルに体を埋めるようにして後頭部を両手でしっかりと覆う。

しかし、追突の衝撃はいつまで待ってもやってこなかった。不思議に思ったセイオは、太い綱を引きちぎるような異様な響きが辺りを満たしていることに気づいた。我慢できず、ジェルから体を引きはがして振り向いた。

またしても彼は驚愕した。橋が消えていたのだ。それがあった場所に残っているのは半ばから折れて鉄筋を覗かせる、コンクリートの橋脚だけだった。

「彼らは……間に合わなかったのか」

綱がちぎれるような音は橋脚の破断の音だった。音が遠ざかる。橋は手前から順に倒れている。水面に突き刺さった橋桁《はしげた》が盛大なしぶきを連ねていく。やがて崩壊が全体に波及し、新トレンカ大橋はエルガン川を堰《せ》き止める新たなダムと化した。

セイオは車から出た。夜目を利かせて遠くを見ると、少し上流に別のダムがあることに気づいた。ロードストリートを通していた旧トレンカ大橋だ。まだ官職に就いたばかりの頃に歩いて渡ったその橋のことを、セイオは思い出す。欄干に精緻なつたの模様が彫り込まれ、それが風雨に晒《さら》されて優しく磨り減り、えもいわれぬ風格を備えていた。——つまりそれは、グノモン宮のような昔の建築物だった。新大橋でさえ倒したこの震動に襲われてはひとたまりもなかっただろう。恐らく一度目の揺れですでに倒れていたのだ。デッドストリートを選んだのは、偶然だが、正解だった。

揺れ。

セイオはまた気づく。これは地震だ。なのにどこか違和感があった。ただの地震ではない、というような。

セイオはあまり地震に遭った経験がない。皆無と言ってもいい。帝国の大地たるヤモ半島はもともと地震の少ない土地なのだ。

だからどこがおかしいのかセイオにはよくわからなかった。

「あなた、大丈夫ですか。ぶつかったんでしょう?」

声をかけられて振り返ると、中年の女性が心配そうに見つめていた。橋に近い有名な時計店の制服を身に着けていたが、どうしたわけか片手にはくしゃくしゃになった札束を握り締めていた。

セイオはうなずいてみせた。

「無事だ。運が良かった」

「念のためにお医者に診てもらったほうがいいわ。そこのビルの三階にいい先生がいるから——」

「いいんだ、急ぐ」

女性のそばを通り過ぎ、少し行ってからセイオは振り返った。

「それはしまったほうがいい。よからぬ輩《やから》がうろつき出すかもしれない」

「どれ？」

「それだ。その右手の」

女は札束を見下ろし、あら、とつぶやいた。

「私、なぜこんなものを……表にいたのに」

「しまっておくんだ」

セイオは歩き出した。少し先で振り向くと、女性は手にしていた札束を興味なさそうに路上に投げ捨て、ふらふらと去っていくところだった。


エルガン川南岸――プラット街を南下するにつれ、セイオの歩調は速まった。

デッドストリート沿いの多くの商店が崩れていた。崩れていない店もことごとくガラスが割れ、石畳の歩道に破片を散乱させていた。きらびやかなドレスや靴、豪華な宝石やバッグを並べていたショーウィンドウは洞窟のように光を失っていた。そしてあちこちの店がちろちろと火を噴いていた。それらはセイオが見ている前で軒を越えるほどの炎をごうごうと上げ始めた。

路上には何台もの車が乗り捨てられ、あるいは歩道に突っ込んで止まっていた。それらもまた火災を起こしていた。炎の照り返しを浴びて赤い人影がたくさん動いていた。彼らはとても大切なものを探しているような切羽詰《せっぱつ》まった表情で、さもなければそれをなくしたようなうつろな顔で、どこへともなく小走りに流れていた。

そして神経を逆なでするような様々な音が絶え間なくあちこちから上がった。人を呼び続ける悲しげな女の声、号泣する男の声、火がついたように泣く子供の声、誰かの怒鳴り声、鋭く命じる声、調子の狂った笑い声、場違いな軽快な音楽、ガラスの砕ける冷たい音、石材が崩れる硬い音、何かとても大きなものが燃え盛るごうごうという音、顔を打つような爆発音、大勢がてんでに走り回る地響きのような靴音。

人波に逆らうような形で駆けながら、セイオは空回りしがちな思考を苦労してまとめようとしていた。

一体、この災害はどれほどの規模なのか？　皇宮周辺の主要な十六街——昔風に言うと古トレンカだけに限られたものなのか？　それともより広い地域、城倉家屋四十万と称される帝都全域に及ぶものなのか？　何千の市民が死に、何万の市民が傷つき、何十万の市民が逃げ惑っているのだろう？　消防は、帝警は、軍隊は、帝都庁の人々はなぜ姿もまばらで、何をしているのだろう？　なぜ、何度も試しているのにデータグラスの通信がつながらない？　通信、放送、電力、燃料、水道、鉄道、道路、天港、海港、兵営、その他様々な、この巨大な都市を支えている基盤的施設はどんな被害を受け、どの程度稼動を続けているのだろう？

それらはこの自分にどう影響してくる？

自分はそれらにどう対処できる？

「ランカベリーさん！」

突然、自分の名を呼ばれてセイオは足を止めた。振り返ると、つい今しがた通り過ぎた崩壊した小さな店の前で、紫の長衣をまとった僧形《そうぎょう》の男がこちらを見ていた。

見慣れてはいないが、忘れたこともない顔だった。心の奥のほうからセイオはその男の記憶を呼び覚ました。

「アンタイル司祭……」

それは、セイオが幼い頃にかなり大きな恩を受けたことがある人物だった。セイオが近づくと、アンタイルはすすけた顔をほころばせた。

「やはりランカベリーさんですね。ご無事なようで何よりです。お急ぎですか」

「はい、急いでおります。しかし司祭、なぜこんなところに……」

「なぜですって？　何かおかしいことでも？」

アンタイルが眉をひそめる。セイオはぼんやりと周囲を見回した。しかし、そのことはアンタイルが口にするまでなかなかわからなかった。

「私は無事だったので、手助けに回っているのです。今もユーダの店が潰れたと聞いて、掘り出しにきたところですよ！」

あ、とセイオは思い当たった。目の前で見るも無残に崩れているこの店は——

子供の頃に何度も訪れたことのある、花屋だった。

セイオはもう一度辺りを見回した。いつのまにか高級商店街を過ぎて、もう少し小さな店の立ち並ぶ辺りにまで来ていた。崩れた家、炎上する店、歩道を切り欠いて造られた泉水（しかし狼の形の吐口は水が止まっている）、それに石畳の浮いた小道——

一目ではわからないほど変わり果てていたが、ここはセイオが育った街区だった。

それに気がついた途端、どこか空の上のほうを駆け巡っていた思考がいっぺんに地上に引きずり下ろされ、災厄の恐怖と脅威が、等身大のものとなってセイオに襲いかかってきた。

「馬鹿な……この町まで」

「あい済みませんが、ゆっくりご挨拶している暇がありません。一刻も早く救助をしないと」

そう言ったアンタイルが、すがるようなまなざしを向けた。

「あなたが政府の要職に就かれたことは存じております。しかし、今は一人でも多くの男手がほしい。帝警も消防署も電話すらつながらないのです。——どうか、ほんの僅かの時間でもお貸し願えませんか？」

「いえ、当然です。やりましょう」

「来てくださいますか」

アンタイルは笑みを浮かべたが、明るい表情には程遠かった。清潔が身上だった彼の僧衣がずたずたにかぎ裂きになっているのを見て、セイオは彼の努力を知った。すでに他の場所でも何人か助けてきたのだろう。

「裏庭です。表はめちゃくちゃで手が付けられません」

アンタイルに導かれて瓦礫を踏みしだいて裏に回る。そこでは三人ほどの男たちが手作業で石片をつかみ出していた。駆けつけたセイオもそれに加わって尋ねる。

「この下には誰が？」

近所の住人らしい男が答える。

「ユーダのおかみさんと娘だ。ユーダ本人は市場に出ていて居所が知れない」

「中の二人がどの辺りにいたかわかるか」

「おかみさんは店側だろうな。娘は居間のはずだ。足を患《わずら》ってあまり動けなかったから」

「では、母親のほうは……」

セイオは表の店側に目をやる。元は二階建てだった建物が表へ向かって倒れたらしく、そちらの様子は目に見えてひどかった。そこに人がいたとしたらまず無事とは思えない。

黙々と石片をつかみ出しながら、まずは娘だ、と男が言った。

セイオは掘り続けた。この家は石壁と木の柱を組み合わせた造りで、石はともかく柱のほうは折れ曲がった状態で他のものとからみあい、とても素手では動かせなかった。それでも動かせるものから手当たり次第につかみ出していくと、やがてアンタイルが叫んだ。

「いた、いました！　娘さんです！」

石の隙間の小さな穴を、男たちは先を争って覗きこんだ。すでに日が暮れた夜空の下では、瓦礫の奥はほとんど見えない。アンタイルがペンライトを持っていて、それで奥を照らした。

「ほら、手が。それに頭も。引きずり出せそうです！」

「待ってください、あなたでは心もとない」

疲れ果てている上、歳のいったアンタイルを引き留めてセイオは他の男たちを見た。だが皮肉にも、そこにいた数人は体格の大きい者ばかりだった。瓦礫を取り除くにあたっては役に立ったが、隙間に入ることなどできそうもない。

彼らに比べればセイオのほうが痩せていた。やむを得ずセイオはアンタイルに言った。

「彼らよりはおれのほうが細い。おれが行きます。――それに、この眼鏡は、暗くても多少ものが見えるので」

そばの男が焦り気味に言った。

「急ごう。火が燃え移る」

半壊した隣の家の屋根に炎が躍っていた。遠からずこちらにも延焼するだろう。セイオは黙って瓦礫の隙間に体をねじ込んだ。

挟まっていたのは十三、四歳とみえる少女だった。よく見ると、意外なことに大きな目をしっかりと開いてこちらを見つめていた。ただ、胸の上に大人の太腿ほどもある梁が乗っていて、それで呼吸を邪魔され、声が出ないようだった。

「しっかりしろ……今助ける」

セイオは少女の腋の下に腕を突っ込んで引いた。だが動かない。無理を承知で力をこめたが、少女の顔が苦痛に歪んだので、それ以上引けなかった。セイオは叫ぶ。

「何か梃子《てこ》になる棒はないか！　挟まってる！」

「それよりも屋根を外したほうがよくないか？」

「そうだ、このままじゃどう崩れるか……」

「いいから棒だ！　言うとおりにしろ！」

いらいらしながらセイオは怒鳴った。口論の声がぴたりと収まった。

後ろで手当たり次第に瓦礫をひっくり返す音がして、やがてセイオの横に水道管のパイプが突っ込まれた。それを繰り出して梁の下にかます。

「ふんん……っ」

渾身の力を込めると、ミリミリときしみながら梁が持ち上がった。肩でパイプを支えて梁の隙間に石を押し込み、一定の間隔を確保してからもう一度パイプに力をこめる。その繰り返しで、数ミリずつ梁を持ち上げていく。

身動きもままならない単調な作業を続けながら、セイオは悔しさに歯噛みする。おれは何者で、ここはどこだ？　サイン一つで一千人を動員できる高等文官が、帝国の本拠地たるトレンカにいるというのに、できることはこんな大工仕事だけか。無力にもほどがある！

セイオに今できるのは、暗く狭く、一歩間違えば自分の背骨を折りかねない屋根の下で、脇腹にギリギリと食い込む石の痛みに耐えて全身の筋肉を引き絞り、総督府文官となってから一度も支えたことのないような重量を肩に受けて、少女の様子をうかがうことだけだった。

はあっ！　と少女が深く息を吸い、ようやく体が引き出せるほどの隙間ができた。安堵してその体を引き出す。しかしその安堵はすぐに焦燥に変わった。隙間の奥に目をやったセイオは、そこにもう一本の腕を見つけてしまったのだ。

「……引っ張ってくれ！」

少女ごとずるずると外に引き出された。目を閉じて横たわった少女を囲み、一同が歓声を上げる。しかしセイオは低い声でそれを遮った。

「待て、奥にもう一人いる。母親だ」

「なんだって？」

「体半分、その子にかぶさっていた。おそらく崩壊の瞬間に居間に駆け込んで、その子をかばったんだろう。もう一度行く」

セイオはインバネスのほこりも払わず隙間に戻ろうとした。しかしその肩をアンタイルが引きとめた。

「待ってください、火が燃え移ります」

セイオは愕然として隣家を見上げる。火災はすでに家の輪郭をかき消すほど激しく、顔にも熱気が感じられた。見る間に燃える柱の一本がこちらへ倒れ、瓦礫の中の木材に当たって火の粉をまき散らした。

アンタイルは血の気のない唇をぎゅっと引き結んで首を振った。

「……間に合いません。あなたまで焼け死んでしまう」

「それなら、もっと人を集めるんです！　人を集めて、火を消して、屋根を外して——」

「言ったでしょう、人がいないんです。みんな逃げるか、よそを助けているか、さもなければ死んでしまった。私はここへ来るまでに、すでに二人——見捨てざるをえませんでした」

セイオは呆然として、額に深いしわを刻んだアンタイルの顔を見つめた。

突然、信じられないほどはっきりした声が瓦礫の中から上がった。

「ネリ！　ネリ！」

それを聞くと、ぐったりしていた少女がぱっと目を開いて叫び返した。

「お母さん、お母さん！」

「ネリ！　大丈夫なの？」

「大丈夫ですよ！」

声のした辺りに駆け寄ったアンタイルが、見えない相手に向かって呼びかけた。

「娘さんはご無事です。大丈夫、私たちがきちんと面倒を見て差し上げます！」

「そう……」

「お母さん！」

起き上がろうとした少女が、短くうめいて足を押さえた。顔を近づけた男が、折れちゃいないけどかなりのけがだ、と言った。

アンタイルが震える声で呼びかけた。

「申し訳ありません、手が足りなくてあなたを救い出せません。仕方ないのです、どうしようもないのです。私がここで看取って差し上げますから、どうか、どうか、悔いなくアマルテの神の御許《みもと》へ……」

「司祭、危ない！」

隣家の柱がもう一本、燃え盛りながら倒れてきた。今度は逆にセイオがアンタイルを引き戻さねばならなかった。どうん！　と叩き付けた柱から火の玉のような木片が瓦礫の中に落ち、やがてそこから煙が上がり始めた。

「ネリを、お願い……！」

悲痛な叫びがして、咳き込む音が続いた。やがて煙が炎に変わるとともに苦痛をこらえるうめきが漏れ、それも抑えきれずにうめきは悲鳴になり、鳥肌が立つような甲高い叫びが長い間続いた。

「お母さん、お母さーん！」

「聞かせるな、早く連れていけ！」

セイオの怒声を浴びて、もがくネリを男たちが抱え上げ、足早に去っていった。その気配を感じたのかどうか、悲鳴は急速に薄れ、消えた。

炎上する瓦礫の山を顔をかばって見つめながら、セイオは吐き捨てた。

「くそっ……目の前にいる人間を助けられないとは！」

「私は、私は何の力も……」

どさりと音がしたので振り返ると、アンタイル司祭は土に両手を突いて滂沱《ぼうだ》と涙を流していた。セイオはひざまずいて彼の肩に手を置いた。

「司祭……あなたは務めを果たしました。死出の旅に発つ人を見送るという」

「その時の苦痛を和《やわ》らげるのが聖職者の務めなのです。お聞きになったでしょう、あの断末魔の声を。あれが、あのような死に方をした人が、本当に救われるのかと……」

「そうだとしてもまだできることはある、死んでいない人々が大勢いるでしょう？　あなたは、アマルテ正教会は、この災厄に立ち向かうために、やることがたくさんあるんじゃありませんか？」

アンタイルは顔を覆って答えない。セイオは彼の片腕を担いで、強引に立たせた。

「教会へ行きましょう。他にも助けを頼みに来る人がいるに違いない」

よろめくアンタイルを支えて、セイオは歩き出した。

ナイトストリートの突き当たりにある聖ナニール寺院は、皇宮近くの大ヤシュバ寺院と同じレンカ国教のアマルテ正教を拝する寺社でありながら、皇族、議員など堂上《どうじょう》の人々が多く参拝するヤシュバ寺とは違って、庶民を分け隔てなく受け入れる大らかな気風で親しまれていた。建物の雰囲気も異なり、時の高皇の勅命によって荘厳華麗な伽藍が造られたヤシュバ寺とは対照的に、ナニール寺は質素で武骨な石灰岩の鐘楼と、何本もの柱がある――説教の声が通りにくいと悪評高い――大聖堂を備えていた。

その堅牢一辺倒の造りが幸いした。

聖ナニール寺院は、あれほど多くの建物を破壊した災厄にあってさえ、石壁一枚破れることなく姿を保っていた。セイオが見上げると、白い鐘楼を飾る花帯が、夕刻から吹き始めた風と、火災の熱風とによってひらひらと狂ったようにはためいていた。

「ほら、アンタイル司祭。ここは無事ではありませんか」

アンタイルを励ましつつセイオは寺院の敷地に入った。そこは聖堂の裏手に当たる庭園で、逃げてきた大勢の人々が疲れ切った様子で座っていて、歩く道にも迷うような混雑だったが、この辺りもセイオの子供時分の縄張りに入っている。勝手知ったるというつもりで倉庫や木立の間を抜けて聖堂に入る。

しかし、横手の翼廊から大聖堂に入ったセイオは、恐ろしい光景を目にして足を止めた。

そこには無数の人々が横たわっていた。どの人も苦痛に体をかきむしり、宙に手を差し伸べて、うめき声や水を求める叫びを上げていた。衣服は焦げ、手足や顔が赤く黒く焼けただれ、中には皮膚がべろりとはげて赤い肉がむき出しになっている人もいた。

それらの人々の間を、尼僧や看護師や、あるいは近在の主婦やまったくの通りがかりらしい人々が走り回り、包帯を巻き、水を与え、大声でけが人を正気づけて、近寄る者を蹴散らしかねないような形相で必死に立ち働いていた。電灯はついておらず、ここ数十年の間装飾でしかなかった燭台やランタンに火が灯され、それらの赤っぽく頼りない光に照らされて、壁に映った大きな影がわらわらと動いていた。野戦病院、それも戦闘のまっただ中にある最前線の病院のようだった。

「これは……一体……」

血の気の失せた顔でつぶやいたセイオに、アンタイルが重く沈んだ口調で言った。

「ご存知でしょう。今日はメイポール祭だったのです」

「まさか！」

セイオはアンタイルを下ろして駆け出し、聖堂正面の大扉からナイトストリートを見下ろす階段に飛び出した。そこで足を止めて絶句した。

寺院前の広場と、そこからまっすぐ西に伸びる通りを死体が埋めていた。その数は千とも二千ともつかず、ある者は原形を留めぬほどぐしゃぐしゃに踏み潰され、ある者は体の前後もわからないぐらい黒く焼け、いずれにしても正視できぬほどひどいありさまだった。

それは見渡す限り果てしなく広がり、通りの両側にある三階建て、四階建てのアーケードは、今なお衰えぬ炎を噴き出していた。

「聖塔奉納の儀の直前、山車が通りに並び、人々が寺院へ流れ出したときに、あれが起きました」

セイオのそばにやってきたアンタイルが言った。

「最初のひと揺れで人々は将棋倒しに倒れ、その上にアーケードの窓枠とガラスが降り注ぎました。傷つきもがいているうちに屋台や建物が燃え始めて、パニックが起きました。誰もが他人を押しのけて走ろうとし、突き倒した相手につまずいて自分も転ぶ。右往左往するものの前も後ろも人ごみで進めない。そうこうするうちに火災と火災がつながって、通りの全体を炎で覆う。……まるで人々を生きながら焼くオーブンのようでした。私はそれをここから見たんです」

アンタイルがまた顔を覆った。

「耐え切れなくて……生き埋めを助けにいくと言って逃げ出して……」

腹の底が冷え、すうっと床に引き寄せられるようなめまいがセイオを襲った。ソアラーから見下ろした熱気にあふれた大群衆。あそこに火災が襲いかかったとは……。一体何万人が死んだのか、見当もつかない大惨事だった。

ふとセイオは頭の芯がしびれるような想像に思い当たった。アンタイルの両肩をつかんで激しく揺さぶる。

「司祭、救護院は！　この寺院の貧民救護院は無事なんでしょうね!?」

「救護院……救護院ですか」

顔を上げたアンタイルが、うつろな視線を床にさまよわせてから言った。

「ええ、燃えてはいないはずです。あそこは寺院の南の陰になっていますから。……しかしこの風だと、ストリートのあの火災が広場を越えて飛び火してくるかもしれません」

「しかしまだ飛び火していない。それを防ぐだけでも大勢の人を救えるでしょう？」

「それは、確かに……」

「司祭！」

セイオは腕を大きく振って、アンタイルの頬を平手打ちした。高い音がしてアンタイルが目を見張り、聖堂の人々がこちらを向いた。

「しっかりなさい！　あんたは市民を見殺しにしたんじゃない、今しかけているんだ！」

「今……」

「気を確かに。おれの知っているあなたはそんな人ではないはずです！」

何度か瞬きして、アンタイルは瞳に光を取り戻した。それとともに再び頬を引き締め、口を開いた。

「ああ……そう、そうでした。すみません、ランカベリーさん」

「いいですか？　大丈夫ですか？」

「大丈夫です。こうしてはいられない、早くけが人の手当てなり何なりを……」

その時、聖堂の外のどこかから大きな喚声が上がった。喜びの声ではない。やっつけろ、殺せ、と不穏な叫びが聞こえてくる。

「なんだ？」

セイオが振り向くと、ヴェールをかぶった年老いた尼僧が聖堂に転がり込んできて叫んだ。

「誰か、誰か来て！　避難してきた方々が救護院の皆さんを襲っています！」

「なん……だって」

「地震に乗じて火をつけたと信じているんです。止めても聞かないのよ、誰か——ああっ？」

尼僧はセイオに突き飛ばされて床に倒れた。それに目もくれずセイオは駆け出していた。背後でアンタイルが何か叫んでいたが、もはや彼の耳には届いていなかった。

聖堂の石の床にじかに横たわったまま、十四歳のネリ・ユーダは祭壇の後ろのステンドグラスをぼうっと見つめていた。

七色のはずのステンドグラスに血のような赤い光が揺れていた。それは聖堂の外がことごとく火災に囲まれているような錯覚を覚えさせた。凶暴な炎の舌が世界を舐め尽くし、聖堂にも燃え移り、やがて自分まで熱く燃やしてしまうのだ。

「ああああ!」

ネリは髪の毛をつかんで絶叫した。通り過ぎた尼僧が戻ってきて、乱暴な手つきで手ぬぐいをネリの口に嚙ませ、頭の後ろで結んだ。ひきつけて舌を嚙むことを防ぐ手当てだったが、それすらもネリには世界が自分に下した無情な仕打ちの一つに感じられた。

恐怖に駆られて叫び続け、体力が尽きると、ぼろ布のようにぐったりと力を抜いた。辺りには足を傷《いた》めたネリよりももっとひどいけがの人々が大勢横たわっていて、ひっきりなしに気味の悪いうめき声を上げ、手当てをする者たちは殺気立った様子で走り回っていて、ネリに声をかけてくれる人は一人もいなかった。

そんな人がいるとは、ネリも元々思っていなかった。彼女は膝の関節の病気で歩くことができず、今までずっと自宅にこもって暮らしていたから、隣人や同年代の子供ともほとんど付き合いがなかった。彼女の知っている人間といえば、父と母ぐらいのものだった。

その父は今いない。母は燃えてしまった。

ネリは胎児のようにぎゅっと体を丸め、祭壇を見上げる。

赤い光の中に、光輪を背負った美しい神の像がたたずむ。始原にして全知なる存在、万人を隔てなく見守り万物を隔てなく灼く、両性具有の神・日神アマルテがネリを見下ろしている。

無論、ネリを救いはしない。ネリも何も期待しない。彼女は寺院に来たこともない。

だが、今のネリが見るものはその石の塊しかなかった。


焼け残ったらしいどこかの寺院から、陰にこもった鐘の音が八回聞こえた。

川縁《かわべり》のベンチに腰掛けたセイオは、八時か、と独り言を言った。しかし別段動き出すでもなく、背中を丸めてうつむき加減に川面を見つめていた。

プラット区の路地裏を縫って流れるネーダ川には、俵のようなものがたくさん浮かんで、ゆっくりと流れていた。それは死体だった。西プラットの大火災で焼け死んだ者もあれば、どこか別のところで川に飛び込み、後から落ちてきたものに潰されて死んだ者もあるようだった。死体の他にも家財道具や小型車、犬猫や無数の果物、金庫のようなものまで浮かんでいた。それら一切合財が渾然となって東のトレンカ湾へと流れていた。

セイオの姿は一層ひどくなっていた。インバネスにはかぎ裂きがいくつもできて、シャツには油と泥がべっとりとこびりつき、靴紐は両方ともほどけていた。鉄灰色の髪がぐしゃぐしゃに乱れ、これだけはどうにか守ったらしいデータグラスと、シマックから譲り受けたブローチだけを、無傷でかたわらに置いていた。

彼は川面を向いていたが、何も見ていなかった。

ただ、胸中で渦巻く思いを必死に抑えつけようとしていた。——それは殺意だ。最も大切なものを壊され、壊した相手が目の前にいるという、これ以上ないほど正当な状況で発揮される感情だ。それに従うことができたら、どんなに楽なことか。

だが、従ってはいけないと知っていた。それに従えば相手と同じことをすることになるのだ。それだけではなく壊されたものを冒瀆することにもなってしまうのだ。

だからセイオは全力を奮《ふる》ってその思いを抑えつけ、勝利を収めつつあった。しかしそれは微塵も快くない勝利だった。セイオは消耗しきり、他の何をする気力もなくして、じっと座り込んでいた。

背後でざわめきが起きた。ここはナニール寺院に近い川縁の公園で避難民が多く集まっている。彼らが口々に何か叫び、それにかぶさって暴風のような音が降ってきた。——が、セイオはやはり、電池の切れた玩具のように身動きもせず川面を見つめていた。

老人みたいに小さなその背中を、さっとまばゆい光が照らした。張りつめた声がかけられた。

「そこの人！　けがはありませんか？」

セイオはのろのろと振り返り、まぶしさに目を細めた。強力な照明をバックに、直線的な輪郭の衣服を身に着けた人影が立っていた。彼は何か細長いものを腰に下げていた。刀だった。

その人物は軍靴の硬い音を立ててきびきびとセイオの前に回りこんだ。光が当たって顔がわかった。黒髪の若い男だ。セイオと同じ年頃で、まだ三十にもなっていないだろう。面長《おもなが》の整った容貌で、目は細いが、その瞳に警戒や威嚇の色はなかった。

直線的な衣装は軍服だった。詰襟でくるぶしまである長いコートを身に着けている。色は大洋のような群青。腰に佩《は》いた真新しい軍刀の柄《つか》も同じ色だ。

群青？　セイオはわずかにいぶかった。陸軍の制服は濃緑色のはずだ。

男は軍人らしからぬ丁寧な口調で言った。

「避難民から、暴動を制止したのがあなただと聞きました。けがはありませんでしたか」

「けが……けがはない」

「それはよかった。感謝します、無益な流血を最小限に食い止めてくれて。我々も陛下の臣民に剣を向けるようなことはしたくありませんでしたし」

「治安出動か？」

「いえ、災害出動です。ベルタ区の天軍軍令部から基地近郊出動権限により出動しました」

「天軍……陸軍ではないのか」

「そうです」

軍人が民間人に敬語を使うことすら珍しいのに、男はセイオの問いにもいちいち答えてくれた。その受け答えによって、セイオは徐々に理性を取り戻していった。

ようやく顔を上げて、正面から男の顔を見た。すると男は細い目を少し見開いて、後ずさった。何かに脅えたようなその様子に、どうした、とセイオは尋ねる。

「いえ……あなたは何かに怒っていますね」

「ああ、怒った。けれど……いや、すまない。あなたに対してではない」

「間もなく天軍が避難キャンプを設営します。そこで休んでいくといいでしょう」

「ああ……」

では、と敬礼した男が、ふとセイオの横に目を止めた。ベンチに置かれていたブローチに。

男が表情を改めてセイオを見た。

「あなたは高等文官なのですか」

「そうだ。ジャルーダ総督府……総督代理、セイオ・ランカベリー」

「総督代理！　では内務省の高官閣下ではありませんか！」

驚いて背筋を伸ばす男に、セイオは捨て鉢な笑みを向けた。

「高官か。そんな肩書きは鼻をかむ役にも立たん。おれは見ての通り、汚れて、疲れて、何もできないただの人間だ」

「そんなことはないでしょう、高等文官ともなればいろいろとやることがあるのではありませんか？」

思わずセイオは男の顔を見つめなおした。その顔は今までとは逆に、非難するような冷たい眼差しを向けていた。思わず、セイオは皮肉な笑いを浮かべてしまった。こいつは面白い男のようだ。市民には礼節をもって接するくせに、高官と聞いた途端に噛み付いてくるとは。

その通りだ、と思った。ぼんやり座っているだけの人間に何の価値がある。それが有為たるべきことを期待される役人ならばなおさらだ。役人だからこそ、非常時にあっては真剣に価値を問われるのが当たり前なのだ。

場違いなくすくす笑いをするセイオを男は呆れたように見ていたが、時間がもったいないとばかりに身を翻した。

「このような状況なので個人的な便宜はお図りして差し上げられません。軍令部に報告しておきますので、ご不満があればそちらへどうぞ。小官は救助作業がありますので」

「待て」

セイオは呼び止め、立ち上がった。男がいぶかしげに振り返る。

「なんでしょうか」

「君の名はなんという。所属部隊は」

「……高皇白翼兵団軍令部調査部、ハーヴィット・ソレンス少佐と申します」

「ソレンスか。あのソアラーで来たんだな。頼みがある」

「申し訳ありませんが、現在は……」

「救助作業をするんだろう。それを手伝うと言ったら？」

ソレンスが体ごと向き直った。が、まだこちらを信用した様子ではない。書類と来客ばかり相手にしている文官に何ができるのか、という顔だ。

できる、とセイオは自分に言い聞かせた。あるいは、それしかできない、というべきか。恩師シマックに続いてさらにもうひとつの大事なものを失ってしまった今では、自分を支えるものが何もない。自分が何のために生きているのかさえ、はっきりしない。

それを行動によって形作らなければ、自分はこの場で朽ち果ててしまう。――人を助けるというよりは、むしろ自分を助けるために、セイオはそれを決意したのだ。

ソレンスに歩み寄って、肩をつかんだ。

「おれをトレンカ港のアマルテ・フレイヤに連れていけ。総督府船だ。そこにはジャルーダから引き揚げてきたスタッフと機材がある。それに消耗品の類も多少はある。おれならそれを組織的に動かして、救助に充《あ》てることができる」

見る間にソレンスの表情が明るく変わった。一体なぜ急にそんな決心を、という疑問の色はあったが、それよりも期待のほうが大きいようだった。

「それは本当に可能なのですか？」

「ああ、総督のシマック閣下は数時間前に亡くなられた。遺言により、おれが総督を代行している。船の連中も従ってくれるはずだ」

「了解しました、そういうことなら話は別です。ただちに許可を取ります」

張りのある声で言うと、ソレンスは肩にかけた通信機を手にしてどこかと話し始めた。

セイオはまぶしい照明のほうへ行き、光源を確かめた。それはソアラーの主脚に取り付けられた探照灯だった。機首が低く、可変翼を備えていて、小型だが敏捷そうに見える。これなら墜落したあの時代物の二五式に比べて、よっぽど速く飛べるだろう。

駆け寄ってきた別の兵士を、報告を終えたソレンスが制止した。それからセイオに操縦席へ上がるよう指差した。

「許可が取れました。乗ってください、港までお送りします」

「嬉しそうだな。――もしおれが、今の話は全部嘘で、ただ知り合いに会いに行くだけだと言ったら?」

それを聞くとソレンスは露骨に顔をしかめて、困ります、と言った。この若い士官は、ただ位が高いだけの人間を本当に毛嫌いしているようだった。

セイオはかすかに笑った。

「すまない、冗談だ。全力を挙げて救助活動を行う」

「お願いしますよ」

セイオを前席に乗せると、ソレンスは後席に乗り込んでキャノピーを閉じた。ソアラーは烈風を地に叩きつけて上昇した。

公園にいた避難民たちの、恨むような、うらやむような複雑な顔を、セイオは硬い表情で見つめ返した。


「時刻二〇三〇、連絡機九一二号、トレンカ港北埠頭のアマルテ・フレイヤに到着しました」

ヘッドホンをかけて無線機のつまみを回していた通信手の女性士官が報告すると、壁にもたれていたザグラムは鼻を鳴らして命じた。

「しばらくそこに張り付けておけ。ジャルーダ総督の手伝いをさせるんだ」

「総督代理です、閣下」

「うるせえ、どっちでも同じだ」

通信手の指摘に伝法《でんぽう》な口調で言い返す。知らない人間が見れば喧嘩を売っていると思われそうな凶暴な様相なのだが、通信手は臆することもなくさらに言った。

「よろしいのですか」

「何がだ」

「救助を要すると思われる地点は、軍令部で把握しているだけでも五十ヵ所以上あります。貴重な航空機動力の一つを、港などで遊ばせておくのは……」

「だからって複座の三九式を一機差し向けたところで、たいしたことはできねえ。せいぜいエンジンブラストで脅かして暴動を防ぐのが関の山だ。そんなことはしたくもねえし、救助するなら人手がいる。——総督府船にはそれがあるって言いやがったんだろ？」

「総督代理はそうおっしゃったとのことです」

「なら手を貸してやろうじゃねえか。恩を売るなんてあこぎなことは言わねえ、それが一番有効だろうからそうしてやるんだ。おまえはそれもわからねえ山出しなのか？」

「了解しました。——山出しは余計です」

通信手は澄まして言った。ザグラムはといえば、作戦指令室の床にけっと唾を吐いて顔をしかめている。

「大体がよ、今だってすでに首が飛ぶぐらいの越権行為をしてるんだ。この上ソアラーの一機や二機をよそ様に貸し出したって、同じことだあな」

カクト・ザグラム少将は、天軍・高皇白翼兵団の総司令官に当たる、軍令部総長である。しかしその仰々しい肩書きとは裏腹に、目下の緊急事態に対して情けないほど無力だった。

天軍は軍事組織である。その統帥権はレンカ高皇にあり、名目上の総帥は皇族の誰かで、実務上は帝国政府の軍務総省に従っている。戦争を目的として軍を発するならば、高皇の勅命を受け軍務相の指示に従って出動する。

しかし軍隊が出動するのは戦時ばかりではない。帝国臣民を脅かす大災害が起こったときには救助のために災害出動を行う。これは天軍法に明記されている。

ところが、その災害出動項目が皮肉にも足かせになっているのだった。

その項目によれば、天軍は軍務相かその指定する者の許可を受けなければ、災害出動ができない。指定する者とは主に政府や帝都庁の要人である。

だが、現在はそのいずれとも連絡が取れないのだ。

許可なしで出動すればそれは違法である。反乱行為である。たとえ救助が目的であっても法制上はそうなる。それが法治国家というものだ。

だからザグラムは無力だった。部隊を動かすことができない。できないが、阿鼻叫喚の地獄図を座して見守るのはあまりにも忍びない。否、凡百の軍人ならば市民の救助は本務ではないとして見過ごしたろうが、ザグラムという男はその為人《ひととなり》からして、これを忍び得なかった。

そこで、軍令部機関と帝都に駐屯する天軍部隊を独断で動かした。

名目は基地近郊出動である。天軍法には、軍の基地からはっきりわかる範囲で災害が起こったときには、救助を要することが明白であるから、いちいち許可を取らずとも出動してよいと記してある。それが近郊出動である。ザグラムはこれを拡大解釈した。帝都全域で発生している災害を「基地に程近い地域の災害である」と強弁して、部隊を出したのだ。

実態は独断出動だから、後に詳しい詮議を受ければ断罪される恐れもある。ザグラムは、それも覚悟の上でやったのだった。

それにしても、効果は薄かった。ザグラムは作戦指令室を見回してつぶやく。

「やれやれ、詰め腹覚悟で手下どもを動かしてるってても、こう手薄じゃあ、たいして意味がねえなあ……」

指令室は差し渡し十メートルほどの円形の部屋である。中央に直径五メートルの作戦卓があり、そこには立体投影の作戦図が表示される予定だが、今はまだ機材が入っておらず、何も投影されていない。代わりに誰かが資料室から探し出してきた帝都全図を引き伸ばして、広げてある。そこに数名の幕僚たちが手作業で部隊駒を置いている。

作戦卓の周りにはやはり円形に通信管制席が並べられているが、席についている十五名あまりの通信手たちの顔は緊張と戸惑いにこわばっている。報告し、指令する声も自信なさげだ。彼女らの上官に当たる幕僚もはっきりした命令を出せず、しばしば言いよどむ。部屋に出入りする士官たちもそんな調子で、誰に会えばいいのか、どんな命令を受けるべきかも心得ていない様子で、右往左往している。

天軍は天の軍である。宇宙艦隊を繰り出して惑星レンカを防衛するのが任務である。地上での活動は完全に任務外で、そのための設備も組織もまったくないのだ。ないところを無理に適合させてザグラムがやらせているので、皆戸惑っているのだ。

さらに――これが一番致命的なのだが――天軍の兵力は、わずか六千しかないのだった。六万でも六十万でもない。ただの六千である。しかもそのすべてが部隊の兵士ではないし、帝都にいるわけでもない。装備も少ない。宇宙で戦争をする軍に地上兵力など要らないから、保有するソアラーはわずかに四個連絡中隊のみ、十六機である。武器にいたっては兵士の拳銃と小銃しかない。

今この瞬間、帝都にあってザグラムの指示で動いている者も、ほんの二千名あまりでしかなかった。陸軍はおろか、帝都消防庁の人数にも及ばない数である。

それもこれも、天軍が二年前に設立されたばかりの未熟な組織であるためだった。

通信管制席の、先ほどとは別の女性士官が、困り果てて青ざめた顔で言う。

「連絡機九二四号が着水の許可を求めています！　ど、どうすればいいんでしょう？」

「着水《ちゃくすい》だと？」

即答できずに口ごもる管制統括士官に代わって、ザグラムが身を乗り出す。

「なに馬鹿なこと言ってやがる、いつからおれたちは陸軍海戦隊の親戚になった？」

「九二四号は海上で漂流するボートを発見したんです。大勢の避難民が乗り込んでいるのですが、観察したところ、詰め込みすぎで沈みかかっているというんです。だからロープを結びつけて陸地まで曳航《えいこう》したいと……」

「曳航!?　着水だけじゃなくてか！」

さすがに一瞬絶句したものの、すぐにザグラムは振り返って、かたわらに立っていた女性副官に尋ねた。

「キルナ、三九式は着水なんて真似ができるのか」

「カタログ性能上は可能です」

初老の——恐らく軍令部では最高齢の——キルナ・メルク中佐が、読みなれた本を暗誦するようにすらすらと言った。

「ですが、実戦で行った例はありません。それにボートの重量がわかりません。最悪の場合引きずられて墜落する恐れがあります」

「で、では禁止の指示を——」

「待て」

通信手の言葉を遮って、ザグラムがこめかみをつつきながら言った。

「場所は。トレンカ湾のどこだ」

「トレンカ港、南埠頭の南東二キロです」

「緑鱗離宮《りょくりん》の沖じゃねえか。確か皇族用のアリーナがあったな？　あそこへ行って、なんでもいいから小船を引きずってくるよう伝えろ。どうせ曳航するなら空荷《からに》の船のほうがまだマシだ。そいつに避難民を乗り移らせるんだ！」

「了解しました！」

ほっとした顔で通信手は命令を伝えた。だが、メルクが冷たい口調でザグラムに言った。

「畏れ多くも皇族の御用船を無断で使えとおっしゃるのですか」

「文句あるか？　こちとらはその皇族様を総帥と仰ぐ高皇白翼兵団だ！」

「だからこそ許されぬ反逆かと思われますが」

「うるせえ黙っとけ！」

メルクを怒鳴りつけると、まったくどいつもこいつも建前ばかり気にしやがって、とザグラムはしつけの悪い子供のように顔をしかめた。

ザグラムは四十五歳である。少将の階級を持つ者はレンカ全軍でも五十人といない。だがその歳その位にしては、彼は特異な男だった。

中肉中背ながら体つきは逞しく猛獣のように堂々と歩く。髪は思い出したときに切るだけで撫で付けず、黒く乱雑に茂っている。容貌は彫りが深く目の光が鋭い。野性味という観点から見れば申し分のない美男子である。

が、性格がいけない。少なくとも軍人としてはいけない。天軍少将に任ぜられる前の彼は、陸軍の精鋭第二師団にあって第二一砲兵連隊長を務めていたが、そこでのモットーが、彼いわく「必至生還、必期不殺」だった。部下も自分も決して死なせないようにする代わりに、敵もできるだけ殺さないというのである。

その言葉通りに、絶妙な威嚇砲撃でもってただひたすら敵を殺さず追い払うことのみに心血を注いだ彼は、意外にも戦況に対してはかなりの貢献をした。「二一砲は絶対当てない」という妙な評判が敵軍にも広まって、彼の連隊が避けられるようになったからである。彼を殺せば敵意むき出しの普通の部隊が出てくることになるから、敵にしてみればザグラムがいてくれたほうが楽なのだ。

しかしそんなザグラムも、攻撃を受ければやむを得ず応射したから、戦線を維持する防壁としては役立った。それも、敵が近づいてこない防壁である。戦線を推し進める役には立たなかったが、それだけでも彼の戦果は大なるものと言えた。

だが陸軍参謀本部の高官たちは激怒した。当たり前である。陸軍が戦闘を行うのは敵国に進撃して領土を奪うためであって、おためごかしの非戦主義を唱えるためではない。不殺などと謳《うた》うザグラムはそれだけでも軍法会議ものの反乱者だったのだ。

戦闘を終えて一時帰国した彼は階級剝奪の上あわや実刑を科される寸前までいったが、

彼の部下が口を揃えて赦免を嘆願したので、厳罰を免れた。砲弾飛び来る戦場で敵を殺さずにいることは、時として殺戮するよりも難しい。強靭な意志と豪胆さ、さらに先の先を読む明晰な頭脳がなければできることではない。その難事をあえて為し、しかも部隊の損害を最小限に食い止めた彼は、他に類のない優秀な将官ではないか。彼が裁かれるものならばいかなる将が名将と呼ぶに値するのか——耳に痛い直言ではあったが、ザグラムが残した生還兵の数字は本物だった。参謀本部は彼の階級を据え置いたまま、予備役に回して任務から外した。

しばらく後、天軍が設立された。名前は大層だが、実質は海のものとも山のものとも知れぬ軍団だ。要《かなめ》となる天船艦隊の調達のめどすら立っていない。このような張子《はりこ》の虎の騎手には、誰を据えたらばよいか——

参謀本部と軍務総省は、持て余していた駒の格好の使いどころを見つけたのだった。

ザグラム軍令部総長はこうして着任した。

今彼は、官庁街の外れに当たるベルタ区の、新設なった——それだけの理由で震害にも耐え切った——ちっぽけな軍令部ビルで、苦虫を嚙み潰したような顔をして部下たちを眺めている。名目だけの軍団だから総省・陸軍生え抜きの人材など一人もいない。経験で言えば陸軍士官の足元にも及ばない未熟者がほとんどである。彼の不満も高まろうというものだった。

それでも救いがないわけではない。生え抜きでないがゆえに部下たちは陸軍の頑迷な因習に縛られず、ただ己の頭脳と人としての常識のみに頼って災厄を乗り切ろうとしている。その活発な清新さが、ザグラムが頼れる唯一のよすがだった。

通信手がまた一報、帝都を偵察している仲間の声を伝える。

「連絡機九一一号より報告……タルガマ区上手の青空観劇場にて二百乃至《ないし》三百名の避難民を確認。隣接する穀物倉庫の炎上により危険なため、しかるべき処置を請うとのことです」

そう言ってから、すぐに通信手が訂正する。

「九一一号が独自の処置を行いました」

「なんだって？」

「劇場付近を通過中だった陸軍の戦闘車部隊に、拡声器にて応援要請を行ったそうです」

「陸軍にだと？」

ザグラムは笑い出した。笑いながら手近の軍用電話を取り上げ、笑いの勢いのまま大声で何事かを怒鳴り、電話を切ってからもまだ笑い続けた。

メルクが馬鹿にしたような目を向ける。

「何がおかしいのですか」

「おかしいもおかしくないも、普通、れっきとした一軍の兵が指揮系統も通さずによその軍団に応援を頼んだりするか？　メルク、おまえは自宅の木に生《な》った果物を通りすがりの人間にもがせたりするか？」

「私の手が届かなくて、その人間が信用できる人物と思えたならば、そうするでしょう」

「そうじゃねえ、そうじゃねえんだ。ああ、おまえは一線の軍人じゃなかったな──」

メルク中佐は帝国北方の小さな国境警備隊から引き抜かれてきた事務官だった。いぶかしげな顔のメルクに、ザグラムは言って聞かせる。

「軍隊が戦闘することを考えてみろ。軍の部隊にとって敵は家族や仲間を脅かす憎むべき相手だ。しかしそれとともに、自分の力を見せつけることのできる格好の獲物でもあるんだ。戦闘は義務であると同時に、自分の存在意義を示す権利でもあるんだ。敵を倒す、任務を果たす、この単純な達成感が軍人の戦意を支える、かなり大きな要素だとおれは思ってる」

「それで？」

「救助活動だってこれと同じだ」

ばん、とザグラムは平手で壁を叩いた。

「避難民を救うことは戦果だ。戦果だと感じ取ることもできる。もちろんより根源的な、苦しむ人を助けたい、命を救いたいって心が根底にあって、それが一番大きな原動力になるんだが、その上で、おれたちこそが救助者だ、おれたちがやらずに誰がやるって感情、ものすごい誇りがあるからこそ、軍人は死の危険のある場所にも突っ込んでいける。わかるか？」

「ええ、まあ……」

「その誇りが、時として目的とぶつかるんだよ」

　ザグラムは両の拳をがっしりと突き合わせた。

「こんなふうにな。――彼らをおれたちが助ける、他の連中に任せられるか、そういう思いが強くなりすぎると、悪いほうへ変化しちまう。……素人が手を出すな、おれたちのほうが上手だ、引っ込んでいろ、今おれたちが行くから。――ほとんどの場合、こんな誇りを抱く奴は能力も相当高いプロフェッショナルだから、問題はねえ。だが、もしも、遅れてきたプロよりも、その場に居合わせた素人のほうが役に立つ場面だったら？」

「……救助するべき相手が、死んでしまうでしょうね」

「その通り」

　ぐりり、とザグラムは拳同士を火花が散るほどこすって、離した。

「手遅れだ。だがまあ、たいていの場合はプロがやったほうがいい。だから、軍人ってのは、獲物を、救助対象を見つけると、しゃにむに助けようとし、視野が狭くなって、他の選択肢を思いつけなくなっちまう。……しかるにだ！」

　ザグラムは勢いよく作戦卓を指差した。

「うちの九一一号の阿呆どもは、小鳥を籠から出すよりもあっさりと獲物をよそに渡しちまったっていうじゃねえか！　そんなのは軍人じゃねえ。陸軍なら絶対やらねえ。いや、九一一号が声をかけた戦闘車部隊だって戸惑ってるに決まってる。そんな命令は出ていない、いいいい、それはおれたちの獲物じゃないいってな。間の避難民は置いてけぼりの、宙ぶらりんだ。本末転倒だ。これが笑わずにいられるか」

「長々と説明ありがとうございます。しかし、そういうことなら笑ってばかりもいられないのではありませんか」

礼儀正しく頭を下げてから、メルクは慇懃《いんぎん》に言った。何がだ、とザグラムが訊く。

「何が、ではありません、陸軍が救助を断るかもしれないんでしょう？　放っておいたら劇場の避難民が危険ではありませんか」

「だから、さっき電話しただろうが。——あれは陸軍参謀本部にねじこんだんだ。てめえんとこの部隊が目ン玉白黒させてるから、困らないように追認の救助指令を出しとけって」

「ああ……そうだったのですか」

メルクが初めて、感心したように目を見張った。それでも、まだ気がかりそうな口調で言う。

「それはけっこうですが……その論法でいくと、閣下は九一一号のクルーを叱責なさるおつもりですね」

「叱責？　なんでだ」

「誇りがない、というようなことで」

「馬鹿、あれは誉めたんだ。目先の戦果に惑わされずに、常識で考えて何が最良かをきちんと判断したんだから」

「……どうも、閣下のご判断は私にはわかりかねます」

初老の女性士官は、疲れたようにため息をついた。ザグラムはまたひとしきり笑ってから、不意に目を細めて鋭く言った。

「もっともそれは――九一一号の連中が、自分たちしかいないというときに、命を張れるって前提でのことだがな」

それはまあ、今後いくらでも試されることになるだろう、とザグラムはうなずいた。

作戦指令室にはなおも続々と、十機あまりのソアラーからの偵察報告が届いている。それとは別に、天軍の数少ない地上機関からの報告も、別の部屋に詰めている士官を経て、あるいは担当者が直接軍令部を訪れて、もたらされている。

帝都の被害は相当なものだった。古トレンカの十六街はほぼ壊滅といってもいい惨状だ。その外側でも、東は海に面した核融合発電所から、西は三十キロ離れたバルケード連峰の辺りまで、数え切れないほどの被害報告が来ている。古トレンカの被害の中でも、議事堂が崩壊したという報告には、さすがに部屋全体が静まり返った。

ザグラムは黙然と被害を積算する。恐らく死者は数十万のオーダー、被害額は数兆リングにも達するだろう。帝都の、いや帝国の危機だ。天軍は何をするべきか。どうなってしまうのか。

この国はどうなってしまうのだろうか。

ふとザグラムは不審を抱く。

陸軍は戦闘車部隊を出していた。危険地帯に救助に行くためならばそういう部隊を出動させることもありえようが、それにしても武器を持った車輌を出すためには、参謀本部だけの判断では苦しいはずだ。天軍と同じような近郊出動の名分を立てているにしても、そのかなり微妙な決断をするには、それなりの迷いがあったはず。

一体、参謀本部の誰がその決断をしたのだろう？　今の参謀本部に、そのような胆力のある人間がいるとは考えにくいのだが……。

「……確認したほうがいいな」

ザグラムが電話に手を伸ばしたとき。

通信手が声を上げた。

「連絡機九一二号、ソレンス少佐より要請です。ジャルーダ総督府の組織が本格的に救助に乗り出すので、天軍の全面的なバックアップがほしいとのことです」

「全面的？　どの程度だ？」

「それが、稼動全機のソアラーを貸してほしいと」

「なんだと？　全機⁉」

ザグラムは一足飛びに通信手に駆け寄った。それは確かに、陸軍への問い合わせどころではない要請だった。


「そうだ、確かに言った。無理？　無理なのはわかっているが、帝都庁に前進基地を築くにはどうしても十人は必要で、それを一度に運ぶにはそれぐらいの機体が必要なんだ。それともそちらには大勢が乗れる機体が――なに？」

ソレンスのソアラーに体を突っ込んで無線機に喚《わめ》いていたセイオが、首をかしげた。

「いや、ずっとじゃない。一度きりだ。スタッフを運ぶだけだから……ああ、そうだ。十人だ。それなら可能なんだな。わかった、よろしく頼む」

無線を切ると、セイオは甲板に飛び降りた。待っていたソレンスが尋ねる。

「許可は出ましたか」

「出た。八人乗りの三七式が一機あるから回してくれるそうだ」

「ああ、一機でいいんですね。失礼しました、全員を別の機体に乗せるのだと思ったので、そう伝えてしまいました」

「十機はとても無理だと言っていたぞ」

セイオは、育ちのよさそうな笑顔を浮かべているその士官をデータグラス越しににらんだ。

「無理を承知で軍令部に頼んだのか？　君は」

「無理でも頼みたくなったんですよ。――あなたの仕事ぶりを見ていたら」

「……ふん」

視線を外すと、セイオはアマルテ・フレイヤ後甲板のエアサイトを歩きながら、データグラスの回線を船内放送につなげて言った。

「総督代理だ。天軍との交渉ができた。今から名を挙げる者は十分以内に後甲板に集合しろ。帝都庁に場所を移して救助活動を続行する。――総務部長、食料部長、設備部長、衛生部長……」

照明設備を全点灯し、夜空に白い城郭のような姿をさらしている総督府船に、セイオの声がわんわんと反響する。船内を走り回る人々の動きが慌《あわただ》しくなり、舷側から身を乗り出して下方の岸壁に喚いていた小太りの男が、足早にやってきた。

「行ってしまうのかね、ランカベリー参事。いや、総督代理」

「行って参ります、ゴント閣下。あなたがたの仕事の邪魔はもうしませんので、ご安心を」

「あてつけがましい皮肉を言ってくれるな。君の実力はよくわかったよ。シマック総督がなぜ君を買っていたのか、ようやく得心がいった」

ハンカチを出してしきりに額を拭う男はグラファス・ゴントという名で、ジャルーダ総督府法制大参事の肩書きを持っていた。総督府ではシマックに次ぐ地位の人物である。現在のアマルテ・フレイヤの総責任者に当たる。

セイオがソアラーに乗って戻ってきたとき、船は彼の指揮の下で港湾周辺の救助活動の真っただ中にあった。セイオはシマックの死を告げたものの、引き継ぎその他の雑事にかまけている場合ではないと判断し、ひとまずゴントの指揮下に入って救助活動に加わった。しかし、それが最適な方法ではないことがじきに明らかになった。

この辺りの場所は地震の後に猛烈な津波に襲われていた。埠頭の倉庫や揚陸機材はめちゃくちゃに破壊され、一万三千トンのアマルテ・フレイヤ自体も岸壁に叩きつけられ、転覆こそ免れたものの、浸水・着底して航行不能の状態に陥っていた。埠頭に近いロウ・ヒルの町も防潮堤を軽々と越えた波にさらされ、おびただしい家屋が破壊、流失していた。加えてロウ・ヒルは古い木造家屋が多い一帯だったため、プラット区に勝るとも劣らない大火災が発生した。その悲惨な様相はアマルテ・フレイヤからもよく見えた。

船としての機能は失ったものの、人的・荷的には比較的被害を受けなかったアマルテ・フレイヤは、ただちに付近の市民の救助作業を開始した。この船にはジャルーダから引き揚げてきた総督府の人材がまるのまま乗っている。のみならず、最初にジャルーダに向かったときには、現地施設の接収が済むまで船上に仮の総督府を開いて機能した実績もあった。災害救助に当たってはその経験が大いに役立つはずだった。現に、乗船していた二百名あまりの人間は、津波の直後からおのおの船の無線機や機材を持ち出して、ロウ・ヒルに急行し、作業に当たった。船に積まれていた手斧や救命ボートなどは、沼沢地《しょうたくち》のように水浸しになったロウ・ヒルに進入して、家屋内に閉じ込められた人々を屋根を破壊して助け出すなど、確かに役に立った。

だが、個々人の努力が全体の成果に直結しなかったのだ。

二百名の職員を束ねるゴントは、法制大参事だった。法律事務を専門とする、政府から嘱託《しょくたく》された民間人なのだ。総督府の属する内務省の官僚ではない。部下を組織的に動かすことにも慣れていない。位こそ高いが、救助活動のような臨機応変の判断を必要とする作業を指揮するには不向きな人間だった。

彼の指示が行き渡らぬため、あるいは適切でなかったために、ロウ・ヒルに出向いた職員たちに混乱が発生した。せっかく漂流する家族を救い上げても、それを本船に後送するボートが来ないために足止めを食ってしまったボートや、陸上から救助に向かったものの、指示された道筋が間違っていて迷ってしまう一隊などが続出した。

セイオが到着したのは、そんな混乱のさなかだったのだ。

彼はもともと民政参事だった。市民を相手に対話し、要求を聞き、時には総督府の権威をもって服従させる職である。それも、占領相手であるジャルーダの民に対してそれを行っていた。ゴントより一段低い地位ではあるものの、人に指示を出すことについてははるかに優れた経験を持っていた。

そのことに思い至ってもなお、年上のゴントは、義務感もあって指揮を執り続けようとしたが、部下の混乱が激しくなり、他の参事や部長たちが進言するようになると、ついに己の力の限界を悟り、セイオに指揮を委ねる決心をした。

名実ともに総督府船の指揮官となったセイオの働きはめざましかった。彼がまずやったのは、部下の半数の百人を直接指揮下から外すことだった。

その百人を十数人ずつまとめた班にして現場に張り付けっぱなしにした。それまでゴントが命じていた、進捗状況を逐一本船に報告させることもやめた。いちいち確認を取ったり許可を得たりするな、その場その場でやれ、不便があればこちらに命令を送れと言ったのだ。

仰天したのはゴントたちで、そんな乱暴で無責任な方法を取るとは、人選を誤ったかと一度は後悔したものである。だがセイオは頓着しなかった。はらはらしながら見守るだけのゴントたちを背に、責任云々は考えるな、壊さなければいけないものは壊せ、いるものがあれば余ることなど心配せずに要求しろ、と現場の連中に発破《はっぱ》をかけたのだ。

するとし、見違えるように救助がはかどるようになった。もたついていた人員の行き来が、つかえが取れたようにスムーズになり、数少なかった救助成功の件数が倍にも増えた。本船からの指示を減らしたにもかかわらず、である。

ゴントたちは狐につままれたような顔をしていたが、セイオは知っていた。崩れかかった瓦礫に頭を突っ込んでいるときに、外野の命令を聞いている余裕などない。外野こそこちらに従ってくれ、現場の指示を聞いてくれ、と救助要員が思っているであろうことを。後方がするべきことは命令ではなく、服従なのだ。それこそが後方の存在意義なのだ。

小一時間ほどたったころ、それを如実に示す事件が起きた。

ロウ・ヒルの比較的内陸側に入り込んでいた班から、困り果てた報告が飛び込んできた。ある家の屋根で孤立している家族の救助を巡って、消防隊員と争いになったというのである。

消防隊員、そんな人々がいたことをセイオは今まで忘れていた。しかしこれはセイオの迂闊《うかつ》であって、帝都には百を越える消防署と分署に八千人近い消防隊員がいるのである。彼らも無論、地震発生直後から総力を投じて救助活動に当たっていた。セイオはたまたま、彼らに出会わなかっただけのことだ。

その消防隊員がなぜこちらの邪魔をするのか。聞いてみるとこうだった。

その班がぶつかった消防隊のチームは、指揮車一台、わずか四人の組だった。対して総督府船チームはボートに乗った八人だった。両者は陸と海から同時に、孤立した家族を発見した。

家族のいる家は、防潮堤を乗り越えて流れ込んできた増水のただ中にあった。材木や廃材が渦を巻く濁流に囲まれていた。ボートだろうが車だろうが迂闊に近づけばたちまち流されてしまうのは明らかだった。ただし、消防隊員たちは車に備え付けのウインチを持っていた。

ウインチで引っ張ってもらいつつ、流れに沿ってボートで下れば、その家にたどりつける。

総督府船チームはそう考え、消防チームに交渉した。二つ返事で了承されるだろうと思っていた。

ところが消防チームはそれを拒《こば》んだのである。

「被災者救助は我々の仕事だ」

消防の小隊長は硬い表情で言った。

「あなたたちの活躍はわかったが、我々が出てきた以上は任せてくれ。ボートを貸せ。我我が彼らを助ける」

しかし彼らは四人しかいない。ウインチを操作し、陸から状況を監視するためにはどうしても二人が残らなければいけない。わずか二人でボートを操り、被災者を助けて乗り込ませることができるのか。被災者家族は十人以上いて、半分は年寄りと子供のようだった。

こちらにやらせてくれ、せめて人数を出すから手伝わせてくれと言っても、消防チームは頑として聞かなかった。素人が手を出すとかえって危険だ、の一点張りなのである。

それだけならば、総督府船チームも彼らの熟練を信じて引き下がったかもしれない。

そうしなかったのは、消防チームの無線通信を横で立ち聞きしてしまったからだった。小さな車の無線機で、小隊長は所轄の消防署からの命令を受けていた。署の上司の苛立《いらだ》った大声が総督府船チームのところまで聞こえてきた。――素人のボート隊だと。そんなどこの馬の骨かわからん連中は追い払え。騒ぎにまぎれて悪事を働かれたらどうするんだ。責任問題になってしまうぞ。

「内務省高等文官令だと言え、総督代理の名前を出せ！　この危急存亡のときに、そんな、そんな一身の進退など考えているような奴は、叱り飛ばしたって構わん！」

無線機で報告を聞いた途端、セイオは激昂して怒鳴りつけた。彼の連絡役となってそばにいたソレンスは、ちょっと驚いたような顔で言った。

「言い過ぎではありませんか。火事場泥棒の恐れは現実にあると思いますが……」

「そんなことに構っていられる事態か？　泥棒なんか放っておけばいいんだ、そっちにかまけて死人を出したら何の意味もないだろうが！」

もっともだと思い、ソレンスは引き下がった。

しかし、怒鳴った後で少し考えたセイオは、一つの班の揉め事だけで済む問題ではないと気がついた。すべての総督府船チームがこれと同じ問題を抱えているはずだ。なんと言っても総督府の人間は、職場を離れて次の職場へと移動している中途半端な身分に過ぎず、救助活動をするための法的な根拠が何一つないのだから。

そこでセイオが思いついたのが、帝都庁と連絡を取って部下を動きやすくしてやることだった。

トレンカ帝都庁は市民と政府の間に立つ地方自治体である。消防も救急も帝都警察も、直接的にはすべて帝都庁の管轄下にある。ここととの連携が成れば役割を分担することもできるだろう。何より、帝都庁はエルガン川のやや上流にあり、未だに連絡の取れない中央官庁街の省庁と違って、崩壊していないらしいのだ。

セイオはソレンスに言ってただちに帝都庁と連絡を取らせた。一般電話回線は依然として不通だったが、天軍のソアラーが備える強力な無線機なら帝都全域に電波が届いたのだ。ソレンスを連れてきたのはそれが目当てだったからでもある。

ところが、帝都庁の返事は要領を得ないものだった。行動許可をくれと言うとそんな手続きは存在しないという。手続きなど構わないからとにかくこちらと競合しないよう調整してくれと頼むと、担当者がいないという。担当がいなければ誰でもいいから上司を出せと言うと上司もいないという。上司どころか、帝都庁の最高責任者であるトレンカ都令がいないというのだ。

それを聞いたセイオは舌打ちした。

「時刻が悪かったか……要するに、職員が退庁していてもぬけの殻なんだろう！」

相手の返事は、その通りですという情けないものだった。その彼もたまたま残業で残っていただけの通信職員で、当直制そのものが帝都庁には存在しないとのことだった。

つまり、帝都を治める帝都庁は、現在まったく機能していないのだ。

人はいなくとも帝都庁は帝都の中心である。市民の問い合わせも、救助要請も、もろもろの組織からの連絡もすべて入ってくる。総督府船にいては指示を出すことはおろか、状況をつかむこともできない。帝都庁へ移動すればそれができる。

そして――ジャルーダ総督代理の高等文官ともなれば、不在の都令に代わって指揮を執るのに十分な地位なのだ。

それが、セイオにスタッフを引き連れての大移動を決心させる契機となった。

九時五十分、天軍差し回しの中型ソアラーが探照灯をぎらつかせてアマルテ・フレイヤに降下してきた。すでに後甲板エアサイトには選抜された総督府の面々が待ち構えている。ジェットを叩きつけてソアラーが降り立つと、持てるだけの機材を抱えて次々に乗り込んだ。セイオはそれを確かめてから、居残り組のゴントを振り返った。

「後をよろしくお願いします」

「わかった。この辺りのことは任せてくれたまえ」

ゴントは力強くセイオの手を握って言った。その顔にはもはや疑いの色は毛ほどもない。

だが、とゴントは言った。

「いかに地位があるといっても、こんな横車が——全然別の組織に乗り込んで人を動かそうとする行いが、諸手《もろて》を上げて歓迎されるとは思えん。うまくやれるかね？」

「知りませんね」

セイオはそっけなく言って背を向けた。

「ただ……あなたも総督閣下の部下ならご想像なさるといいでしょう。閣下なら、自分にできることがあり、しなくてはいけないとき、他人の目をはばかったりしましたか」

「……せんな。いや、しなかったと言わなくてはいけないのか、もう」

「同じですよ」

スタッフを乗せたソアラーが轟音を上げて上昇していく。セイオはソレンスの背を押して、小型機に向かった。


十時までには帝都庁最上階の執務室に入れると踏んでいたトレンカ都令の男爵ジュロー・シンルージは、思ってもいなかった理由で足止めを食った。——三十八階建てのビルのエレベーターが、すべて止まっていたのだ。

帝都全域が停電し、復旧の目処《めど》が立っておらず、さらに自家発電装置すら地震で壊れてしまった。だから昇るには階段を使うしかない。——そんな説明を聞いて、シンルージは怒るよりも先に情けなさのあまり膝を着きそうになった。

「ご、五百万の民を統《す》べる都令のわしに、階段で昇れだと……」

「いえ、そんなことはありません。三階に地震対策本部を設置したので、そこまで歩いていただければ」

そういう問題ではないと側近に怒鳴ってから、シンルージはあわてて周囲を見回した。報道関係者に見つかるのを警戒したのだ。

しばしば田舎者めいた小男と形容される、質素な灰色のオールドスーツを身に着けたシンルージ都令は、その外見を自覚し、利用もしていた。都民と親しい都令というのが彼の座右の銘である。偉ぶった態度を部外者に見られるのはあまり良いことではない。

幸いというべきか、帝都庁一階の裏口は明かりが消えて人気《ひとけ》もなく、誰に見咎められることもなかった。シンルージは足早に、しかし意気の上がらぬ様子で歩いて三階へ向かった。

もともと意気阻喪《いきそそう》していたのだ。彼は午後四時ごろにメイポール祭の式典に出席して祝辞を述べた後、帝都庁に戻らずそのまま古トレンカ南部のハイ・ヒルの自宅に帰った。そこで地震に襲われた。

猛烈な震動は、彼自慢の古風な石造りの邸宅を完全に破壊してしまった。窓際にいた彼はかろうじて無傷で逃げ出したものの、奥にいた妻が下敷きになった。使用人たちの努力で彼女は救い出され、付近に住む医師の自宅に運ばれて診察を受けたが、かなりの重傷だった。そんな騒ぎがあったために登庁が遅れたのだ。

医師の見立てでは、妻の容態は相当悪いとのことだった。それが重く心にのしかかっている。自然、歩調も鈍くなる。暗い廊下をのろのろと歩いて本部に入った。

大会議室を応急的に改装した対策本部は暗く、照明といえばところどころに立てたロウソクや懐中電灯しかなかった。使える機材と人間を手当たり次第にかき集めたという様子で、まとまりも何もない。並べるだけは並べたという感じの机にどこの担当者かもわからない人間がついている。室内を見回してシンルージはつぶやいた。

「これはまたひどいものだな。ここまでして一室に集約する必要があったのか？」

「集めなければ仕事にならないのです、内線も照明も使えませんから。それに差し当たり広さは足りています。どの局もまだ二割、三割程度の人間しか集まっていないので……」

「三割か！　ううむ、それではなんとも」

うめいたシンルージは、いきなり大声を浴びせられて仰天した。

「遅い、一体何をやっていた！　今ごろやってきて役に立つと思っているのか？」

言いながら近づいてきたのは、長身の若い男だった。薄汚れて破れたマントを身に着けているが、それが帝国文官のインバネスだとわかるまでにしばらく時間がかかった。データグラス越しに厳しい視線を向けている。彼がシンルージを怒鳴りつけたのだった。

帝都都令を。

あまりのことに口ごもりながらシンルージは言い返した。

「き、君は一体、どういう……」

「ジャルーダ総督代理、セイオ・ランカベリーだ。あなたに代わって臨時にここの指揮を執っている。わかるか、あなたの代わりにだぞ？　本来の主たる都令が、地震発生から五時間もの間、一体どこで油を売っていた！」

怒りのあまり、シンルージはいきなりセイオの襟首をつかみ上げた。何を偉そうに、貴様に何がわかる、と喚きながら首を絞め上げる。驚いた側近たちがしきりになだめながらシンルージを引き離した。

乱れた襟元を直しもせずに立っているセイオに、側近の一人が早口にささやきかける。

「総督代理、都令閣下は奥様がおけがをなされたのです。あまりお責めにならないで下さい」

それを聞くとセイオはいくぶん表情を和らげたものの、相変わらず愛想のない口調で言った。

「お身内のご不幸には同情申し上げるが……今はその一万倍もの数の市民が苦境に立って

いるんだ。私情は忘れて協力していただきたい」

そう言うとセイオは身を翻し、職員でごった返す本部内を足早に歩み去った。

唖然とするシンルージのそばに、都令秘書室長が駆け寄ってささやいた。

「高等文官です。内務省の人間なんですよ。我々地方官僚は楯突《たてつ》けません」

「内務省だと……くそっ」

シンルージは床を蹴りつけた。内務省は帝都庁の監督官庁である。形の上では地方自治の原則によりどちらにも位の上下はないのだが、一自治体と帝国政府の省では、歴然とした力の差がある。実際、都令といえども内務省高官に逆らうことはできないのだった。

やり場のない怒りに顔を真っ赤にしてシンルージは喚く。

「だとしても、ジャルーダ総督代理などというわけのわからん人間がなぜここに来ている？　それもあんな若造が！」

「落ち着いてください、彼は一応、手助けということで来ているんですから……」

秘書室長がなだめすかして経緯を説明した。それを聞くとシンルージは苦虫を嚙み潰したような顔で黙り込んだ。

「帝都庁の機能の空白を埋めるためか。……しかしいくらなんでも、わしに断りもなく乗り込んでくるとは、空き巣のようなものではないか。大体、内務省本省はどういうつもりなのだ？　あいつに好き勝手させていいというお墨付きでも出したのか？」

「音信不通です。内務省とも政府とも連絡が取れないんです。彼は我々が探し当てた中で、もっとも位の高い人間なんですよ」

「あいつが……？」

信じられない、と言うようにシンルージは奥の机に着いたセイオを見つめた。

「すると、すべてはあいつの独断か！　なんということだ！」

シンルージは猛然と歩き出した。その後にぞろぞろと側近たちが続く。

セイオの前に立って、シンルージはどんと机に両手を置いた。

「総督代理殿！　遅れたことはお詫びするが、トレンカ都令はこれこのとおり到着しましたぞ！　後は我々に任せて下され！」

「どいてくれ。画面が見えない」

「画面？」

シンルージが半身を傾けて振り向くと、セイオは向かいの机に置かれたバッテリー式のテレビ画面を見ているのだった。映っているのは民放の、それも在帝都ではない局の報道番組で、あわてたのか上着のボタンも留めていないアナウンサーが切迫した口調でニュースを読み上げていた。

「……沿洋線、沿海線、バルケード線など鉄道各社はいずれも全線不通の模様、半島本線は帝都以東との連絡が取れず状況は不明です。高速道路も寸断されております。西南高速道、山嶺高速道はベルカ市以東閉鎖、帝都環状道は全線閉鎖の模様です。午後九時半の時点では、帝都を中心とした五十キロ圏内との連絡がほとんど取れておりません。陸軍カンガータ地方総監部の軍事通信網を介した情報をお伝えしております……」

「カンガータ州の局だ。三百キロも西なのに、現地のこちらよりよほど情報をつかんでいる。——よし、それでいい。オートバイか、なければ自転車を使ってでも、とにかく行かせるんだ」

シンルージが向き直ると、セイオはそばに来た帝都庁の職員に何事かを指示していた。その合間にシンルージを見上げる。

「いろいろの情報を突きあわせてようやく状況が見えてきた。今聞いたように、帝都周辺の南北二十キロ、東西八十キロあまりの地域が地震に襲われて壊滅的な被害をこうむったようだ。死者は現時点で判明しているだけでも十五万人。それもまだ何倍にも増える。負傷者も百万は下らないだろう。今この数時間にどんな手を打つかで、五万、十万の市民を救えるかどうかが決まる。——おい、突っ立ってないで早く行け」

最後の言葉はそばに立っていた職員に向けたものだった。一礼して行こうとした職員をシンルージが呼び止める。

「待ちなさい、何を命じられた?」

「民間の建設会社に協力要請を出せと。瓦礫に埋まってしまった都民が大分いるようなので……」

「民間に……？　そんな協定を帝都庁が結んでいたか？」

シンルージが振り返ると、秘書室長以下の部下たちが一斉に首を横に振った。セイオがわずらわしそうに言った。

「協定があるかないかおれは知らん。そんなこととは関係なく、建設会社なら瓦礫を撤去できる重機があるだろうから、要請しろと言ったまでだ」

「それではこの場限りの思いつきか！」

「その通りだ。それで何が悪い？」

「悪いも何も、協定もなしにそんなことを頼んで私企業が動くと思っておるのですか？　話にならん！　君、そんな命令は取り消しだ！」

職員を怒鳴りつけると、シンルージはセイオの顔をねめつけた。

「どうやらあなたはこういうことにからきし疎《うと》いようですな。我々の仕事は、なんでもぽんぽん思いつきでやればいいというものではないのですぞ」

「疎いのはあなただ、都令殿」

セイオはうんざりしたように言った。

「稟議書《りんぎしょ》を回して合意を取り付けて予算をつけて動かすような役所仕事は、今の場合通用しない。平時と急時のやり方は違うんだ。こういうときはその場にいる個々人の裁量を最大限信用するしかない。協定を結んでいなければ動かないというのは、それこそ相手を馬鹿にした考えだ。今するべきは、とにかく能力のある人間と直接話をすることなんだ！」

「でしたら、あなただけがそうなさればよろしい」

シンルージはすかさず切り返した。

「一万五千の職員を擁する帝都庁をあなたの一存で動かされては、統制も何もなくなってしまいます。それともあなたお一人でその全員に指示を出せるとおっしゃるのですか」

もの凄まじい目つきでシンルージをにらんだセイオが、ふと顔を逸《そ》らした。それからやにわに立ち上がった。

「どうやらおれは少しでしゃばり過ぎたようだ。――あなたに仕事を引き継ごう」

「おわかりいただけましたかな」

「その代わりと言ってはなんだが、場所は借りるぞ。部下を連れてきているので今さら戻れん」

そう言ってセイオは本部の隅へ歩いていった。その一角に浮島のように机が集められ、そこと本部のあちこちを見慣れない顔ぶれがひっきりなしに往復していた。多くはセイオと同じ総督府の文官のようだが、中には紺色の長衣を身に着けた軍人らしき男もいた。外見的にも雰囲気的にも、彼らは明らかに周囲の職員たちから浮いていた。

シンルージは彼らを一瞥するとセイオが立った後の席に座った。眉間を揉み、ため息をつきながら部下に声をかける。

「緊急会議だ。局長たちを集めてくれたまえ、ここでいいから。――キンクリン博士とセルダは来とるのか?」

副都令と出納長《すいとう》の名を言うと、二人ともお亡くなりになったようです、と誰かが言った。シンルージはますます深いため息をついて、帝都庁の主要メンバーが集まるのを待った。

局長たちはあっさりと顔をそろえた。適当に椅子にかけさせると、シンルージは順番に彼らの報告を聞いていった。総務局長、建設局長、交通局長、医療局長……。財務局長と水道局長は行方不明、経済企画局長と生活局長は重傷で入院とのことだった。帝都消防庁本部長と帝都警察本部長はもちろん臨席していない。ここにいる面々にしても帰宅途中、あるいは帰ってすぐに呼び戻され、混乱の中をどうにかして登庁したのだから、詳しい報告ができる者は皆無で、断片的、部分的な情報が出るだけの会議になった。それでも事態の深刻さ、巨大さは真っ黒な怪物のようにひしひしと一同にのしかかった。

五百万都民の起居する帝都はあらゆる意味で大打撃をこうむったようだった。

死者数は重複を無視して報告を累計した数字で十五万人。倒壊炎上家屋三万棟以上。延焼中の火災は八百件。道路と鉄道の破損箇所は二千以上。停電はほぼ全世帯。電話は施設破壊と輻輳《ふくそう》のためにやはりほぼ全回線不通。上下水道管の破裂は計上不能。復旧予測はとても立てられず、被害総額は推定八兆リング……

一同が揃ったのはこれが初めてのことで、他の部局の話を聞くたびに、局長たちは顔色を変えたり絶句したりした。最後の出納長秘書の報告を聞くのももどかしく、シンルージはせかせかと言った。

「大体のところはわかったが、問題は今後の変化だ。一体、これらの被害は一息ついたところなのかね。それとも今まさに増大している最中なのかね。——つまり、わしらが急ぎ手を打たなくてはいかん問題は、どんなことなのだ」

簡単な問いのつもりだったが、意外にも答える者はいなかった。居心地が悪そうにうつむくばかりである。シンルージは眉をひそめて、背後に立っていた秘書室長に尋ねた。

「政府はどう動いとる。官邸は何か言ってきたか。これほどの規模の災害には、帝都庁だけではとても対処できんぞ」

「先ほど申し上げましたが、連絡不能なのです」

「電話が通じんというのはわかっとる。しかし無線があるだろう」

「ですから、官庁街もやられてしまったようなのです」

シンルージはまじまじと秘書官の顔を見つめ、なんだそれは、と間の抜けた言葉を漏らした。室長は疲れ切ったような顔で首を振った。

「どうかご理解ください、わかっている限りでは、帝国政府はまったく動いていないのです。帝都で行政機能を保っているのはここ帝都庁だけなのです」

「なんだと……」

　ぽかんと口を開けたシンルージは、しばらくしてからやにわに大声を上げた。

「さ、探すんだ。電話も無線もだめでも、自動車で走るとかソアラーで飛ぶとか……いろいろと方法はあるだろう。とにかく連絡を取れ、取れるところを探せ！」

「閣下、そういったことはもうすべてやったのです。それでも連絡できないのです。どうかそれを念頭において対策をお考えになってください」

　懇願するように室長が言い、シンルージは歯ぎしりしてうめいた。そしてふと眉根を寄せ、局長たちを振り返った。

「ちょっと待て、それなら君らはどうやって仕事をしとるんだ。今言った報告はどこから来た？　部下が走って調べてきたのか？」

　局長たちは顔を見合わせた。一番位の低い、水道局長の代理の課長が言いにくそうに口を開いた。

「閣下、それは……あちらの、総督代理からうかがったので……」

　思わずシンルージはセイオたちのほうをにらんだ。そんなことにまでくちばしを突っ込んでいたとは、一体何様のつもりか——そう言いかけて言葉を飲み込む。

　セイオの周りには相変わらず部下たちが出入りしている。セイオ本人を除いて、一人たりとも席に留まっていない。絶えず帝都庁職員のところへ出向き、話し合い、抑えた声で檄《げき》を飛ばし、また駆け足で席に戻る。セイオのそばに立った軍人も肩の無線機にささやき続け、セイオと話し合っている。

その様子と局長たちの有様の、なんたる差か。局長たちは会議を招集して五分も経たないうちに集まってきた。今も手持ち無沙汰な顔を芸もなく並べている。——この者たちの仕事はどうなっているのだ。会議などに出ていられるとはどういうことなのだ！

年かさの総務局長が焦りのにじむ声で言った。

「都令、被害者数のことだが……」

「何かね！」

「数字はすべて総督代理から伝えられたものなんだがね、それでもわかることがあって……古トレンカ十六街に限れば、まだ三万人台の死者しか報告されていない。しかしここの屋上から見たかぎりでは、とても三万程度の被害とは思えない。これはまずいと思うんだ」

「まずいとは……なにがまずいのだ？」

「つまり、集計できないほど膨大な数の死者が出ているということじゃないか。恐らくは、そこだけで十万人以上の……」

シンルージは棒を飲み込んだように言葉を詰まらせた。見渡せば、どの局長も、そのような危惧を等しく顔に浮かべているのだった。

後手に回っている。何もできていない。——部下はまだ半数も登庁しておらず、日頃手足のように駆使している電話や通信を閉ざされて、動こうにも動けない。

ぶるるっ、と水を浴びた馬のようにシンルージは頭を震わせた。無力感に苛《さいな》まれている場合ではない。総務局長が言ったようなことになっているのなら事態は一刻を争う。電話が通じなければ走ってでも、這ってでも行って情報を手に入れ、手を打たねばならない。手を打つとは人を差し向けるということだ。人を動かすのが行政のやることなのだから。

「すみません、ちょっとよろしいでしょうか？」

横合いから声をかけられた。シンルージが振り返ると、革のコートをまとってハンチングを頭に載せた若い男が、メモ帳片手に覗き込んでいた。反射的にシンルージは背筋を伸ばした。——経験から男の素性《すじよう》を察したのだ。

「なんだ君は。どこから入ってきた」

「『トレンカ彙報《いほう》』のヘリトといいます。シンルージ都令ですね、軍隊への災害出動要請はもう出されましたか？」

思った通り報道関係者だった。しかしシンルージは男の言ったことのほうに気を取られた。

「軍隊？」

「まだなんですか？　都令権限で軍隊の出動を要請できるでしょう？　まだなら急いだほ

うがいいと思うんですが」

「き……君に都政に口出しされるいわれはない！」

「しかしですね」

「しかしもかかしもない、緊急時だ！　おい、誰かこいつを放り出せ！」

　数人の職員が駆け寄って、ちょっと勘弁してくださいよともがく記者を無理やり廊下に連れ出した。演技する余裕もなく怒鳴ってしまったシンルージは額の汗を拭ったが、あわてて秘書室長を振り返った。

「そ、そうだ。出動要請だ。大至急、軍務総省に要請を出してくれ！」

「軍務総省は連絡が……」

「だったら兵営でも屯所《とんしょ》でもいいから伝えろ！」

　わかりましたと室長が立ち去ると、余裕のないぎらぎらした目でシンルージは局長たちを振り返った。

「新聞記者風情に言われて気づくのもなんだが、打てる手はまだまだたくさんありそうだ。君たち、こんなところに雁首《がんくび》並べている場合じゃない。急いで持ち場に戻って、できることを考えてくれたまえ」

　局長たちは慌しく去っていった。シンルージはちらりとセイオたちのほうを見たが、すぐに目を逸らして大声を上げた。

「おい、誰か……誰でもいいから、過去の災害について詳しい者がおったらちょっと来てくれたまえ！」

資料室かどこかの窓際の部局にいた部下を呼びつけて、つたない問答を始めたシンルージを横目に、ソレンスはセイオにささやいた。

「泥縄にもほどがありますね。今このときに昔の教訓話を聞いて対策を考えようとするとは……」

「仕方あるまい。彼のことは新聞で見て知っているが、男爵家上がりの裕福な企業家で、手引書のない政策の鉄火場《てっかば》など潜ったことがない男だ。人当たりのよさしか取り柄がなくて『お愛想《あいそ》都令』とまで言われてる。金も権力も通用しない事態だと自覚するまでは、やらせるしかないさ」

「いいのですか。もたついているうちにどんどん被害が大きくなります」

「構わん、こっちはこっちで勝手にやる。――君だってやっただろう。さっき廊下へ出たときに、あの記者を中に入れたな？」

「見られていましたか」

ソレンスは整った顔に悪意のなさそうな笑みを浮かべた。

「この制服を見て声をかけられたんです。すでに軍との連携が成っているのかと。答える立場になかったので、責任者のところへ案内してやりました」

「彼につつかれて、都令は遅まきながら災害出動要請を出した。君の目論見《もくろみ》どおりというわけだ」

「ご明察です。——今まで綱渡りのような近郊出動で動いていましたが、これでちょっとは大きな顔ができるようになります」

しかし他にも都令にしてほしいことはたくさんあるのですが、とソレンスはつぶやいた。

セイオは部下が持ち込んだ質問にいくつか答えてから、首を振った。

「おれがここへ来たのは、何にもまして帝都諸機関とのチャンネルがほしかったからだ。それはもう手に入った。今の時点で被害状況をもっともつかんでいるのは現場で実働している警察と消防だが、その二つとの連絡部局には、もうこちらの部下をがっちり食い込ませた。半島電力、中央放送局、帝国電電との繋ぎも押さえてある。上司の都令どもがどうバタつこうと関係ない。あちらが右往左往しているうちにこちらは動かせるものを片っ端から動かすだけだ」

「見事なお手際です。——閣下は前にもこのような経験を？」

「戦争直後のジャルーダにいたんだぞ。あちらは毎日こんな感じだった」

淡々とつぶやいてから、セイオはふと宙を見つめた。

「しかし、まあ……権威が通用せん事態だとはいっても、じきにそれが必要になるのは間違いないな。そうなったら都令にも助け舟を出してやるか」

「そうなりますか？」

「なるさ。天災は行政の縄張りなんぞ意に介してはくれん」

そう言ったセイオは、縄張りといえば、とソレンスに目を向けた。

「ソレンス少佐、君はこんなところにいていいのか。天軍の縄張りからは大分外れていると思うが」

「なに、問題はありません。もう軍令部総長じきじきの命令をもらいました。今の小官はジャルーダ総督府付き連絡武官ということになっています」

「それはまた……手回しがいいな」

驚いたように彼を見つめたセイオが、油断のない口調で、何の利点がある？　と尋ねた。

ソレンスが微笑んだ。

「あなたにはなぜか隠し立てをしたくない。……下心ですよ。帝国に天軍の後援者はあまりにも少ない。あなたの手際を見て、じきに頭角を現しそうなお方だと思ったので」

「……正直すぎる意見だな。そんな奴はそばに置かない、と言いたいところだが……」

また部下がやってきて、トリバット区の警察が避難民の誘導先を訊いています、と言った。セイオはソレンスを見、ソレンスは無線機に話した。ものの一分ほどで返答がある。

天軍指揮下の偵察ソアラーからのものである。セイオはそれを聞き、タルベル緑地だ、少し遠いがなんとか歩かせろ、と命じた。

部下が行くと、セイオは言う。

「――目下のところ、天軍の機動力と情報力は我々の大きな利点だ。追い払うわけにもいかん。協力し続けてくれ」

「喜んで」

ソレンスはにっこりとうなずいた。


自分を外に放り出した職員が、そのまま裏口に張り付いて部外者に目を光らせ始めたので、新聞記者のタンジ・ヘリトは苦笑して煙草をくわえた。

「神経質になっちゃってまあ……」

庁舎を囲む植え込みでしばらく見ていたが、職員はやってくる人間ことごとくにIDの提示を求め、容易に通そうとしない。自分と同じ記者らしい男と、撮影機材をかついだ三人組のテレビ取材班が問答無用で追い払われるのを見て、ヘリトは再突入をあきらめた。

庁舎の表側に回っていくと、やはりハンチングをかぶり、サングラスに口ひげをたくわえた大柄な男がやってきた。小脇に大口径のマルチカメラを抱えている。ヘリトの同僚のワショー・グインデルである。ヘリトは片手を挙げた。

「よう、正攻法はどうだった」

グインデルが無言で首を振ったので、ヘリトは笑った。

「やっぱりね。裏でもテレビ屋さんが追っ払われてたよ。報道発表どころじゃないんだな。こういう時こそマスコミをうまく使えばいいのに」

「ネタは拾えたのか」

「抜かりはないって、都令閣下のコメントが取れたぜ。――『しかしもかかしもない、緊急時だ！』」

ヘリトはペン型レコーダーの音声を再生すると、皮肉たっぷりに言った。

「都民の危機意識を喚起するだろう、ありがたいお言葉だった。具体性皆無だ。『お愛想都令』はしょせん飾り物みたいだね」

グインデルは黙っている。ヘリトはふと宙をにらんで言った。

「しかし……ちょっと妙なことはあったね。制服さんとインバネスがいた」

「……軍人と中央官庁の役人か？」

「うん、それも御大から少し離れたところにね。考えてみればありゃ怪しい。そっちをつつくべきだったか……」

考え込んだものの、あっさりとあきらめて言った。

「ま、帝都庁はひとまず諦めるしかないね。潜り込めなくなっちまったから」

ヘリトとグインデルはトレンカ彙報新聞社の正式な社員ではなかった。指示を受けずに独自の判断でネタを探し回り、記事を作って一行いくらで新聞社に売る自由記者である。そのフットワークの軽さで帝都庁潜入にも成功したのだが、反面、正式な身分証明を求められるようになると入り込めなくなる。

しかしヘリトはさほど落胆した様子でもなく、うそぶいた。

「ちょっとそこらを回ってみるか。ネタはいくらでも転がっていそうだし」

帝都庁前の車寄せには大勢の避難者が集まっていた。近代的な造りのおかげで地震の被害を免れた帝都庁ビルは、建物の崩壊を恐れる人々の目に頼もしく映っているようだった。

花壇に腰掛けたり、地べたにじかに座り込んだり、みな疲れきった様子だ。奇妙なのは、数百人はいる人々がまったく声を上げていないことだ。誰もが無言でぼんやりと宙を見つめている。

ヘリトは手近の老人に近づいて、人なつっこく話しかけた。

「こんばんは、おじいさん。どこから逃げていらしたんですか」

「う……？」

「お疲れですか。一服つけましょうかね」

「あ……」

ヘリトが差し出した煙草を老人はじっと見つめたが、手を出さず、悲しそうに首を振った。ヘリトは肩をすくめて手を引っ込めた。

「ショック状態かな……かわいそうなもんだ」

老人は口を利くこともできないようだったが、グインデルがカメラを構えてシャッターを押した途端、意外な行動に出た。

ぱっ！　とストロボが閃《ひらめ》くとともに脅えた目で振り向いて、よろよろと離れていこうとしたのだ。

同時に、周り中の避難者から苛立った声が浴びせられた。

「馬鹿野郎、やめろ！」

「写真なんか撮りやがって、どういう神経をしてるんだ！」

「他人事じゃないでしょう！」

数人が立ち上がって、フィルムを出せ、と迫ってきたので、二人はあわてて逃げ出した。植え込みを飛び越えて走ると、彼らもあきらめた。ヘリトたちは足を止めて振り返り、舌打ちする。

「失敗したな、写真はまずかったか。いい話が聞けそうだったのに。……ま、仕方がない」

あっさり避難者の取材をあきらめると、移動だ、とヘリトはグインデルの肩を叩いた。

近くの大通りの歩道に武骨な大型バイクが止めてあった。グインデルが前に、ヘリトが後ろにまたがる。そのかたわらを、どこからともなく集まってきた避難者がひっきりなしに通り過ぎていく。

彼らを眺めながら、ヘリトは鼻の頭を掻いてつぶやく。

「さて、と……避難組にはもうちょっと落ち着いてからインタビューするとして、次はどこに行こうかね。あ、とりあえず南へ行ってよ」

グインデルがスターターを踏み込むと、ドドン、と太い音を立てて単気筒の水素エンジンが回りだした。この融通の利く乗り物があるために、至るところで道路が寸断された帝都を、二人は短時間で回ることができたのだった。

走り出したバイクの後ろでヘリトはぶつぶつ言う。

「帝警はてんてこまい、消防は出払ってもぬけの殻、帝都庁は空回りか……湾岸のコンビナートにでも突っ込むかなあ。あそこの水素ガスタンクなんか、すごいことになっていそうだ」

実際に帝都の各所を走り回った彼は、本人も気づいていないことながら、驚くほど正確かつ広範な情報をつかんでいた。

最初の地震とそのあとの停電、火災などの混乱を切り抜けたヘリトは、駆けつけたグインデルとともに取るものもとりあえず辺りの惨状を調べて回った。しかし路上で立ったまま書いた記事を売りつけるべき新聞社は音信が途絶えていて、出向いたとしても号外すら出るかどうか怪しい状況だった。だから速報性で売るのではなく、第二報、詳報狙いで網を広げることにした。

バイクで走り回ってわかったのは、帝都のあらゆる機能がパンク状態になっていることだった。帝都警察本部は後から後から押し寄せる非常通報と救助要請で手一杯なところに、災害に乗じた犯罪を防ぐための治安維持もしなくてはならず、のこのこと入っていった二人は取り押さえられそうになった。消防は消防で地震直後に当直の全署員全車輌を出していたが、空っぽになったところへ最初の通報よりもっとひどい通報が遅れて舞い込むということが重なり、非番の人間を集めたりすでに出た部隊を動かしたりといった混乱で、取材どころではない大騒ぎだった。

かてて加えて、地震は警察や消防の施設そのものにも打撃を与えていた。——ヘリトが回ったいくつかの警察署や消防署は、自身の被害で出動が不可能になっていた。

「まだ行っていない場所は……そうだ、病院はどうだ！」

バイクの後席でヘリトは手を打つ。

「病院もけが人であふれかえってるはずだ。それこそおれたちを追っ払うどころじゃないだろう。泣ける話が書けるぞ。グインデル、次の角を右だ。総合病院があっただろう」

ヘリトが背中を叩くと、グインデルがぼそりと言った。

「実際他人事じゃないと思うんだが」

「うん？　おっと」

グインデルがバイクを鋭くバンクさせて歩道に上がりながら言う。

「ヘリトさん、あんたの家族は」

「おれぁ一人だからね」

ヘリトは口笛でも吹きそうな軽薄さで言った。

「実家は西の山奥だし、今は女もいないし。気楽なもんさ。そういうあんたはどうなの。家族のこと、聞いたことないけど」

「わからん、今日は帰ってないから。町で夕飯食ってるところにドシンと来て、すぐあんたのところに駆けつけた。家はロウ・ヒルなんだが……」

「そりゃ本当に他人事じゃないね。どうする、帰ってみるか？」

グインデルはしばらく考えていたが、いや、と首を振った。

「どうせこの混乱じゃたどりつけん。無事なら無事だろう」

「記者の鑑《かがみ》だね。この奥さん泣かせめ」

愉快そうに言ったヘリトは、ぐいっと体を前に押し付けられた。グインデルがバイクを減速させた。ヘリトがひょいと顔を出して前を見る。

「通れない？　……おや」

その道路もよそと同じように、乗り捨てられた乗用車でほとんど塞がれていたが、少し先に異様な光景があった。濃緑色の巨大な乗り物が、車体の前に押し立てたスコップのような板で、次々と車をすくい上げ、路肩に転がしてじりじりと進んでくるのだ。

「三五式だ。……陸軍の戦車だ」

つぶやいてグインデルがバイクを歩道の隅に寄せた。

戦車は轟々とタービンエンジンを咆哮《ほうこう》させ、耳障りな音を上げてキャタピラで路面を削りながら、乗用車をおもちゃのように押しのけてやってくる。その周りに銃を構えた数人の歩兵たちが従っている。一人がこちらを認めて近づいてきた。身構える二人に高圧的な調子で尋ねる。

「動くな。名前と住所、国民番号を言え」

「怪しい者じゃありませんよ。ぼくたちはしがない新聞記者で……」

「早くしろ！」

ヘリトはわざとらしく首をすくめると、ＩＤを差し出して名乗った。グインデルも同じことをする。

ふん、と銃を引いた兵士が言った。

「早めに家か最寄りの避難所に向かえ。もうじき外出禁止令が出る」

「外出禁止？　そりゃまさか、かいげ――」

「行け！」

再び銃を突きつけられたので、グインデルがスロットルを開けた。

排障器を装着した戦車とすれ違う。上部には機関砲を構えた兵士が陣取り、やはり冷たい目でこちらを見下ろしていた。

　彼らから離れると、ヘリトが目を輝かせて言った。

「こいつは妙だぞ。帝都庁の要請を受けたにしては早すぎる。フライングだ」

「かもな。だが——下手に調べると捕まるぞ」

　グインデルの言葉に、むう、とヘリトは鼻を鳴らした。

「捕まらないにしても目をつけられると動きにくくなる」

「怖いかい？」

「怖気《おじけ》づいたわけじゃない。ここまで来たんだ、先に病院を済ませて、記事を誰かに預けてからにしないか」

「そうするか」

　前方にいくつもの赤い回転灯が見えてきた。救急車が集まっている。その周りには人だかりもしている。病院だ。ヘリトはつぶやいた。

「ではまず、生と死のせめぎあう最前線のほうに乗り込んでみましょうかね……」

　この時刻——午後八時から深夜にかけては、災厄に対して「最前線で立ち向かう」人々の活動が最初のピークを迎えていた。平常の、というか並みの規模の災害ならばそれは発生直後の数分間から始まるのだが、帝都を襲ったこの大災害の場合は例外だった。

常ならば災害が起こるとともに消防が出動して火事を食い止め、救急がけが人を収容し、警察が人々を安全な地帯に誘導し、医療機関が負傷者を受け入れる。そして地域のコミュニティ、自治体、政府がそれらを何重にも取り囲んで連携し、支援する。

だがこの災害は、人間が作り出したそれらのシステムの強さを――「稼動限界強度」とでも言うべきパラメーターを――はるかに越えてしまっていた。普段は意識もされないことだが、都市の機構にはそのような数値が確かにあり――「頑丈な橋」はあっても「壊れない橋」がないように――、その数値がある点を越えると、被害が被害を呼ぶ悪循環が起こって、都市機構は信じられないほど大きなダメージを受けてしまうのだ。

今回の場合、悪循環の最初のトリガーは地震の発生した時刻にあった。午後五時ごろ――正確に言うと午後五時十四分――、それは、昼間のうちは一つところに留まっていた都市の勤労者や学生が一斉に移動を始め、「家庭」にも「組織」にも属さない中途半端な「個人」となってばらばらに動いている時刻であり、彼らによって道路や鉄道という、ある意味で「狭い」領域が過密になる時刻であり、さらに少し気の早い家庭や飲食店などでは、夕食の支度の「火」が台所や厨房で使われ始める時刻だった。――その、いろいろな意味で都市が「不安定」な状態にある時間帯に、巨大な衝撃が襲ってきた。

帰宅時刻を迎えて満員になり、本数自体も増えていた鉄道が最初の死者を出した。帝都に網の目のように張り巡らされた星型線、環状線、皇宮線などの近距離鉄道で、また、帝都とその他の地方を結ぶ沿洋線、沿海線、バルケード線、半島本線などの都市間鉄道で、わずか数秒の間に二千五百輛を越える列車が脱線し、転倒した。時速百キロ近い速度で走っていた列車では一輛当たり数百人もの人間が瞬時に即死したし、徐行、あるいはホームで停止していた列車でも、横倒しになった拍子に大量の圧死者が出、走ってきた列車に突っ込まれて凄まじい衝突事故を引き起こした。地下鉄では落盤こそ少なかったもののやはり脱線横転が一斉に起こり、照明が消えて真っ暗になった車内はいくらもたたないうちにパニック状態になり、乗客はもみ合い殴りあいながらかろうじて線路へと逃げ出したところへ、近くの河川の底が抜けてどっと泥水が流れ込んできて、避難路もわからないまま溺死させられた。

道路は道路でもっとも交通量の激しい時間帯に激震を受けて、走っていたほとんどの自動車が他の自動車、路肩の建物、あるいは通行人に向かって突っ込んだ。レンカ帝国における内燃機関は、ほぼすべて水素燃料で動いている。その容器は通常の衝突程度では漏出が起きない強度で作られていたが、まったく漏れないわけではない。衝突車輛の数パーセントはやはり爆発し、それが帝都全域で五百件以上発生した。

しかし問題は爆発よりも、車が停止したことそのものだった。目の前で他の車が衝突・爆発するのを見た大半の運転者はその場で車を放棄した。そうでなかった者も乗り捨てられた他車に道を阻《はば》まれては降りざるを得ず、結果として八十万台もの自動車が帝都のあらゆる通り、小道、地下道、高速道路を塞ぐことになった。

所によっては、メイポール祭のまっただ中だった西プラット区のように群衆そのものが道路を塞いだ。祭りに集まったのは近隣の人間よりも帝都近郊からの観光客が多かった。そういう、土地勘がなく、逃げ道も避難場所も知らず、興奮した人間の集団は、いったん猛烈な震動に襲われ出火した建物に囲まれると、いともあっさりと大混乱に陥った。西プラットでは地震後三分以内の狂乱的な暴走で二千人もの人間が圧死したし、それほど混雑していたわけではない他の場所でも、やはり暴走による死者負傷者が大量に出た。そこに火災が襲いかかった。レストランの厨房は無論のこと、火を扱っていない店でも水素漏れと漏電によって出火した。炎をあげて倒壊する建物は群衆をますます恐慌に陥れ、効果的な脱出を阻み、あまりにも密集した場所では人間そのものが可燃物となって、恐ろしい火炎地獄が生み出された。

また、港湾地帯では「水」の猛威があった。――地震の激しさはトレンカ湾沿いの防潮堤に数十の崩壊を引き起こすほどで、そこに波高五メートルもの津波が押し寄せた。津波の到達高度は波高の三倍に達する。――つまり港湾地帯にあった十五メートル以下の高さの建造物は、等しく猛烈な打撃力を持つ水のハンマーに打ち付けられ、紙細工のように挽《ひ》きつぶされ、押しつぶされ、押し流された。海水の侵入距離はところによっては海岸線から一キロ近くにもなり、ロウ・ヒルがそうだったように、一瞬にして干潟も同然の泥沼になった。

また、電気、通信、水道などのライフラインにも絨毯爆撃のような殲滅的な被害がもたらされた。帝都の主な電力供給会社である半島電力の中央給電指令所では、地震発生とともに自動送電停止装置が働いて六百八十万軒への送電を停止した。これは被害地域以外も含むものだったが、実害の調査が進むにつれ架空・地下合わせて一千二百ヵ所の送電経路に障害が発生していることがわかり、またトレンカ湾東岸のタンナウ第一、第二発電所にも被害を受けたために、早期の送電再開はあきらめざるを得なくなった。国営通信会社である帝国電信電話でもやはり電話線が千五百ヵ所以上で断線し、無線電話中継器も給電停止によって機能喪失した。生き残った回線にも通話が殺到して三十分もたたないうちに交換機がダウンした。その後、輻輳対策に大幅な通話制限をして回線を維持したものの、電話がほとんどつながらないという困難な状況が続いた。帝都水源公社では、帝都の地下に走らせた九系統の送水母管、百六十五系統の送水支管すべてが地震直後に水圧が低下し、大規模な漏水が発生したことを検知した。水道は電気や燃料と違って漏れた場合でもさほど危険ではなく、また火災の消火のために必要であるという判断から送水が続行されたもののの、水量減少は覆うべくもなく、帝都の中でも標高の高い地点では水が出なくなったり、逆に低地では水圧制御ができなくなって噴水のように路上に水が噴き出すなどの問題が続発した。

そういった桁外れに広範な被害によって、それらがばらばらに起きた場合よりもはるかに深刻な「救助困難」な状況が引き起こされた。

消防・救急・警察その他非常対策機関は、まず電話の不通によって出足を遅らされた。さもなければさばき切れないほどの通報殺到で飽和状態になった。地震後十分間の非常通報はその前日の通報件数の四十倍、三万五千件を数えた。それを緊急度の高さによって振り分けるだけでも不可能に近い難事だったが、そんな困難は序の口だった。

緊急現場へ出場しようとした部隊は、まず署から出るのが難しいことを知った。どこであれ通行量のある道路はすべて放置車輛で埋まっていたからだ。脇道、抜け道を探そうとする努力は早々に放棄され、緊急車輛は障害物を押しのけて進むという、普段なら考えられない乱暴な手段で移動せざるを得なくなった。

しかしそれをしても現場にたどりつくことはほとんど不可能だった。障害物もさることながら、被害は通報があった以上にあらゆる場所で起きていた。通り道に猛火を上げる建物があれば、そこが目的地でなくとも消火せざるを得ない。血を流して横たわる人があれば拾わざるを得ない。商店を略奪している者があれば制止せざるを得ない。また、道なき道を進むような苦労の末に現場にたどりついても、消火栓はろくに働かず、負傷者は何百人の単位であふれ、避難者を統制しようにも恐怖と興奮で浮き足立った群衆には拡声器を使っても声が届かなかった。そのようにして、たとえ本部からの指示が最適だったとしても、現場のレベルでは効果的な対処などほとんど行われなかった。

その不適切な対処すら、十分にされたわけではなかった。地震は帝都のあらゆるものを襲った。――消防署、警察署、病院、軍基地などにも。「救う側」も相当なダメージを受けたのだ。それが悪循環の次の輪だった。

帝都を五つに分けて管轄する消防の五方面隊、三十六の消防署と八十の消防出張所のうち、建物崩壊、車輌破壊、署員の死亡などで、合わせて二十六ヵ所が「出動不能」レベルの被害を受けた。警察でも同様に四割近い人員が職務を果たせなくなっていた。南プラット警察署では、管内で多数の被害が出ていたにもかかわらず、三階建ての署の建物の一階が潰れて九名の署員が生き埋めになり、その救出に苦労しているうちに、周辺地域で少なくとも三十二名の市民を死なせてしまった。

しかし、強烈な職業意識によって、あるいは日頃からの組織としての統制の厳しさがあって、身内の被害も顧《かえり》みず市民の救助に向かった者もあった。

古トレンカ十六街の南西に位置するヘイロウ区消防署では、消防車の爆発によって署自体が炎上したが、負傷した幹部の代わりに隊員たちは自主的に署の放棄を決断した。――その判断を下した小隊長は、燃え盛る建物から手斧やホースを運び出しながら、青ざめた顔で部下に命じた。

「手押し車はなかったか？　集めた道具をありったけ積み込め」

「手押し車ですか？　――表の道路まで出れば消火栓があるから、そんなものに積まなくても……」

「馬鹿、消すのはここじゃない！」

部下を怒鳴りつけてから、小隊長は手押し車を出してきた連中に言った。

「全部積むんだ、隙間に消火器も押し込め。――そうだ、町に出場するんだ！　俺たちはそのためにいるんだぞ、署を守るためじゃない！」

そういった苦しい判断を成し遂げた者もいたことはいたが、しかしやはり、全体から見ればごく少数だった。人は部外者であるとき、余裕があるときにこそ、他人を助ける気持ちになれる。また、苦しさを知っている者こそ、他人を助けることができるともいう。……しかし、今まさに自分が助けを受ける立場にあるとき、その立場に甘んじることなく、さらに苦しい人を気力を持って探し、力を貸すことは、誰にでもできることではない。災害という日頃の約束事、甘い馴れ合いのようなものが通用しない事態においては、直接にそれが試されてしまう。

そして「医療」においても、そういった「土壇場における脆さ」が露呈していた。――大病院のいくつか、それに個人経営の医院の多くでは、医療従事者が極めて微妙な判断を強いられていた。誰を救うかという判断を――。

神経を逆なでする救急車のサイレンが建物を取り囲み、ひっきりなしに押しかけるけが人の、痛みをこらえるうめき、泣き声、診察を求める哀訴、順番待ちの怒声、それに応じる受付の苛立った声、走り回る看護師の靴音、がらがらと押されていくストレッチャーの音、戸惑って何度も言い直す院内放送、聞き慣れているはずなのに不吉に感じられる心拍計、人工呼吸器の電子音——そんなものに囲まれて、五分だけ飲み物を摂ってくるといって宿直室に逃げてきた三十代の外科医は、落ち着きなく目を泳がせて考える。

自宅にいるはずの妻は無事だろうか？　幼年学校に行っていた娘は家に帰りつけたか？——この災害だ、無傷とは考えにくい。かすり傷ならいいが、重いけがなら自分が診てやりたい。いや、けが程度ならまだしも、家が潰れていたら……今この瞬間にも、屋根の下敷きになって、暗い隙間で救助を待ちながら、近いか遠いかもわからない轟々と燃え盛る音、きな臭い匂いに脅えて涙を流し、震えながら助けを待っていたら？　……今、自分がここを飛び出して、そこらの自転車でも盗んで走って帰れば、助けられるのだとしたら……？

バタンとドアが開いて、目を血走らせた上司が叫ぶ。

「きみ、早く戻ってくれ！　骨盤骨折と上腕挫創《ざそう》らしいのが入った！」

「ああ……はい、すぐ行きます」

「急いでくれよ！」

引っ張り出す手間も惜しいとばかりに上司が駆け去る。開け放たれたドアの外を、長い髪を血でべっとりと汚した若い娘が、妙にしっかりした足取りで歩いていく。ぼんやりとそれを見つめて、医師は乱れる心に思う。

おれが逃げれば確実に人が死ぬ。おれを頼ってやってくる人間が、何人も……。それを助けるのは医師の義務だろう。しかし一方で、おれの家族も似たような目にあっているかもしれない。それを助けにいくのは、医師としての務めには反するかもしれないが、人間としてはどうだ？　人間なら、他人を見殺しにしてでも家族を助けるのは、正しいことじゃないか……？

医師は立ち上がり、部屋を出る。朦朧《もうろう》とした足取りで、診察室とは反対の方向に向かって――

「先生！」

突然声をかけられてびくっと立ち止まる。横に顔を向けると看護師が立っていて、抱いていた赤ん坊を押し付ける。

「見てください、指！　ほらこれ！　こんなに小さいのに……」

泣き疲れてひくひくとえずき上げていた赤ん坊が、看護師の大声に驚いたらしく、火がついたように泣き叫び始める。赤ん坊の手をぼんやりと見た医師は、おもちゃのように小さな指が二本、妙な形に曲がっているのを見て、頭を殴られたように我に返る。

「――折れてるな。すぐレントゲンを……使用中か？　麻酔してやるか」

「親がいないんです。道端に放り出されていたのを誰かが届けてくれて……よちよち、もう大丈夫よお、偉い先生が診てくれますからねえ」

あやす看護師を振り切って、医師は器具のある診察室に走る。つい先ほどの考えを必死に打ち消そうとする。おれは今なんてことを……いや、しかしうちの娘だって……。

――医療従事者は緊急時に活動すべき人々でありながら、消防・警察と違って職務的拘束がない。彼らが任を果たすかどうかは、個々人の良心に委ねられている。彼のような迷いは、帝都のすべての医者が等しく持つものだった。――いや、そうですらない者も当然いた。人目をはばかって、あるいは制止を振り切って、家族や恋人のもとへ走った者も、相当数いたのだ。

そのように――「助ける側」の人々の様々な滞り、屈託、翻意が、救助活動の重大な阻害要因にもなっていた。それらはまさに、正常な社会を維持する機構が、限界を越える負荷を受けて破綻《はたん》してしまったということだった。助けられるべき人々は見捨てられ、看取られもせず、人形のように壊され、燃やされ、倒れていった。それによって「助ける側」の負担はますます増え、ますます犠牲者も増えていった。

――帝都の崩壊と炎上、そして救助者の猛烈な戦いが、災害から数時間も遅れた午後十時ごろピークに達したというのは、このような被害の拡大再生産の過程が、常識を越える規模で進んだからだった。

そして――この頃、帝都ではすでに彼らが動いていた。

濃緑の制服に身を包み、厳格極まりない統制を受け、圧倒的な動員力と機材力を備えた者たちが。

陸軍、高皇黒甲兵団の兵士たちが。


日付が変わるとともに帝都庁地震対策本部に飛び込んできた知らせは、異様な緊張をその場にもたらした。

「発電所が……爆発するかもしれんだと？」

目を見張って問い返したシンルージ都令に、通信職員は蒼白な顔でうなずいた。

「帝都東方のタンナウ第一発電所からの連絡です。地震によって被害を受けた発電機の冷却系が、もしかすると爆発を起こす恐れがあると……」

「待て、タンナウは核融合発電だろう。なぜ爆発が？」

近くにいた技術系の建設局員が駆け寄って言った。科学には疎いシンルージに顔を向けて説明する。

「核融合は装置が故障すると自然に停止します。昔の核分裂発電所ならば、たとえ発電をしてなくても炉心が熱を発し続けるので、常に冷却しなくてはいけなかったんですが。……おい、どうしてタンナウで爆発が起こるんだ」

「爆発しそうなのは炉心ではなく発電機なんです。発電系も発熱しますから。そちらの冷却配管にひびが入ったという話なんです」

「だったら放射能汚染の心配はないんじゃないか」

「それがそうでもないんです。発電機が爆発すれば隣接する融合炉もただではすみません。——もしそれが破壊されると、中性子で放射化した炉壁が飛び散ることになります。核廃棄物に近いものが」

「なるほど。……ということは、帝都の東半分が吹っ飛ぶようなことにはならないな」

「なりません。しかし、付近はかなり汚染されます」

「待ちたまえ、大体わかった」

苛立った顔で聞いていたシンルージが身を乗り出した。二人の部下の顔を見回す。

「爆弾ではなく、毒ガス災害のように扱えばいいということだな？」

「まあ……」

「そうです。行政的にはほぼそのような感触でしょう」

「わかった、住民を避難させなくてはならんようだな。君、このことには詳しいかね」

「専門ではありません。エネルギー課の連中を呼びましょうか？」

「頼む。どの程度の広さに波及するものか知りたい」

建設局員が出ていくと、何かを思い出したような顔の秘書室長が、後ろからそっとシンルージに耳打ちした。

「閣下、一つ問題が」

「なんだ」

「タンナウはツヴァーク州の町です。帝都に含まれていません」

「だからなんだ？」

シンルージは振り返って叫びかけた。

「川一つ挟んだだけで帝都の目と鼻の先だぞ。ツヴァーク州庁よりもこちらのほうが近いぐらいだ。行政区が異なるからといって……」

急に声の調子を落として、シンルージはつぶやいた。

「……そうか、わしは避難勧告を出せんのか」

室長がうなずいた。

「そうです。ツヴァーク側へ勧告を出す権限がありません。川のこちら側の住民には出せますが……」

「向こうの州令は知っとるのか？」

問いかけられた通信職員が首を振る。

「わかりません。が――恐らく知らされていないと思います。タンナウの辺りの電話も不通になっているようですから」

「そうか……」

建設局員がエネルギー課の人間を連れて戻ってきた。検討の末、やはり最低でも発電所の周辺三キロあまりの地域で避難が必要だとわかった。シンルージは苦い顔で命じる。

「ツヴァーク州庁を呼び出せ。何か方法はないか」

「電話はだめです。無線でも先ほど呼んでみましたが応答がありませんでした。州庁間の無線通信に関する規定がもともとないんです。あちらが州内で使っているはずの周波数を選んだのですが……」

通信職員がうなだれる。シンルージは焦りに任せて怒鳴りつけようとする。

部下の顔を見回したシンルージは、気づきたくもないことに気づいてしまった。

「方法がないでは済まんだろう、このままでは何万もの民が……」

部屋の隅から向けられるいくつかの視線。セイオたちが見ている。

「む……」

シンルージは逡巡した。視線の意味はわかる。彼らなら天軍のソアラーという連絡手段を持っているのだ。やらせろということなのだろう。だが、追い払った手前がある。

短いにらみ合いがあった。それを破ったのはセイオのほうだった。立ち上がってこちらにやってくる。シンルージは内心でほっとしたが、顔には出さない。

ところが、シンルージの前にやってきたセイオが言ったのは、妙なことだった。

「話は聞いていた。――その件、誰が伝えてきた？」

データグラスに隠された彼の視線が通信職員に向けられた。職員はさっと顔色を変え、うろたえたように目を泳がせた。

セイオはそれを逃さず畳みかけた。

「連絡手段がないのに、どうして知らせがここに届いたんだ。答えろ、誰からだ？」

「それは……」

「陸軍ですね」

そう言ったのは、セイオについてきたソレンスだった。職員が目を見張り、小さくうなずいた。

「……そうです。陸軍第一師団の師団長名での情報が流れていました。なぜわかったんです？」

「他にないからです。この状況下でそんな通信能力を備え、かつそんな行動を取る理由のある組織が。彼らは帝都を守るのが任務ですから」

「なぜ黙っていた？」

職員に詰め寄ったセイオを、ソレンスが引きとめた。

「盗聴なんですよ。陸軍がここに通報してくる義理はない。部隊内での連絡だったんでしょう。それを彼はたまたま傍受した。座して見過ごせる話ではないので都令閣下に報告したけれど、出所を話してしまうのは危険だと思った。……違いますか」

職員は機械のようになんども何度もうなずいた。その顔には明白な脅えの色が浮いていた。

「陸軍か……」

セイオがつぶやき、一座に沈黙が落ちた。

陸軍。それは昨今の帝都において一種異様な存在感を示している組織である。昨今まで政府の方針により国を挙げての戦争態勢にあったレンカでは、何に付け陸軍が幅を利かせていて、批判したり敵対した者には恐ろしい制裁があるのだ。公《おおやけ》に認められた行動ではなかったが、制止する者もおらず、彼らの強権は事実上野放しだった。

陸軍の通信を盗み聞きすることは犯罪ではない。傍受されるような通信をするほうに問題がある。だが、それゆえにこそ、一市民に傍受されたと知ったならば、陸軍は面子《めんつ》のためにも放っておかないだろう。

セイオはシンルージに向き直った。

「聞いたとおりだ。話の出所が陸軍である以上、問い合わせしても誠意ある回答が得られるとは限らん。むしろ伏せられるだろう」

「な、なぜです」

シンルージは食い下がったが、セイオの言葉を聞いて口を半開きにした。

「いいか、あなたが都令権限で陸軍に出動要請をしたのがおよそ二時間前だ。この混乱の中たった二時間で、駐屯地に近いわけでもないタンナウにまで部隊を展開できると思うか？」

「というと……」

「フライングだ。陸軍は、要請前にすでに出動していたんだ。無断出動だ。問い合わせたところでしらばっくれるに決まっている」

セイオの言葉に、辺りがしんとなる。ソレンスが人を食ったような調子で付け加えた。

「無断出動は天軍もですけどね」

「黙ってろ、小銃しか持たない天軍とはわけが違う。陸軍は戦車も攻撃機も持っている。やろうと思えば本物のクーデターだって可能な組織なんだ。それが勝手に動いていたというのは一大事だぞ」

「そうですな、一大事だ。これは見過ごしには……」

シンルージが同調したものの、その言葉は尻すぼみに消える。

「……見過ごしにはできんのでしょうが、しかし今は……」

「ああ、それどころではない」

セイオが苦い顔でうなずいた。

「発電所の件に対処するのが先決だ。都令殿、あなたの言いたいこともわかる。天軍の協力を得てツヴァーク州令に渡りをつけてくれというんだろう」

シンルージは仕方ないという顔でうなずいた。だがセイオの次の言葉に目をむいた。

「その必要はない」

「なぜです!?」

「おれが許可する。——内務省高等文官として、タンナウ周辺の住民に避難命令を出す。避難勧告ではない、行政命令だ。帝都もツヴァークも関係ない」

「そ、それは……」

シンルージは目を白黒させて周りの部下に目をやった。見られた部下たちも、なんとも複雑な表情をしていた。

渡りに船、ではあるのだった。自治体に限定される都令の職権では及ばないことも、政府の権限でならば実行できるからだ。

しかしそれこそはシンルージたちの忌み嫌う中央強権の発動なのだ。それも、先ほどから煙たく思っている若輩者の独断だ。

痛し痒《かゆ》し——そんな感じで、できれば避けたかったというような思いを誰もが抱いたが、秘書室長がそっとシンルージに耳打ちした。

「この際、背に腹は代えられません。住民の安全が最優先です」

「うむ、それはそうだが……」

シンルージはなおも口ごもったが、室長がさらに小さな声で言ったので愁眉《しゅうび》を開いた。

「もし誤報だったとしても、彼の責任になります」

「……そうだな」

一つうなずくと、シンルージはセイオに向き直った。

「改めてお願いする。ランカベリー閣下、この件を取り仕切っていただけるか」

「言われるまでもない」

そっけなく言い捨てると、セイオたちは持ち場に戻っていった。シンルージはどっと席に体を沈めた。

「若造め！……何が高等文官として、だ。どういう手で成り上がったのか知らんが、あんな奴に頭を下げねばならんとは、わしも落ちぶれたもんだ」

そう言って、憎々しげにセイオをにらんだ。

総督府船から連れてきた部下たちに住民避難の段取りを考えさせ、別の天軍兵士とのすり合わせをさせると、セイオはにわかに席を立って出口に向かった。ソレンスが戸惑いがちについてくる。

「閣下、どこへ？」

「本省だ」

「内務省ですか？　行っても意味がないかもしれません。なぜこんな時に……」

「こんな時だから、だ」

驚くソレンスに顔も向けず、どんどん歩いて廊下に出る。

「さっきの都令の顔を見ただろう。おれ一人であんな連中を動かすのは骨が折れる。本省から誰か名の通った人間を連れてきて箔《はく》をつける。……それが無理なら委任状でも何でも、とにかく連中が反論もできなくなるような権威というやつを、本省からぶん取ってくるんだ」

「ぶん取って、はなかなかいい表現だと思いますが、しかし」

ソレンスはセイオに追いすがって肩をつかむ。なんだ、と振り返ったセイオに真剣な顔で言う。

「権威など必要ですか？　私には、閣下の行動だけでも十分説得力があると思えます」

「……どうもおまえは、軍人とは思えんほど善良だな」

セイオは呆れたように言って、ぐいと顔を近づけた。

「いいか、おれの相手は都令だけじゃない。聞いただろう、陸軍が不穏な動きをしているんだぞ？」

ソレンスは沈黙した。彼を置いて、セイオはまた歩き出した。

「陸軍にこけ脅しなど通用せん。内務大臣を連れてきたってまだ足りないぐらいだ。とにかく味方がほしい。ソアラーを出してくれ。二十分で行って戻ってくるぞ」

「……わかりました」

足早に階段を降りていくセイオを追って、ソレンスは走った。

その森はいつも、深く茂れるオークの立ち木の奥から、射撃練習の乾いた破裂音や重車輛の太い走行音をかすかに漏らすだけで、眠れる獅子のように近隣の人々から避けられていた。

しかしこの夜、晩春の穏やかな夕べを揺るがす激しい地震があってからは、その獅子が目覚めたかのように動きが激しくなり、いかめしい指令放送や航空機の轟音などを隠れもなく響き渡らせ、何百輛もの車輛を鉄の門から吐き出して、活動を誇示するようになった。

皇宮西方、黒甲の森。——陸軍参謀本部。

五十五万の兵を統率する最高司令部として多くの機関を備え、帝都衛戍《えいじゅ》連隊を始めとした実働部隊をも擁する、帝国陸軍の中枢である。

オークの森に擬した防塁《ぼうるい》に囲まれた広大な敷地に点在する、強固なコンクリート造りの建物、兵営、武器庫、格納庫の数々。その中でも最も武骨な、貫通型核兵器の直撃にも耐えるドーム型の掩体《えんたい》に守られた半地下の建物——「竪穴《ザ・ピット》」の俗称で呼ばれる本部要塞の総指令室に、一人の青年が立っていた。

抜き身の軍刀を床に突き立て、その柄に両手を置いて、触れなば斬らんという面持ちで立っているのである。まずはここから異様だった。

歳は三十をやや越える。艶光る黒髪を後ろへ撫で付け、彫りの深い顔に鷲の如き鋭い瞳を光らせている。抜きん出た長身で体軀はやや細いが、濃緑の軍服の肩や胸は、びしりと張って秘められた膂力《りょりょく》を示している。昨今の陸軍では射撃術が重んじられ、制式のソウグ流刀法は旧弊な児戯として廃《すた》れつつあるが、往古の剣豪の如き彼の姿には、銃を構えるよりもよほど威風があった。

名をスーザック・グレイハンという。階級は大佐であり、臨時に代将となっている。

彼の前には帝国陸軍のすべてがあった。

軍靴を鳴らして襲歩する歩兵部隊、道をうがって驀進《ばくしん》する戦車機甲部隊、爆薬で瓦礫を吹き飛ばす工兵部隊、探照灯をぎらつかせて低空を徘徊する航空直協部隊、波騒ぐ海をかき分けて走る海戦隊の軍艦、船艇――帝都全域に展開しつつある第一、第二、第四師団の兵五万五千名と、域外から援護の手を差し伸べる北部、西部、西南部の各方面軍五十万名の動きが、強力な軍用通信網によって網羅され、集約されているのだ。

陸軍参謀本部は、天軍軍令部などとは比較にならぬほどの規模・密度・意志で、配下の部隊を統率し駆使していた。

各地から飛び込む報告を百名に達する通信管制官が機敏にさばき、時々刻々と変化する情勢が総指令室正面の巨大なスクリーンに映し出される。非常照明の不気味な赤い光に照らされた室内を、連絡士官たちが絶え間なく走り回り、無駄のない最小限の言葉で指示が下される。その様相には平時に比べていささかの動揺もない。砲火にさらされても機能するよう建造された総指令室は、大地震の猛威に際してもまた、いかんなくその防御力を発揮した。

ただ——百獣に君臨する巨竜ですら柔らかい腹までは鱗で覆えなかったように、無類の危機管理強度を誇る軍本部といえども、すべての施設を温存することは不可能だった。総指令室最後段、通常ならば首脳たる幕僚たちが列席する段には、人気《ひとけ》がない。数人の人影があるのみだ。

地震発生時、幕僚たちはここにいなかったのだ。

わずかに残った者のうち二人が、グレイハンの前にいた。

一人は痩せぎすの年老いた将官で、総司令官席で背を向け黙然と室内を見渡している。参謀総長代理、タムンド・リューガ中将である。もう一人はリューガの隣に立ち、蒼白な顔でスクリーンとリューガを見比べている。軍務総省参事のタオスという男である。女性士官がグレイハンのそばに来て報告し、それをグレイハンがリューガに告げた。

「枢密院議長がつかまりました。陛下への奏聞《そうもん》はやむを得ぬから後にして、彼の責任で裁可するそうです。——閣下、戒厳宣告を」

タオスは最前から、川に流れてしまった我が子を手をつかねて見守るように、おろおろと総指令室を動き回っていたのだが、たまりかねたように叫んだ。

「戒厳宣告ですと?」

軍の動きを監視する文民の立場にあるタオスは、頑迷さをむき出しにしてグレイハンに食ってかかった。

「貴官は一体何様のつもりか！　上官不在の奇貨《きか》に乗じて軍事を専断するだけでも不遜きわまるのに、と、統帥の大権を侵し奉るとは！」

「誰が専断などしたか」

「したではないか！　発電所派遣部隊の報を民間に漏らしたこと、私が気づいていないとでも思ったか？　あれが司令官名の変更を既成事実化するためでないと説明できるか！」

「だとしたら、どうなのだ」

グレイハンが鋭い眼差しを向けた。射すくめられたようにタオスは口を閉ざす。

グレイハンは固い信念のにじむ口調で言った。

「皇宮は毀《こぼ》たれ、軍務大臣や幕僚諸将は総省壊滅とともにことごとく横死《おうし》なされた。それを悼《いた》めというならいくらでも悼もうが、指揮権は軍令承行の原則により正式にリューガ閣下に移ったのだ。なれば分不相応な大任といえども甘んじて受け、帝都の安寧秩序のために粉骨砕身するのが軍人の本務。この理屈が間違っているか?」

タオスは唇を震わせるが、何も言えない。この日、早晩来るだろう星外進攻に備えて軍制を改変するため、陸軍首脳の大多数が総省に集まっていた。地震はそれを狙ったかのように発生し、彼らを殺してしまったのだ。要人を一ヵ所に集めてしまった危機管理体制に問題があることは確かなのだが、それはグレイハンやリューガの責めに帰することではない。第一師団長とその配下の帝都衛戍《えいじゅ》連隊司令官に過ぎなかった二人が全軍の指揮を執るという事態も、異常で大それたことではあるが、慣行に照らせば確かにやむをえないことではあるのだ。

グレイハンはなおもタオスに詰め寄る。

「帝都は今、未曾有の混乱の渦中にある。軍の強権はこの混乱を鎮めるために必要不可欠なものだ。それを不遜と呼び、妨げようとするとは、あなたこそ大逆の輩《やから》と指弾されても仕方ないと思うが……?」

「し、しかし戒厳令とは！　強権にもほどがある！」

悲鳴のような叫びは、文民としての彼の信念から発していた。

戒厳令とは、軍が政務治安を司《つかさど》る体制のことである。

本来、戦闘組織である軍に行政司法の権限はない。犯罪者を摘発逮捕するのは警察の仕事であるし、それを法に基づいて裁くのは裁判所の管轄である。だが、社会が根本から揺るがされるような戦乱状態に陥ったとき、警察や裁判所の能力では対処できないことがある。

そのような時に、独立編成の強固な組織を持つ軍隊に行政司法を代行させるのが、戒厳令の理念である。

しかしこれは諸刃《もろは》の剣だ。武器兵備という無類の物理力を持つ軍隊が街中で行動を起こしたら、実力でそれを止められる者は誰もいない。彼らが無実の人を逮捕するかどうか、罪を着せるかどうかは、ただ彼らの良心だけに任されてしまうのである。

そして、手に入れた力の誘惑に負けて良心を放棄した軍隊の例は、星代近代を問わず枚挙に暇《いとま》がないのだ。

それを防ぐために戒厳令の発動には厳しい制約が課せられていた。

戒厳を宣告できるのはレンカ高皇だけである。それも議会閉会時だけだ。さらに法の番人である枢密院の裁可も必要である。軍の独走にはこれだけの歯止めがかけられているのである。

それを持ち出して、タオスは叫んだ。

「貴官らに戒厳宣告の権限はない！　由々《ゆゆ》しきことだ、越権であるぞ！」

「権限はあるのだ、参事」

「なんだと？」

虚を突かれたように問い返すタオスに、グレイハンが怒りを抑えた声で言った。

「戒厳法にこうある。——平時に臨時戒厳を要する場合は司令官上奏して命を請うべし、時機切迫して通信断絶し命を請うの道なき時は直《じか》に戒厳を宣告することを得る。――わかるか。今はまさに『通信断絶し命を請うの道なき時』だろう」

「じ、条文にあるからといって――」

「そうだ、それこそ今は条文を云々している場合ではない。そこをあえて我らは可能な限り説得力のある手続きを踏んだ」

グレイハンが鋭く畳みかける。

「枢密院議長の裁可を仰ぎ、今も偵察小隊が玉体をお探し申し上げている最中だ。参事、あなたはこれ以上陸軍の貴重な戦力を割《さ》き、臣民を捨て置いてまで瑣末な制度の遵守にこだわれと言うのか！」

声は高まり、最後は怒声となって総指令室に響き渡った。幾人もの視線が集まり、タオスはすくみ上がる。

「しかし、しかし――」

最後の砦とばかりに、細い声を無理やり振り絞ってタオスが言った。

「治安出動をせずともよかろう！　災害出動でなぜいけない!?」

「寝言じゃな」

ぎい、と音がした。――リューガ中将が椅子を回し、二人へ向き直ったのだ。

半白の髪の老将軍は、落ちくぼんだ眼窩《がんか》にせせら笑うような光をたたえてタオスを見やった。

「タオス殿、あんたはジャルーダへ行ったことがあるかね」

「い、いや……ござらんが」

「では知らんのだな。奴らが——ジャルーダの卑族民がどれほど性悪《しょうわる》で薄汚い賊徒なのか」

リューガは笑いとも憎悪ともつかぬふうに目を細めて述懐する。

「連中はな、狐じゃよ。……ずる賢く、素早く、こちらの隙を突くことにかけては恐ろしく巧みで、そのくせ面と向かって噛みついてくる勇気はない。軍を進めれば逃げ、軍が引けば回りこみ、軍が休めば夜襲をかける。南国の深い闇にまぎれて糧食に毒を混ぜ、将兵の寝首をかき、陣屋に火を放って遁走する。……大兵をもって制圧しても油断してはならん。監視の目のあるところでは従順に頭を下げる……が、ひとたび目を離せば納屋の奥から武器を持ち出し、こちらの背後から銃火を浴びせる。それも壮士ばかりではない。女や子供、年端《としは》も行かぬ幼子《おさなご》さえ、襤褸《ぼろ》の懐に毒錐《どくぎり》を呑んで、こちらの柔らかいふくらはぎに突き刺すのじゃ」

リューガは軍服のズボンをまくりあげた。——現れた骨ばった足に黒々と残る斑紋を目にして、タオスが息を呑む。

「わしもやられた。町家でな。敵軍の影もない平穏な村じゃったが……村長に酒宴に誘われ、つい気を許して泊まり込んだのが間違いじゃった。明け方近くに忍び込んできた、銀の髪の、目ばかりぎらぎらと光った娘が、こう、腰だめに錐を構えてダッとな。……気配に気づいて跳ねのけたが、あと少し酒が深ければ死んでおった。捨て置きもできんから、その村は焼いたよ」

傷を撫でると、リューガは楽しい思い出を語るように言った。

「殺されかけた報復じゃからな。手加減は一切せなんだ。二個大隊で村を囲んで、擲弾《てきだん》と野砲であぶり出して……逃げ惑う連中を片端から打ち倒して……命乞いをした者もおったが、何その手には乗らん。男は穴を掘らせてから銃殺して落とし、女は使ってから斬ったな。……どうせ殺すのじゃ、使って悪いということもない。南国の女はばねが利くといって、兵どもは喜んでおった」

ほ、話が逸れた、とリューガは瞬きした。慄然とするタオスに白い眼光を向ける。

「帝都には、捕虜や労役囚として連れ帰った八万人の卑族民がおる」

「……」

「あんたが素手で連中を抑えられるというなら、わしも兜を脱ぐがな」

「し、しかし……」

タオスは紙のような顔色で視線を泳がせる。そして、知る。

グレイハンも、彼の副官も、他の者も——女性士官たちでさえ彼に冷え冷えとした眼差しを向け、リューガがやった蛮行をジャルーダ人たちこそがやりかねないとでもいうように、無言で非難していることを。

タオスはうめく。

「過ちだ……過ちですぞ、閣下」

「やれやれ」

ぎい、と再び椅子を鳴らしてリューガは部屋の前方へと向き直った。背中で告げる。

「グレイハン」

「はっ」

「参謀総長代理として、帝都トレンカ並びに隣接六都市に臨時戒厳を宣告する。――軍事司法権は戒厳司令官の管掌《かんしょう》じゃったな」

「さようです」

「タオスを斬れ」

「閣下！」

悲鳴を上げてタオスが詰め寄ろうとしたとき、グレイハンの軍刀が稲妻のように閃いた。斬撃はタオスの脇腹に食い込んだ。もんどりうって転がったタオスは、おびただしい鮮血を床に広げて断末魔のうめきを漏らした。

「帝国に……災いなきよう……」

「それこそわしらの台詞じゃ」

ちらと彼を振り向いたリューガがつぶやいた。誰か始末を、とそっけなく命じる。ノートという名のグレイハンの副官が、息絶えたタオスを顔色一つ変えずに運び出していった。

グレイハンが改めて部下に命じる。

「訓令！　時刻〇〇一五、戒厳宣告だ。麾下《きか》全部隊ならびに行政庁、枢密院、国内各州、その他関係各所に速やかに伝達せよ。陸軍はこれより都令要請による災害出動から治安出動に任務を切り替え、総司令部は戒厳司令部となる。帝国人であると卑族民であるとを問わず、帝都の平安を紊《みだ》す者は仮借《かしやく》なく制圧せよ！」

了解の唱和が湧き、総指令室は目に見えて慌しくなった。

部下を見渡すと、グレイハンは一礼してリューガのそばを離れようとした。すると、リューガがぽつりと声をかけた。

「グレイハン」

「はっ」

「一蓮托生《いちれんたくしょう》じゃからな」

「……心得ております」

グレイハンは一礼し、出口に向かった。

廊下に出ると、タオスを処分してきたらしいノートが待っていた。周囲を見て人影がないことを確かめると、グレイハンはかすかに笑って言った。

「老いぼれは気づいているぞ」

「仕方ありません。老いたりとはいえかつては豹の異名を取ったお方です」

「ふん、狐狩りが似合う名だ」

吐き捨てるように言うと、グレイハンは腹心の部下をじっと見つめた。

「わかっているな、ノート」

「はい」

「おれは私心がある。が、それは帝国の興隆と相反するものではない。今度の災難にあっても、身を賭して敵と戦い、帝都を守ってやる。……タオスは図星だった。それを斬ったおれを許せるか」

まだ二十歳を出たばかりの、少年のような面差《おもざ》しを残すノートは、強くうなずいた。

「私でも斬りました。武断なくして帝国の盾《たて》とはなれません」

「矛《ほこ》になるんだ、おれたちは。行くぞ、無駄話は年寄りになってからでいい」

ノートを引き連れてグレイハンは再び総指令室に入る。いまや、彼と、彼が傀儡《かいらい》としようとしているリューガの掌中《しょうちゅう》に収まった、帝国陸軍を采配するために。

グレイハンの信念は固い。軍を率いて戦に勝ち、帝国を列強に伍する大国へと育てるという信念は。そこに一点の迷いもためらいもない。

一つの事実として、この夜、陸軍がその卓越した組織力を発揮して、多くの成果を上げたことを指摘しないわけにはいかないだろう。

地震発生のわずか三分後から陸軍は行動を開始した。幕僚不在で、平時体制にあった参謀本部の総合的な指示は大分遅れたが、それより下位の実働組織である参謀本部直属の第一師団と第二師団ではすぐさまオートバイの斥候部隊を走らせ、偵察機を飛ばして情勢の把握に乗り出した。戦地において敵の監視と砲火をかいくぐって情報を収集するベテランである彼らは、崩壊し混乱した帝都を果敢に走り回り、全市ことごとく停電してただ火災の赤光のみが照り輝く空を巡り、この災厄の規模を実感した最初の人間たちとなった。

師団司令部は即座に参謀本部と軍務総省の指示を仰ぎ、師団隷下《れいか》の警備部などでもしきりに帝都庁その他の外部との連絡がはかられたが、一般電話回線の輻輳と当の相手も被災していたことで連絡はなかなか達せられず、いきおい動静は師団指揮官級の将校に任せられることになった。第二師団長は地震時の負傷で人事不省に陥っていたので、第一師団長が海上戦力である第四海戦師団の長と協議し、三師団をもって近郊出動の拡大解釈で総力出動することを決定した。

当初の任務は道路の啓開《けいかい》と生き埋めの救助だった。これは警察と消防の働きを前提として、消火活動や避難民の誘導は彼らに任せ、軍にしかできないことをしようとしたものである。しかしそれではとても現況に対応できないと、連隊、大隊の単位で町へと出た兵士たちはすぐに気がついた。

道路の被害は予想以上に凄まじかった。最初の偵察部隊があまり地勢に影響を受けないオートバイと航空機だったために、交通破綻の実相をつかみそこねていたのだ。また、警察・消防自体の被害もひどく、彼らの活動を当てにすることなどとうてい無理と思われた。基地を発し、目についた被害に片端から手をつけて、人数に飽かせて円状に救難地域を広げていこうとする試みは実施不可能だった。被害地点は無数にあってすべてを回るにはとうてい人員が足りず、細々したところは切り捨ててでも被害の大きな地点へ向かわなければならないことがはっきりしたのだ。

これを受けた師団では、すぐさま戦術を変更した。戦術――まさにこれは戦争と同じだった。敵の強固な防御陣地に阻まれて漸進が不可能になったのだ。ならば陸軍が取る手は迂回戦術だった。航空展開である。

防御陣地を飛び越えて敵の後方に強襲部隊を投入する。そのセオリーをそのまま応用して、三師団から二空挺中隊と二降着中隊が出動することになり、さらに域外の第九、第一四空戦師団からも中型ソアラー十二機を擁する戦闘空輸大隊が増強されてきた。それに歩調をあわせて、通信能力も大幅に強化された。陸軍はもともと小隊のレベルから連隊、師団、参謀本部のレベルにまで充実した通信装備を備えていたが、最も近い西部方面軍から三個通信大隊、チャンネル数にして百四十二波の応援配当を受けて使用回線を倍増させ、第一師団直隷《ちょくれい》として運用を開始した。

二十時過ぎにはこれらの部隊の準備が整い、計五千名が重度被災地域に近いタルベル緑地、ホリア公園、ラムザン公園、タブレット霊園などの、帝都に散在する広場に集中進攻した。

だが——それだけの準備をして投入された精鋭たちも、いざパラシュートで飛び降り、ソアラーによって降り立つと、現場の混乱の前には立ちすくむことになった。

ある部隊長は、逃げ惑いながら広場に押し寄せる群衆、四方すべてを囲むかのように上がる猛火黒煙を横目に、通信機にかじりついて言った。

「こちら二三一空挺、現着二〇一一、指示をくれ」

「二三一空挺……ただいま任務を照会している、待機せよ……」

師団司令部は三分近くも沈黙してから、自信なさげな命令を伝える。

「二三一空挺……トロンカン方面へ進出せよ。トロンカン方面の道路を啓開し、地上部隊展開に備えよ」

「トロンカンとはどちらだ?」

「二三一空挺……トロンカンは貴隊北方向の市街地だ」

「そちらは大火事だ、進出できない！　建物崩壊よりも火災がひどい！」

「……了解した。任務を照会する、待機せよ……」

「くそっ」

部隊長は無線を切る。副官が同様に苛立った顔で言う。

「師団司令部は詳しい状況を把握していませんね。こんなに避難民が集まっていることも教えてくれなかった。危うくソアラーで轢《ひ》き殺すところだったって言ってやりますか」

「時間を無駄にできん。中隊！」

部隊長は振り返り、整列した部下に叫ぶ。

「任務開始、各自進出せよ！　任務は消火作業！」

「消火って、どうやって？　道路啓開の装備しかありません」

副官が尋ね、小隊長たちも戸惑った顔をする。部隊長は顔をゆがめて叫ぶ。

「任務は破壊消防、爆薬で建物を吹き飛ばせ！　第一小隊はあの家、第二小隊はあの工場だ。燃えているところは全部任務だ！　前進！」

部隊長たちがうすうす察したように、上層部でも被災地の区画ごとの状況まではとても把握しきれていなかった。そしてレンカ国軍は基本的に外征軍だった。国内各所から集められた兵が外征のために編制されていて、帝都そのものの地理には明るくないのだ。

さらに、現地で彼らと連携し、誘導するはずの警察官たちが被災したり、健在でも連絡の不備で集合場所に来ていなかったりして、部隊が頼る相手もいないという有様だった。

また、地元のことに最も詳しい各区役所も、それぞれが帝都庁以上に打撃を受けていて、あるいは軍との連携を考慮しておらず、ものの役には立たなかった。

そのせいで、展開したはいいものの立ち往生したり、場当たり的な対応しかできない部隊が続出した。

ただ、それで完全な失敗に終わらせないところが、軍人という人々の底力だった。市街戦の経験のある指揮官や部隊長がいくらかいたのだ。密集街区が破壊され燃え盛る帝都の状況は市街戦そのもので、彼らは外地で培《つちか》った経験をもとに、勇敢に、懸命に対処していった。

しかし——その頃になると、まったく別の問題が持ち上がってきた。

南プラット区の路地を駆け足で移動していた第一九迫撃砲中隊のとある小隊三十名は、街路の一角にある井戸のそばで、百人近い市民の集団が殴り合いの乱闘をしているのを目撃した。小隊長の若い少尉はただちに鎮圧を命じようとしたが、分隊長の、南方で何度も実戦を潜り抜けてきた曹長が皮肉な顔で反論した。

「お待ちなさい、隊長。あれは卑族民をやっつけているようです」

「卑族民？」

着任したばかりで、まだ外征に従軍した経験のない少尉が聞き返した。曹長がうなずく。

「ジャルーダ人ですよ。帝国に負けた野蛮な国の連中です。ほっときましょう」

「なんだって……馬鹿を言うな！　今はどこの国の人間かで区別している場合ではないだろう！　被災民はみんな救助対象だ、とにかく鎮圧しろ！」

曹長は薄笑いを浮かべて少尉をにらんだが、少尉が重ねて命令したので、しぶしぶといった体《てい》で部下に声をかけた。

「おいみんな、押さえるぞ。ひとまず銃は抜くな」

小隊は拳銃と軍刀だけしか携帯しておらず、三倍の数の差もあったが、曹長以下が白刃を掲げて大声を上げげながら突進すると、相手はいともあっさりと逃げ散った。

後に残ったのは血を流して横たわる十人ほどのジャルーダ人と、ふてくされたような顔で立つ数人のレンカ人の男だった。少尉は近づいて尋ねた。

「我々は陸軍だ。どういう事情でこんな無体を働いた？　見たところ、彼らを大勢でリンチしていたようだが」

倒れたジャルーダ人たちに目をやる。そのときようやく気づいたが、男たちに交じって二人の女もいた。骨が折れたか内臓が破裂したか、身動きもできない様子でうめいている。

少尉は眉をひそめてレンカ人の男に言った。

「何があったにしろ、ここまでやることはあるまい」

「そいつらは井戸水を独り占めしていたんですよ」

「井戸水？」

「そいつのうちが火事でね」

男が指差したのは一ブロックほど向こうの家だった。そこは今まさに屋根より高い炎を上げているところだった。少尉は驚いて叫ぶ。

「早く消さなければいかんじゃないか！」

「もう手遅れですよ。それに私らのほうが大事だ」

「貴様らは彼らの火事より大事な理由があるのか！」

「あっちの広場にみんな集まってるんです。ざっと五百人ほど。みんな逃げ疲れて、喉が渇いていてね」

男が差したほうで、先ほど逃げていった人々が恐る恐るこちらを見ていた。すべてレンカ人のようだ。少尉は啞然とする。

「では……では貴様らは、飲み水がほしくて彼らに暴行を働いたのか！」

「赤ん坊もいるんですよ」

「一時間や二時間飲まなくても死にはせんだろう！　非道なことだ、司令部から警察に連絡して逮捕してやる！」

少尉は無線機をつかんで司令部を呼び出した。それを男たちと、部下であるはずの曹長たちまでが、薄笑いを浮かべて見ている。

じきに少尉は呆然として無線を切った。曹長が尋ねる。

「上はなんと？」

「不問に付せ、と……騒ぎが収まったならそれでいいとのことだ。そんな馬鹿な……」

「よかったですな」

「何がだ！」

「じきに逆になりますよ。卑族民どもを逮捕しろって。その前に事が済んでよかったと言ったんです」

「彼らを逮捕？　なぜ？」

「少尉、ぼんやりしちゃ困りますぜ。俺たちは軍隊ですよ。こいつらを叩っ殺すのが仕事です」

曹長はにやにや笑って言った。

「すぐ治安出動になりますよ」

「治安出動……」

「お偉いさん方は下のことがわかっとらん風船頭ばっかりですがね、同じ軍人だから気持ちはおれにだって読める。——帝都がめちゃくちゃだ、何が一番重要だろう？　敵が攻めてきたら大変だ、帝都を守らなけりゃ。……ってね」

曹長は肩をすくめる。

「卑族民どもは帝都が抱え込んだ爆弾みたいなもんです。爆発しちまう前に片付けようってのが自然な発想ですな」

「くそっ！」

少尉は唇を噛んで倒れている男女を見やった。曹長が部下に向かって、目的地へ行くぞ、と声をかけた。

……そのように消極的な「黙認」が最初だった。しかしそれは徐々に「事故」あるいは「過誤」と称する、ジャルーダ人への偏見に満ちた圧力となり、ついには敵視を「奨励」するに至るまで、さほど時間はかからなかった。

そして日付が変わった頃、戒厳令が布《し》かれた。

帝都の秩序を維持せよとの命令は、確かに騒乱の中の犯罪を鎮める役には立った。――実際に暴動を起こした者も少なからずいたのだ。商店を略奪し、逃げる人を襲って家財を奪い、人気《ひとけ》の途絶えた路地に女を引きずりこんで暴行する者も出た。それらは見つかり次第殴り倒され、あるいは射殺された。

だが、もっとはるかに凶暴で非理性的な衝動の噴出も、その命令は許してしまったのだ。

陸軍は表向き、特にジャルーダ人を名指しして弾圧したわけではない。――だが、ジャ、い、い、いルーダ人を保護するとも宣言しなかった。それが、一般市民のレベルではかえって混乱を引き起こした。なんとなれば、レンカ国民の間には敵対国であったジャルーダの人間への不安感、不満感が常日頃からあり、市民にとってわかりやすい「不穏分子」といえば、ジャルーダ人のことだったからである。

どこそこの街区で五十人が射殺された、どこそこの通りで卑族民の地下組織が兵隊を襲って返り討ちにあった、そのような虚実半々の噂が風のように走り、皮肉にもある気運が夏の雲のように急速に膨れ上がっていった。

軍隊が不穏分子を弾圧している——ジャルーダ人はよからぬ連中だ——だったらおれたちもいいい、いい、いい、奴らをやっつけよう。

結果は——上層部の、少なくともグレイハンのような理想派の意図とは正反対の、行き過ぎた暴動だった。軍の目の届かぬところで、あるいは兵士が見守る前で公然と、多数のジャルーダ人に暴力が振るわれた。

後日その過失を知ったグレイハンは一言、甘かった、と漏らしたという。己の見通しの至らなさを指したものであり、また、許可を出したリューガ司令官の人品《じんぴん》を見誤ったことも指したのだろう。どちらにしろ彼もまた、この夜の帝都で最善の結果を出せた人間ではなかった。

無数の過誤を孕《はら》んだ夜は、人々の叫喚と不気味な鳴動を伴ってなおも進行していった。

伽藍が抜け落ちて冥府につながる穴のようになった、大ヤシュバ寺院前の庭園にソアラーを下ろしたセイオたちは、驚愕した。

その一帯はいつのまにか現れた陸軍部隊によって建物ごとに封鎖され、抜刀した兵士たちが形作る壁の向こうで、決して多くはない数の消防車、救難車などが警光灯を明滅させ、疲れきった顔の消防官たちが黙々と瓦礫を取り除けていた。

ロードストリート——中央官衙《かんが》は、セイオの想像をはるかに超えて荒廃していた。

兵士の壁の肩越しにそちらを覗いて、セイオはうめいた。

「こんなに……これほどまでに徹底して崩れるとは……」

彼の脳裏には、上空から見下ろしたストリートの景観が蜃気楼のように浮かんでいた。たった七時間あまり前は健在だった、堂々たる白亜の建築、数えることもかなわぬ窓を並べた城館の群れ。帝国を支配し駆動する官僚たちの砦。——それが、どれもこれも原形も留めぬ石くれに変わり果てて、目に突き刺さる塵埃の雲の中にかすんでいるのだ。

セイオがほんの一本外れたデッドストリートを通り過ぎたときは、崩れた建物はあっても通りの輪郭は保たれていた。そこから想像して、いくら官庁街が打撃を受けたといっても、それなしでは政府も何も動かないのだから、周辺の生き残りや救助要員が全力で助けにかかり、停止した行政機能を着々と復旧させている真っ最中だと思っていたのだが——

現実は、復旧どころか現状確認もままならない、完全な死滅だった。

どこまでも続くような兵士の壁に沿って数ブロックも走ったセイオは、他と見分けが付かない一つの瓦礫の丘の前で立ち止まった。

それが内務省だった。

さすがにしばらく声も出なかった。連絡の不自由ではない。要員の不在でもない。本省そのものがなくなってしまった。再び震動に襲われたようにセイオの足元がふらついた。今まで事あるごとに振りかざしてきた高等文官の肩書きが、霞《かすみ》のように空虚に思えてくる。組織を失った官僚。そんなものに何の力がある？　何の価値が？

「閣下。ランカベリー閣下！」

肩を押されてセイオはハッと我に返った。ソレンスが静かに、頼もしく後ろに立っていた。胸元に手をやり、葦の穂のブローチに触れる。

「……落ち着け。しっかりしろ」

自分に言い聞かせると、かつて上司のシマックから聞いた言葉が思い出された。

……省衙《しょうが》が崩れようが吏員《りいん》が死に絶えようが、官の理念と目的は滅しない。それは有形の何物かに発するものではなく、ましてや支配者の尊大な権威から派生するのでもなく、ただ臣民への奉仕の必要性から生まれくる。官たろうとするならそれを忘れるな。おまえが従うのは一に公の福利のみだ。

あれはいつだったか？　そう……初めてジャルーダの地に立ち、戦乱で荒廃し統治の失われた彼《か》の国の悲惨を目にしたときだ。

三年の努力で、あの地にもまがりなりにも秩序が生まれた。同じことが今できぬはずがない。

「大丈夫だ」

セイオは振り返って言った。ソレンスが心配そうに首を傾《かし》げたが、黙ってうなずいた。

先ほどから兵士たちが胡乱《うろん》な目で彼を見ている。セイオは歩み寄って言った。

「責任者はどこか。救助状況が知りたい」

「治安警戒中だ。一般人に教えることは――」

「おれは内務省高等文官のランカベリーだ！　警務保安は内務省の管掌だぞ、軍隊風情が差し出口を利くな！」

軍人に対等な口を利く者など滅多にいない。思いがけない怒声を浴びて兵士は顔をこわばらせた。すると、近くにいた肩章のある士官が薄笑いを浮かべてやってきた。

「内務省の方か。戒厳令が布かれたことをご存じないようだな」

「戒厳令だと？」

セイオは眉をひそめ、ソレンスを振り返った。ソレンスも首を振る。

「聞いておりません。軍令部は何も……」

「そちらは天軍か。戒厳令は陸軍参謀総長代理閣下が発令された。追って天軍にも知らせが行くだろう。こちらの指示に従っていただきたい」

「そ、それは横暴です。参謀総長代理が発令したといっても、同格の天軍に何も相談なしでそんなことを――いや、それ以前に勅命はあったのですか?」

顔を引きつらせてソレンスは言ったが、士官は明らかに天軍を蔑《さげす》んでいる様子で黙っている。

「待て。確かな記憶ではないが、戒厳法には軍司令官単独での発令条項もあったはずだ。……それを適用したな?」

「さすがお役人どのは物覚えがよろしいな」

士官は愉快そうにうなずいた。

セイオはしばらく黙考してから、やや語気を抑えて言った。

「戒厳令は行政府員の行動すべてに掣肘《せいちゅう》を加えるものではあるまい。今後の協力のためにも話を聞かせてくれ。あの瓦礫の下に誰が埋まっていて、誰が見つかった?」

「小官の一存では教えかねる」

「では上官に訊いてくれ。頼む!」

セイオが頭を下げるのを、ソレンスが呆然と見守った。士官は仕方がないというふうに無線機を手にした。

ややあって、もったいぶりながら言う。

「連隊長殿のご厚意により教えてやる。今のところ救出されたのは十数人の初等文官程度だそうだ。退庁していた者の話では省内で課長級の会議が開かれていたそうだから、そのくらいの中等文官も絶望的だな。しかし、内務大臣や他の高等文官は外出していたから無事かもしれない、とも言っていた。……これで満足か？」

　セイオは短い沈黙のあと、礼を言う、と頭を下げた。

　その場を離れると、ソレンスが責めるように言った。

「なぜ頭など下げたんです。これは明らかにクーデターでしょう！　連中は反乱軍ですよ？　第一、消防が必死に仕事をしているのに、手助けもせず突っ立っているとは！」

「おまえは本当におかしな奴だな。……戒厳令が布かれたとなると、もう文民統制の原則も通用せんからだ。指弾しようにも、下手をすれば逮捕されて軍事法廷に引き出される。不便に耐えて連中の手の届かないところで勝手にやるしかない」

「悔しくないんですか！」

「おれの悔しさなんかどうでもいい。泥を舐めてでも仕事をするのが公僕だ」

　二人は立ち止まって見つめあった。ソレンスが呆れたように言った。

「あなたもおかしな方です」

「……なんとでも言え」

「しかし……さっきの話は朗報だったのではありませんか？」

　口調を変えてソレンスが言った。再び歩き出しながらセイオがぶっきらぼうに言った。

「どこがだ」

「高官は生き延びたそうではありませんか。それなら、あなたが求めに来た権威も……」

「その高官がいたのは議事堂なんだ。内務省だけじゃない、すべての省が。——大臣答弁を補佐するために、次官以下の局長たちが来ていたはずだ」

ソレンスがちょっと言葉に詰まって、おそるおそる言った。

「……あの、グノモン宮に？」

「見ただろう。ここへ降りる前に」

ヤシュバ寺院に着いていた。二人は丸屋根の落ちた大伽藍を見上げた。灯し火の消えた廃墟に風がびょうびょうと渦を巻いていた。庭園には、官庁街や他のところから逃げてきた避難民たちが集まり、苛立ったような、心細いような顔で座り込んでいた。

自分に言い聞かせるようにセイオが言った。

「レンカ政府はなくなった。おれたち以外、なくなってしまったんだ」

帝都庁に戻るぞ、とセイオは言い、ソアラーへと歩き出した。

後の調査では、王紀四四〇年五月四四日花曜日、市民祭日だが公休日ではないこの日には、ロードストリート沿いの主要官庁全体で約十四万五千人の官吏がいたことがわかっている。

帝国国内の秩序を統制する内務省を始めとして、外務省、逓信省、商工省、窮理省、鉄軌省、建設省、財務省、法務省、国富省、福祉省、軍務総省など十六省十九庁の中枢がこの一帯にあったが、科学の無駄な応用だと非難されながら耐震措置を施していた窮理省を除くすべての建物が崩壊した。被害が極まった原因は、グノモン宮と同じように、数百年前に建てられた石組み、レンガ造りの建物をそのまま使っていたことだった。もとより史上、トレンカ一帯には地震の類があまり起きたことがなく、だからこそ古い建物も残っていたわけで、今まではそれで何も問題はなかったのだ。

しかしこの夜、六万人あまりの文官が死んだ。

セイオが言ったような行政府の消滅には至らなかった。地震発生時刻が退庁時刻をぎり過ぎていて、かなりの数の人間が建物を出ていたからだ。しかしそれでも多くの者が死んだ。予算編成期を過ぎていた財務省では比較的少なく、反対に外征を控えて対外交渉が活発化していた外務省、軍務総省などでは比較的多いなど多少はあったが、平均すると各省で四割以上の人員が失われた。

被害はそれだけではない。建物がなくなったということは窓口がなくなったということだった。電話電送機や電子通信機器が部署ごとなくなり、仮に人が生き残っていても他と連絡が取れなくなった。官僚の力は、己一人ではなく数万の仲間や部下を動かすことによって発揮される。連絡の喪失は行政力の喪失を意味した。これは短期的な影響だったが、さらに長期的にも、官務の命ともいえる書類資料の類が一夜にして焼尽したことにより、広範囲に甚大な支障が発生した。

後の復興では生き残りの初等、中等文官や民間人の強引な登用によって組織の補充が図られたが、数の面では地震前に達することはなかった。

シャントラ・ガーベルウェイフが国土の境界を表すビニールロープを越えようとすると、濃緑の制服のレンカ陸軍兵が目ざとく見つけて、駆け寄ってきた。

「おい、その線から出るな！　治安警戒中だ！」

ガーベルウェイフはロープの内側に足を戻して、胸まで届く長い白髭をしごき、たどたどしいレンカ語で訴えた。

「私が連絡を取る希望です。あなたの責任者に訴えをお願いします」

「どこへ連絡する？」

「私の本来国です。私はヘメロテのサムリを高速で伝達するかもしれませんから」

「な、なんだって？」

「お願いします。重厚な任務なのです」

鬢《びん》の辺りに銀髪を残すだけのやせ細った老人は、ロープから身を乗り出して兵士の袖をつかんだ。兵士はそれを振り払うと、これだから外国人は厄介なんだとぶつぶつ言いながら、無線機を口に当てた。

上官と問答してから言う。

「戒厳令発令中に付き、みだりに国外と通信することは許可できない」

「歓迎ですか？」

「戒厳令、戒厳令だ！　おとなしく避難所で待っていろ、要望は伝えておいたから！」

言い捨てると、兵士は逃げるように離れていき、臨時大使館を警備する車列に戻った。

「ふむ……演技は必要なかったかな」

ガーベルウェイフは完璧なレンカ語でつぶやくと、避難所――ラムザン公園の一角に立てた数張の大型テントへと戻った。彼の本来の居館である大使館が半壊してしまい、今はこのテントを中心としたロープの内側だけに治外法権が設定され、臨時大使館とされていた。

六十三歳のガーベルウェイフは、駐レンカ大使としてダイノン連邦権統国からトレンカに赴任し、数名の部下とともに地震に遭った。幸い初級職の書記官が一人腕を骨折しただけで、残りの者はかすり傷程度で済み、すぐ目の前にあったこの公園に家財設備を持ち出して仮の施設としたのだった。

テントのそばに三十代半ばのがっちりした体つきの男が立っていた。一目で軍服とわかる制服を着ているが、色はレンカ軍と異なり灰色だ。キュンツ・ヒャウスというダイノン陸軍情報部の中佐で、大使館付きの武官である。

思案投げ首のガーベルウェイフを見て、ややいぶかしげに声をかける。

「何をお訊きになったんです、大使閣下」

「戻っていたのか。いやなに、ちょっと電話を借りようとしたのだ」

「どこへ？」

「本国に決まっとる」

「本国なら何度か連絡していませんでしたか。誰か民間人に頼んでおられたようですが」

「うむ、正確には四度だ。近くの市民、トレンカ帝都庁、レンカ外務省、サジタリオ商会。それぞれ直接頼んだり、人をやって当たってみた」

「なぜそんなに」

呆れたようにヒャウスが口を開けた。ガーベルウェイフは立ったまま地面をにらんで言う。

「それも決まっとる、この国の危機対処能力をつかむためだ」

「……ああ」

「最初に頼んだ市民は親切に応対してくれたが、電話の不通でかなわなかった。帝都庁はこちらまで手が回らんようで待ってくれの一点張りだ。外務省にいたっては動いておるのかどうかもわからん。が……最後のサジタリオには感心した。知っとるか？　レンカ最大手の機械部品貿易商だが」

「もちろんです。我が国とも多く取引がありますね。先年のダイノン－レンカ原動機調達協定でレンカ商工省がえらく強引に出て、ダイノン製の航空機エンジンの輸入権をぶん取っていったのは、サジタリオが裏で突き上げたからだそうじゃありませんか。陸軍は国防の観点から、あの種の機械の輸出を開放したくなかったんですが」

「さすがに国防がからむと詳しいな」

驚いたようにヒャウスを見て、ガーベルウェイフはうなずいた。

「その通り――察しはついただろうが、サジタリオは我々のために尽力してくれた。彼らの本社の星間通信クリスタルは破損しておったのだが、代わりに生き残った国内回線を系列企業まで動員して探して、カンガータの領事館へ繋ぎを取ってくれたよ。それだけではない。彼らは行政や消防にも援助を申し出、自力で市民たちを助け……サジタリオ傘下のサジタリオ貨物では、驚くべきことに日付が変わる前にコンテナ住宅の手配を始めておった。国内の在庫をかき集めて……それも、四千棟もだ」

ガーベルウェイフは首を振った。

「少なくとも、レンカの商人たちは死力を尽くして頑張っておるな。この災厄と戦い、明日という日が来ることを信じて、そのとき何が必要になるかを正確に見抜いておる。個人的にもわしは感動したよ。……ダイノンに比べて吹けば飛ぶような小国だというのに、いい商人たちを抱えておる」

「少なくとも、とおっしゃいましたね」

ヒャウスが静かに言った。

「商売以外はだめですか、この国は」

「国民も健気《けなげ》だな」

ガーベルウェイフは首をめぐらせ、ビニールロープの向こうを見た。威圧的に並んだレンカ軍の装甲車の向こうに、公園に避難してきた大勢の人々が見えた。……疲れ切り、放心し、あるいは泣き崩れている人々が。

「何ヵ所かで小規模な騒動や略奪は起きているようだが、決定的な内乱には至っておらん。想像してみたまえ、我が国の首都ハリオンで同じような地震が起こったら、町は持つか？」

「……滅びる、でしょうね」

ヒャウスはわずかに目を閉じて答えた。

「我が国は人種の坩堝《るつぼ》です。民主制という見掛けは美しい制度の上に成り立っていますが、その実、対立と迫害をかろうじて抑え込んでいるというのが内情。ひとたび秩序が失われればそれが噴き出し、ありとあらゆる勢力、ありとあらゆる人々が、むき出しの憎悪と恐怖をぶつけ合うでしょう。……レンカの政体を賛美する気は毛頭ありませんが、高皇の下にほぼ独裁的な政権が存在するというのは、それはそれで危機を抑え込むのに役立っているんでしょう」

「いや、それは違うな」

ガーベルウェイフが灰色の目をじろりと向けて言った。

「正確には、抑えこまれているのではないんだよ。彼らはもともとそのような民族なのだ。……レンカ人、レンカ帝国人、ヤモ半島人。彼らは星代の初めにこの地に入植してから、一度たりとも他国に侵されず、分裂もせずに来た。ダイノンが経験した国が割れるような騒乱、その後の国民同士の身を削るようなぶつかり合い、その結果として創造された民主制度、そういった経験をまるで持っていない。彼らにとっては敵とは外国人のことで、気質的に国内の同じ民族と敵対しようとは思わんのだ」

もう一度、避難民に目をやる。

「そうやって、小さな小競《こぜ》り合いはあっても、根のところでは仲間だと信頼してきた同胞たちに囲まれてこの立派な帝都を作り上げ……力を蓄え、一人前の国家として、さあこれから星外へ進出しようというときに、この災厄が起きた。見たまえ、あの無残で惨めな人人を。家を失い、家族を殺されて途方にくれている。……それでもまだ、この機に乗じて他人を押しのけ、奪い取って自分だけ助かろうとはしていない。少数の不届き者はおっても、国民全体として、命極まるような非常時には自分だけ助かるのが当然だとする考えがない。おとなしく寄り集まり、助け合っている。……これはダイノン人に比べて甘い、未成熟な気質なのだろうが、それを健気と呼ぶことをわしはためらいはせんね」

ガーベルウェイフは列強の一角であるダイノン連邦権統国の外交官として、様々な惑星を渡り歩いてきた、すれからしの人物である。ダイノンに反抗する国や、従属する国や、無視する国の多種多様な人々を見てきた。そんな彼の話を、ヒャウスは神妙に聞いていた。

「ならば、彼らは立ち直るでしょうかね。レンカ政府の下に――」

「それがだめだ」

急に肩を落としてガーベルウェイフは言った。

「接触した感触では、帝都庁も政府もまるでなっとらん。わしから見れば、こんな健気な国民を見守っているのがあんな政府だとは、冒瀆以外の何物でもない。はっきりいえば、そこからレンカは崩れるかもしれん。いっそのこと、この災厄を契機にもっとましな指導者が出てくればいいと思っとるのだが……」

「ないものねだりをしても仕方ないでしょう」

「それもそうだな」

あっさりと締めくくってガーベルウェイフは身を翻し、テントの中へ入った。それを追って入ろうとしたヒャウスが、ふと言った。

「サジタリオに連絡を頼めたならば、陸軍に頼むこともなかったのでは？」

「こんな事態だ、どこでどう情報が食い違うかわからん。できるものならいくつもの方法で報告を送るのが最善だと思わんかね?」

「じゃ、陸軍に頼んだのは念のためでしかなく、閣下の試験にも落第したんですね」

ヒャウスが言うと、ガーベルウェイフは目を細めて含み笑いした。――警備の兵士に見せたおどおどした様子はかけらもなかった。

テントの中には折りたたみの机が立てられ、白のカーディガンを着て眼鏡をかけた女性が、レンカではまだ珍しい携帯式の電算機を操作していた。白っぽい金髪を無造作に後ろで縛り、化粧気のない顔をしている。シリンダ・グランボルトンという名で年は三十二歳である。

シリンダはやや場違いにはしゃいだ声で言った。

「フォレストランナー号からのレポートがやっと届きましたわ。軌道が違うっていうのを無理にお願いして、やっと上を通ってもらったんです。可視光と赤外だけかと思ったら重力波のほうもやってくれてて大助かり」

「待ちたまえ、グランボルトン博士。何の話だ」

「あら、すみません。地震の原因の話です」

「地震の原因?」

ガーベルウェイフは眉をひそめ、ヒャウスは、そんなことをやっていたのかと苦笑した。

テントが建てられてからずっと、この女性科学者は周囲の惨状などそっちのけで電算機にかじりついて、何事かを調べていたのだ。

「なにがどこから来たのかね」

ガーベルウェイフがそばに立って電算機の画面を覗き込む。——が、わけのわからない図形が並んでいるばかりなので、すぐ目を逸らした。シリンダが言う。

「フォレストランナー号です。連邦大学の天船です。お話ししませんでしたか？　私の仕事のために来てもらっていたのですけど」

「あなたの仕事というと……」

「惑星科学です！」

ガーベルウェイフとヒャウスは曖昧に笑って顔を見合わせた。ダイノンの国益を図るために、仮想敵国に近いレンカに乗り込んでいる二人にとって、自然科学調査などという目的のために、所属する大学の船を仕立ててやってきたシリンダは、今まで部外者も同然だった。

二人の戸惑いなど意に介さずシリンダは続ける。

「あの船は帝都の上を通らない軌道に乗って惑星レンカを周回していました。だから地震発生時の地殻変動を直接捉えてはいないんですけど、遅ればせながら今さっき調べてもらったんですの」

「ふむ、宇宙から観測したということか。それで何がわかった?」

「それがさっぱりなんです!」

シリンダは目を細めて言った。——ガーベルウェイフたちは顔をしかめる。

「これぐらい大規模な地震なら、発生した後で地殻の断面走査をしてもプレートのひずみや破砕帯の摺動筋《しゅうどうすじ》が歴然と見えるはずなんですけど、それがないんです。可視と赤外は地表しか見えないから無理としても、重力波に引っかからないなんて普通ありえませんし、第一、ヤモ半島はプレート境界でもマントルプリューム帯でもなくって、直下型とプレート型とを問わずM8クラスの地震が起こる要因が考えられないんです。私が言ったとおり地震計だけでも先に降ろしてれば震源の特定ぐらいはできたのに、船長の教授がマクロ観測を先にやるって言い張ったからこんな有様ですわ。悔しいと思いません?」

「ああ、その……博士」

「なんでしょう?」

「よくわからんのだが、そういう調査は役に立つのかね? たとえば、余震が来るかどうかなど……」

「さあ、余震はあると思いますけど、それは別に調査の結果として申し上げるわけじゃありません。大地震につきものの現象ということで」

「なら何のための調査だ?」

「もちろん科学の発展のためですわ！　――本国と異なる惑星を調べるというだけのことでも、驚くほどたくさんの発見があるんですのよ」

シリンダはにっこり笑った。憮然としたガーベルウェイフの肩をヒャウスが押した。

「彼女に任せましょう。自然科学は一万年先のための仕事です。我々は明日のことを考えなければ」

「うむ、そうだな……」

二人はテントの奥へ行った。天幕で簡単に間仕切りされた休憩室に入り、書類の運び出しで忙しい職員をなんとか一人捕まえて、お茶を頼んだ。

レンカ特産の旋紋茶が出された。熱いお茶で喉を潤して一息つく。時刻はもう午前三時を回っている。ヒャウスが言った。

「お疲れでしょう、お休みになっては」

「そうもいかん。――あちらのことも気になる」

ガーベルウェイフの一言で、ヒャウスがぴくりと眉を動かした。大使は顔を上げて、鋭い目を軍人に向けた。

「どうだった？　他国の動きは」

「……やれやれ、お見通しですか」

「この非常時に三時間もいなくなっていれば、いくら諜報に疎《うと》いわしでも気づく。調べに行っていたんだろう」

「私は国防総省直属で、閣下への報告義務はないんですがね。……ま、確かに重大事です。情報交換といきますか」

　あまり存在感のない——そのように装っている——情報部の男は、かすかに目を光らせて大使を見た。

「——イングレス、ティベル、バルカホーン等の在トレンカ大使館は軒並みやられていました。今のところ自分たちの始末に精一杯で、レンカ政府の隙を突いてどうこうなんて真似はできそうもありません。それぞれ部下一名を張り付けていますが、まあ動かんでしょう」

「あちらは？」

「サランガナン専領国はさすがです。——大使館はやはり半壊ですが、グレイネームが数人、すでに帝都各所へ放たれたようです。陸軍参謀本部、内務省、さらに皇宮にも。憶測じゃありませんよ、私の針が黒甲の森で見かけたんですからね。……無論あちらも気がついたでしょうが、場合が場合なんで物騒なことはせずに別れたそうです。斬り合って衛戍連隊にでも見つかったら元も子もないので」

「スパイ戦か……任期のうちは関わりたくないと思っていたが、そうも言っておられなくなったか」

一気に疲れが出た、という顔でガーベルウェイフは折りたたみ椅子に体を沈めた。

「しばらくは詳しい報告を上げてくれんか。……権限がないのはわかっとるが、ダイノンが遅れを取らないために……」

「よろしいでしょう。できる範囲で協力しますよ」

ヒャウスは穏やかに言ったが、顔は笑っていなかった。探るように訊く。

「それで、閣下はこの事態にどう当たります」

「わしは本国に助けを求めようと思う」

「大使館復旧のために？」

「いや……いいいや、レンカ救援のためだ」

気性はともかく、行動に当たっては徹底して冷酷で実際的な手腕を振るうガーベルウェイフが、意外なことを言ったのでヒャウスは目を見張った。

「食料と燃料と医薬品と……衣服は、これから暖かくなるからいらんかもしれんが、水もいるかもな。ああ、間に合うようなら救助機器もだ。大分埋もれただろうから……」

「人道主義ですか」

ヒャウスが薄笑いを浮かべると、ガーベルウェイフは首を振った。

「それもダイノンのため、だよ。帝都崩壊の瀬戸際に至ったレンカに、頼もしい助けの手を差し伸べる。……どこよりも早く、どこよりも親切にやらにゃいかん。サランガナン辺りもやることはやるだろうが、あの連中のは押し付けか、出しゃばりになるのが関の山だろう。それを横目に、暖かい救いの手を……これほどダイノンの威信を高める行いがあるかね？」

「それこそサランガナン辺りにせせら笑われそうですが」

「笑わば笑え、だ。……むしろこれは国内に対してやるんだ。トングルハー大権統は昨今ちょっと右に走りすぎてしまって、ソフトイメージでの得点稼ぎを求めている。この案には乗るだろうよ」

「なるほど……そして、提案した閣下のお株も上がる、と」

「その通りだが、きみは遠慮というものを知らんのか」

顔をしかめたガーベルウェイフに、や、これは失礼、とヒャウスは笑った。

ガーベルウェイフは、手入れできずに大分くしゃくしゃになってきた白髭をしごいて言った。

「いや、非難されても仕方ないな。こんなときでも政治のバランスなどというものを考えてしまう自分が、いやになる。……純粋に好意からこの国の民を救えたら、どれほど気が楽か」

「信じていただけないかもしれませんが、同感です」

二人はちょっと顔を見合わせ、力のない笑い声を上げた。

さて、もう一杯飲んだら休むか、とガーベルウェイフは職員を呼んだ。温かいお茶が運ばれてくると、ふと眉根を寄せる。

「そういえば……きみ、これはどうしたのかね。ここに火の気はないと思ったが」

「帝都庁の要請で天軍が携帯用の炊事道具を置いていってくれたんです」

若い女性職員は屈託のない笑顔で言った。帝都庁と天軍？　と二人が同時に声を上げる。

「妙な組み合わせだな。陸軍ではないのかね？」

「天軍ですよ。青い制服の格好いいレンカ人たち。外国人の世話をして回ってるみたいで、ここで他のダイノン人の居場所を把握していないかって訊いてました。それで参事さんが答えてました」

軍隊ってお食事道具まで装備してるんですね、と妙なことを嬉しがって、職員は出ていった。ガーベルウェイフは宙を見つめる。

「帝都庁の要請で、天軍が、か。……都令の考えではないな、シンルージは人気取りにうつつを抜かすばかりの男だ。外国人への対処によって国威が問われること、それ以前に外国人が行政の世話から漏れているなどという細かいことに気を配るとは思えん」

「天軍とのパイプもありませんし。いや、そもそも天軍に実働能力があるとも知りませんでしたよ。お恥ずかしいことですが……」

「誰かいるな」

ガーベルウェイフはヒャウスに目を据えた。

「かなり高い立場に、こちらの知らない有能な人物がついたな。要注意だ、ヒャウス」

「でしょうね、調べておきますよ」

ヒャウスは楽しそうにうなずいた。


深更《しんこう》を過ぎた夜は薄明を控えていよいよ暗く、帝都庁の混乱もそれに合わせるかのようにますます深まっていった。通常の――という表現もおかしなものだが――災害では、発生から十二時間近くも経てば被害が収まり、救難の手はずもそこそこ整ってくるものだが、この頃の帝都庁では被災して登庁できずにいた職員がようやく揃い始め、また各公的機関の動きもそろそろ本格化し始めたために、現場から吸い上げられ、届けられる情報や要請も急増し、結果として仕事量が跳ね上がるという現象が起こっていた。それはそのままこの災害の規模の大きさを表すもので、底なしに増えていく様々な仕事は、帝都庁のすべての人々を疲弊させ、また心胆を寒からしめた。

シンルージ都令は、帝都庁各部門の通常業務に合わせた分野別の対処法を指示し、建設局は瓦礫処理と生き埋め救助、農林水産局は食料と燃料の融通、医療局には医師の派遣と医薬品の確保、環境局は特別に業務から外して、不通の電話の代わりに各所との連絡役などをやらせたが、平時には何とか動いていたそのような縦割りの役割分担は、この異常時において片端から滞った。

たとえば帝都警察本部からは、救助や避難所設置のために大型テント百五十張、ハンディライト五万個、スコップとバール二万丁、水素燃料八千カートリッジの提供要請があったが、帝都庁ではテントやスコップは建設局、ライトは商工局、水素燃料は農林水産局で扱っていたために、相互の連絡を取ってリストを作るだけで一時間半もかかった。また帝都各所の病院からは手術中、出産中、人工心肺使用中の患者の移送の要請があったが、担当の交通局では医療局がやっていると思い込んで要請を放置し、医療局では車輌がないために交通局へと責任を預け、もたついているうち五十人以上の死者を出してしまった。また別の件では、ある地域に調査に出ていた警察官からなかなか報告が上がってこず、数字を聞いて応援計画を立てる帝都庁総務局が、報告がないのだからと応援予定地域から外していたところ、実はその地域ではあまりに被害が激しいために、調査担当の警察官まで市民に頼み込まれ、報告するひまもなく救助作業に取られていたということが後になってわかった。

ひっきりなしに押し寄せる情報と、指示を出したにもかかわらず手違いや失敗となって戻ってくる報告の群れに、顔を真っ赤にして卒倒せんばかりに喚き散らすシンルージを、セイオたちは横目で見つつ、それでも高みの見物というわけにはとてもいかず、自分たちも口角泡を飛ばして怒鳴り、言付けを送り、訂正文を発信し、しゃにむに指示を出しまくっていた。対策本部の職員たちは、最初のうちこそシンルージに気兼ねしてセイオたちを無視していたが、帝都庁幹部に一度上申してもたついた案件は、セイオたちのほうに回したほうがうまい指示が下りてくると知ると、逆に帝都庁幹部に対して一言ありげな眼差しを向けるようになった。

「被災調査に制服の警官を出すやつがあるか！　市民の気持ちになってみろ、家族がけがをして助けがほしいときに制服の人間を見たら、すがりつくに決まっているだろう。調査だからと断ったりしたら叩き殺されるぞ！　私服で出せ、私服で！」

総務局職員を怒鳴りつけていたセイオは、シンルージと商工局職員に目をやる。

「都令閣下、衛生局の下請け会社が散水車六十台に水二百五十トンを補給したいと言って来ているんですが、こんな時に許可を出してもよろしいでしょうか？」

「散水車？　馬鹿を言うな、のんきに掃除などしている場合か！　放っておけ！」

「待て！　きみ、それはどこから上がってきた件だ？　要請元と連絡が取れるか？」

セイオが横から叫ぶと、職員はようやくかき集められたトランシーバーに問いかけて、今衛生局に下請け会社の者が直接来ているようです、と言った。

「貸せ！」

駆け寄ったセイオがトランシーバーを受け取り、二言、三言質問してからすぐに言った。

「帝都庁の中庭に池があるから、車ごと入ってポンプで汲《く》んでいけ。構わん、責任は気にするな！」

「総督代理、どういうおつもりか！」

机を叩いて立ち上がったシンルージを、セイオは真っ向からにらみ返す。

「来たのは会社の人間だが、頼んだのは消防だ。消火用水が間に合わんから手近の民間会社に頼んだんだ。それをこちらの窓口が誤解して衛生局に回したそうだ」

「う、うむ……消防か」

シンルージは口ごもるが、すぐに次の職員が来て声をかける。観光課の人間である。

「閣下、帝都動物園の園長から嘆願です。地震で檻が壊れて猛獣が二十頭ほど逃げだしたのですが、陸軍が危険だとして射殺しようとしているので、止めてほしいと」

「そ、それはやむをえんのじゃないか。猛獣が町に出て市民を襲ったら大変だ。園長にはつらいだろうがこらえるようにと……」

「絶対に許すな！　連絡がつくなら部隊指揮官を呼び出せ！」

またもやセイオがシンルージを遮って叫ぶ。

「町に出て市民を襲うも何も、この状況下では市民のほうが動物園に押し寄せているんじゃないか？　帝都動物園はマウンド区で唯一の緑地だ。避難民が集結している場所で発砲など許可してみろ、この暗さだぞ、流れ弾で何人死ぬかわからん！」

「で、ではどうすれば？」

「軍刀でも何でも使わせろ、とにかく飛び道具はだめだ！　ソレンス、現場の指揮官を捕まえられるか？」

やってみましょうとソレンスが言い、もうすっかり常用のものとなった偵察ソアラー経由で部隊への回線をつなぐことに成功した。セイオは例によって高等文官を名乗って制止しようとした。

しかし、相手の返事は冷たいものだった。戒厳令下での治安維持は陸軍に責任があるとの一点張りだったのだ。セイオは食い下がったが、誤射に注意するとのあてにならない返答を引き出すことしかできなかった。

「くそっ、射撃狂どもが！」

うめいてセイオは通信を切ったが、次にシンルージがとうとう机を回ってセイオの前に立った。

「総督代理、いい加減にしていただきたい！　発電所事故のような大きな件ならともかく、我々帝都庁の職域にまで首を突っ込まれては、事務が混乱してしまう！」

「おれだって、できるものならあなた方に任せたいんだ」

セイオは何かを抑えるような震え声で言った。

「だが、だめだ。言いたくないがあなたは考えが浅すぎる。散水車の件を考えてみろ、まともな人間がこんな時に掃除用の水をもらいに来るか？　何か重大な理由があると考えるのが自然だろう。それなのに妙な問い合わせになっていたのは帝都庁の組織のせいだ。——身内のあなたでは部下の間違いにまで考えが及ばない。責めてるわけじゃない、単なる事実としてそうなんだ」

「そ、そこまでおっしゃいますか。考えが浅いなどと不躾《ぶしつけ》な……」

「動物園で」

セイオは言葉を切り、辺りを見回し、近くの机に積まれていた新聞を手にとってシンルージに突きつけた。

「動物園で陸軍が誤射によって民間人を殺したとしよう。世間にはどういう知らせが流れると思う？　おれが表現してやる、『行政の怠慢、血の雨を降らす』だ。園長が必死の思いで伝えた知らせを、帝都庁はよく考えないまま見過ごした。なぜそこで少しでも現場の事情を考えなかったのか。想像力の欠如、役所仕事の典型。そう非難されるに決まっている。あなた方がどう言い訳しようが人々はそう思い込む。市民のそういう性質を知らないあなたではあるまい！」

「だからといってあなた一人が取り仕切ったところで、過誤がなくなるものでもありますまい！」

シンルージは一歩も引かずに立ちはだかる。

「あなただって全能でも万能でもない。今の両二件にはたまたま考えが及んだが、あなたも見過ごした間違いが数多くあるはずです！　そういった個人の不行き届きが全体に波及せんように組織というものがあり、帝都庁はそれで動いておるんだ！　百歩譲ってわしが失敗したとしても、わしの部下たちがそれに気づいてやり直してくれるんだ！　そういう仕組みを頭から無視して、自信過剰な独りよがりのやり方だけを押し付けられるのでは、とうてい承服できませんな！」

「そういう多人数の仕組み、組織の相互監視などというものがあてにならない時だから、おれは押したくもない横車を押してるんだ」

セイオは辛抱強く言った。

「大勢いるうちの誰かが過ちに気づくことはわかってる。だが、全員が一度に気づくことは稀だ。今の件だって、きみらの一人や二人や、もっと大勢は、陸軍の危険に気づいていただろう？」

セイオが見回すと、数人の職員が責められたように目を伏せた。セイオはシンルージに目を戻す。

「気づいていても、言い出せない。猛烈な勢いで流れている事態に自分ひとりで手を突っ込む踏ん切りがつかない。それもまた組織の特質だ。そんなときこそ指導者がすみずみまで目を届かせて、声を上げたがっている誰か、いい考えを持っている誰かに力を与えてやらなきゃいけない。あなたはそれができていないんだ！」

「指導者の素質云々まであなたに説教されるいわれはない！　とにかく、こちらのことに口出しせんでいただきたい！　おい、きみたち。総督代理に一休みしていただけ！」

いきなり命じられた秘書や職員が顔を見合わせた。内心の困惑が手に取るようにわかる表情だった。――セイオの主張に共感できる点も大いにある。が、言い分はともかく部外者に采配を揮《ふる》われるというのは居心地が悪いし、なんといってもシンルージは彼らが永く従ってきた主で、これからも従うであろう人物なのだ。

「総督代理……申し訳ありませんが、ご退出願えますか」

そう言って近寄る職員に、わかった、自分で出ていく、とセイオは背を向けた。

去り際に、足早に駆けてきた通信職員が、シンルージに声をかけた。

「民間企業のサジタリオ貨物が四千棟のコンテナ住宅を被災市民用に提供したいと言ってきました。どの局で扱うべきでしょう」

「それはきみ、貨物コンテナなんだから当然交通局じゃ――」

「援助物資の受け入れは総務局の仕事だろう？」

秘書室長とシンルージの言葉が、偶然にもぶつかった。二人は目を合わせ、沈黙した。

セイオが背を向けたまま言った。

「コンテナとはいえ住宅だ。建設局にも問い合わせたほうがいいな」

「無用な皮肉を！」

シンルージが血走った目を向けて言ったが、はたと口を閉じた。職員たちもさすがに失笑する。セイオは帝都庁流のやり方に従ったまでだ。それを皮肉というのは敗北宣言にも等しかった。

セイオは廊下に出た。肺の底から息を吐き出す。

「……馬鹿馬鹿しい！」

壁にもたれて顔を覆う。少し離れてソレンスが黙って立つ。すでに同意の言葉も不要だった。八時間近くも共通の敵と戦っていた。

セイオが手のひらの下からつぶやく。

「耐え難いのは……おれにもし権力があって、臣民を守らねばならんとしたら、奴のような男までその範疇《はんちゅう》に入るということだな」

「権力がなくて幸い……ですか？」

「見くびるな。それでもおれは奴を救うとも。……ただ、どうにもやり切れんがな」

二人の前を、不思議そうな顔をした職員たちが右に左に駆けていく。総督府船から連れてきた部下の一人が本部室から顔を出したが、ソレンスが首を振ったので引っ込んだ。ソレンスはセイオを見た。混乱のさなかにぽっかりと生じた空白のせいで、今まで気にもかけなかったことが思い浮かんだ。

「閣下」

「なんだ」

「なぜ逃げないのです？」

セイオは顔を上げ、データグラスに疲れたのか、それを外してソレンスを見た。銀の瞳に軽蔑の色が浮いていた。

「職務を放棄してか？」

「あなたの職務はジャルーダの統治でしょう。いえ、統治の仕事を後任者に引き継ぐことですか。どちらでもいいんですが、帝都を救うなんてことはあなたの仕事ではありません。

——なぜ？」

「人倫により、では納得できんか？」

「もう少し激しい理由があるようにお見受けします」

セイオは顔を背《そむ》け、データグラスをかけた。

「私事だ。訊くな」

「……失礼しました」

ソレンスは一礼した。

その時、二人の横に男がやってきた。

「セイオ・ランカベリー殿か？」

二人は男を見て眉をひそめた。——どこか浮世離れした穏やかな顔つきで、年齢はよくわからない。帝都庁職員の、星代以前から使われているオールドスーツや、文官のインバネスとも違う、靴まで隠すぞろりとした黒の長衣をまとい、角張った帽子をかぶった姿だった。

セイオはその衣装を一度だけ見たことがあった。シマック総督が任官の詔勅を受けるために皇宮に参内《さんだい》したときだ。部下として同行した。

「……宮内府のお方か？」

「参られよ」

静かにうなずくと、セイオの都合も聞かず一方的に言って男は歩き出した。セイオが軽く舌打ちしたのでソレンスが目を見張った。

「皇族の侍従ですよ！」

「皇族だろうが高皇だろうが知ったことか」

そう言いつつセイオはしぶしぶ歩き出した。もし口実が一つでもあれば断っていた。が、今は断る理由がなかった。呆れた体《てい》のソレンスが続く。

帝都庁の裏口を出ると、ビルの陰の闇に二頭立ての黒塗りの馬車が止まっていた。それで決まったと思われた。今どきそんな大時代な乗り物を使う人々は、俗世からかけ離れた世界に住む皇族しかいないだろう。

だが、セイオを待っていたのは皇族ではなかった。

侍従が馬車の扉を開けて影のように身を引き、セイオはソレンスを待たせて乗り込んだ。馬車の中は喬木《きょうぼく》か何かの、ふっと気持ちが落ち着く匂いがかすかにし、小さな黒檀《こくたん》のテーブルを挟んで、びろうど張りの長椅子が差し向かいで作り付けられ、後ろ側に老人がいた。

裾の擦り切れたぼろ切れのようなマントに体を包んで座り、ほとんど禿頭で、顔中がしわで埋まっていて、恐らく笑いだと思われる表情を浮かべていた。小柄な——子供と見まごうばかりに小さなその老人を、セイオは知っていた。

「……クノロック公爵閣下」

「いかにも、ヨーシュ・クノロックじゃ。……まあ座んなさい」

セイオは向かいに腰掛けて老人を見つめた。老人もなかなか話を切り出さず、じっとセイオを見ていた。

ヨーシュ・クノロック公は元老である。元老が何者かは、わりと簡単に説明できる。それはレンカ帝国が近代国家として成長を遂げるにあたり、多きに勲功のあった人々である。星外国と交渉し、松明と馬車の国に電気や水素機関を持ち帰ったのだ。それとても四半世紀近く昔のことで、今は全員が八十、九十歳にも達する老人になっている。

しかし元老は閣僚や議員と違って、はるかに謎めいた人々だった。元老は国会に出席しない。元老を規定する条文は帝国憲法にも国法にもどこにもない。にもかかわらず国政に重大な影響力を持っている。高皇にすら従わず、ただ自分たちの心にのみ従う。そして人々は高皇を敬うのと同じように彼らに従っている。

端的に言って、官僚のセイオにとっては苦手な人々だった。——法も人脈も、俗世の力はまったく通用しないのだから。

そんな、歴史上の幻のような人物を見極めようと、セイオが鋭い視線を送っていると、クノロックは小枝のような人差し指を突き出して言った。

「あんた、ちょっと眼鏡を取ってくれるかね」

セイオはデータグラスを外した。わずかに身を乗り出すようにして覗き込んだクノロックが、やがてうつむき、ひく、ひく、と肩を振るわせ始めた。

元老は嗚咽《おえつ》していた。

「アマルテ神に栄えあれ……この未曾有の大難において、ただひとつ光明が残された。シマックは嘘をつかなんだ。よい子じゃ、よい若者じゃ……」

「シマック閣下とお知り合いなのですか」

突然の涙を流し始めた老人に、いささか気圧《けお》されつつ、セイオは遠慮がちに尋ねた。ごしごしと目頭をこすったクノロックが、糸のように目を細めて言った。

「ああ、知っとる。イェーツもよい子じゃ。おぶうてやったこともある。……が、あれは死んでしもうたそうじゃな」

「ご存知なのですね。ええ、グノモン宮で……」

「惜しい子をなくしたものじゃ。わしはあの子を探しとった。大きな地揺すりが起きて、トレンカがめちゃくちゃになってしもうて、これをなんとかできるのはあれしかおらん、首相も大臣どももどうなってもよいが、あれだけは生き残ってやり直しの舵取りをしてくれにゃならん、そう思うて探しとったが……だめじゃった」

うつむいて、すぐにクノロックは顔を上げた。

「じゃが、思いもせん忘れ形見が見つかった。それがあんたじゃ。セイオというたな、わしはあんたを見つけた。イェーツがだめでも、あんたならやれる。どういう子かと心配しとったが、いい目をしとる」

「おれに……何をやれと？」

「帝国復興」

クノロックは一瞬、老いの感じられない光を目に宿した。

「セイオ、あんたの今夜の活躍ぶりを聞いたよ。頑張ったなあ……えらく頑張った。じゃが、うまくゆかなかったろう？」

「……はい」

「小僧連中はわしほど目利きでないからの。……あんたがいくら手柄を立てても、その若さでは信用されんな。だから、あんたには武器がいる。わからず屋どもを有無を言わせずねじ伏せる武器がの。わしが来たのは、そのためなんじゃ」

「……お話が見えてきたように思います」

セイオが後を引き継いだ。

「公が後ろ楯になってくださるんですね。しかしそれは……」

首を振る。

「せっかくのご好意ですが、お断りします」

「なぜじゃ？」

「正直に言って、おれは元老なんていう得体の知れない人に頼りたくないのです。――帝国の一官僚として」

突然クノロックはむせたように短い息を繰り返した。笑ったのだった。

「そりゃあいい！ ……そりゃあいい、得体の知れない、はいいな。この三十年、面と向かってそんなことを言う子はおらなんだ。愉快、愉快。……じゃが、ちょっと早とちりじゃな。わしがあんたを後見してやろうというんじゃない。わしでは力が足りんし、見ての通りいつぽっくり逝くかもわからん年寄りじゃ。そうではのうて、あんたともう一つの光明を引き合わせてやろうというんじゃ」

「もう一つの……？」

「皇族の一人じゃ。女の子でな……すると内親王か。名はなんといった、ええ……」

こめかみをつついて首を振る。

「忘れた。まあいい、名前はともかく北のハイダックに内親王が一人生き残っとる。あんたはそこへ行き、事情を話して連れて帰るんじゃ。そして、ともに手を携《たずさ》えて帝都を蘇らせるがいい」

「待ってください、今なんとおっしゃいました。……生き残った？」

「うん」

クノロックは深々とため息をついた。

「みんな死んでしもうた。ヒノクも、カンラも、ナオも……わしの友だち、元老たちもな。カングさえも行方が知れん」

次々と挙げられた名は、いずれも皇族たちの名前だった。さらに、レンカ高皇の名まで……。

セイオは慄然とする。

「すると、つまり……次期高皇を帝都へ呼び戻して、その威光を借りろというんですね」

「カングの死体が見つかるまでは摂政じゃな」

こともなげに言うと、クノロックは底意の知れない薄笑いを浮かべてセイオを見つめた。

「元老ではない。レンカ摂政、帝国最高の権威をあんたに貸してやろう。……どうじゃ、摂政は得体が知れんかの？」

馬車を出ると通りには灰色の光が漂い始めていた。東の空に夜明けの気配があった。扉が閉まり、ギシギシときしみながら馬車が去っていく。それを見送りもせず黙然と立っているセイオに、ソレンスが駆け寄った。

「どうでした。——話を聞いてもいいでしょうか？」

「今のは元老のクノロック公だ。とんでもない厄介事を押し付けられた」

「厄介事？」

「ソレンス、今日のような馬鹿馬鹿しい苦労を向こう一年以上やれと言われたらどうする」

「……それは確かに厄介ですね」

では断るんですね、とソレンスが言うと、セイオは関係ないようなことを尋ねた。

「おまえのソアラーの燃料はどれぐらい残っている？　今夜はかなり飛び回ったが」

「ほとんどありません。しかし、軍令部に戻れば補給を受けられるでしょう。消費する機体の数は知れていますから」

「満タンにすれば無補給で千五百キロ飛べるか。いや、往復で三千キロだ」

「三千キロ？　それは不可能ですが……無補給でなければいけないのですか。空港があればそれ以上の距離でも行けます」

「ならば途中で補給しよう。訊きたいのは、特別な装備などが必要かどうかということだ」

「必要ありません。しかし、どこへ？　三千キロといえばほぼ帝国の端まで行って帰る距離です。五時間はかかります。この重大事に、なぜそんな遠くへ？」

「できるんだな。では行くぞ、軍令部総長と話をさせろ」

セイオは有無を言わせずソレンスの無線機を取って、ザグラム総長と話をした。それを聞いていたソレンスの顔が、徐々に驚きの色に染まった。

話が終わるとセイオは中庭に止めたソアラーへと歩き出した。ソレンスがつぶやいた。

「皇室が……今上がお隠れになったかもしれないとは……」

「どうした。おまえは身分の高い人間は好かないんじゃないのか」

「高皇陛下は別格です！　皇族方は星代より続く貴き血筋の方々ですよ！」

「たかだか四百年だ、そう恐れ入ったものでもないさ。……ふむ、おまえにしてその有様か。一応の御利益はあるようだな」

憤懣《ふんまん》やるかたないといった顔のソレンスとともに、セイオはソアラーに乗り込んだ。

帝都庁を離れ、ほんのひと飛びでベルタ区の天軍軍令部ビルに降りる。補給はすぐに済んだが離陸には若干時間がかかった。海上にあるトレンカ空港が管制業務を停止していて、帝国内や海外領からやってきた航空機が、湾岸周辺で統制もなくばらばらに飛行していたからだ。天軍には小規模ながら管制設備があったが、民間機に対する空域統制権がなくて航路を空けられなかった。ソレンスはニアミスを避けるために、レーダーで見当をつけるだけで在空機との連絡もなく航路を横切る、という荒っぽい方法を取るしかなかった。——災害はどこまでも、想像もつかないほど広い範囲に影響を及ぼしていた。

帝都を離れたのは、もうすぐ夜が明け放たれる、午前五時半頃だった。上昇しつつあるソアラーの前席で、セイオが忙しく首を動かして後方を見ようとしたので、後ろの操縦席のソレンスは機体を傾け、一緒に帝都の方角を見た。

そこには異様な光景があった。通常この距離、この高度から見た夜の帝都は、地上に銀河を移したがごとく百万の灯火を燦然《さんぜん》と輝かせ、町の喧騒、人々の活力を感じさせるものだが、今は違った。——明かりの絶えた帝都は、夜明けの薄闇に広がる巨大な暗黒の穴のように見えた。穴のあちこちに無数の黒煙の柱が上がり、その根元では不気味な橙色の炎がちろちろと蠢《うごめ》いていた。神話に語られる、人ならぬ獄卒《ごくそつ》と硫黄の火に満ちた荒涼の地、地獄そのものの光景だった。

セイオがぽつりと言った。

「なぜ、と訊いたな。……なぜ救うのかと」

「はい」

「そうしたいからでないのは確かだ。……今夜おれは、醜いものをたくさん見た。救いたくもないような人間が大勢いた。だが、救わなければいけないと知っているんだ。シマッ

ク総督や、他の人に、そう教えられた。だからやるんだ。……たとえそれが耐え難くても
な……」

セイオは言葉を切り、しばらく眠る、と宣言した。ものの五分後には言葉どおりに寝息
を立て始めていた。

ソレンスは機を直進に戻すと、前席の少し傾いた銀髪の頭をみつめ、この果断だが傲慢
きわまりない男の内面について想像を巡らせた。

ソレンスは二十七歳だった。セイオは――この長い夜のいつの時点で聞いたのか忘れた
が――二十八歳だそうである。一つしか違わないが、そうだとは思えないほどこの男は辛《しん》
辣《らつ》で有能だった。自分とたいして変わらない年月の間に、この人はきっとたくさんの苦労
をしてきたのだ、と思った。

もし平和な時に出会っていたら、そんなことに気づきもせず、口うるさいだけの不平屋
だと思い込み、軽蔑さえしていただろう。何しろ、ソレンスは伯爵位にある貴族の家の出
なのだから。

ハーヴィット・ソレンス少佐はレンカの古代の都だったカンガータにある、富裕な貴族
の家に生まれた。幼年学校を常に首席で進級し、十六のときに帝都にある帝国育士校に入
り、そこでも優秀な成績を収めて卒業した。両親は温かく、友人も多く、先輩や教師にも
期待されて、帝国の多くの若者が望む陸軍士官への道に入った。――が、そこで疑問を抱

き始めた。

陸軍に蔓延していたのは、鼻持ちならない選良意識だった。惑星レンカの他国に対して、レンカ人こそが最も優れた民族だ、列強の科学技術を進んで取り入れ、文化的、経済的にも躍進しつつあるレンカ帝国こそが支配の民だ、と考える風潮は国内のどこにもあった。

――しかし、陸軍ではそれに輪をかけて、帝国国内で最も優れて実力のある組織が自分たちだという過剰な矜持が、事あるごとに言い聞かせられた。それがどうにも息苦しく思えてきたのだ。

人がよすぎるとしばしば言われるソレンスにも、それまでは貴族としての誇りがあった。だが、陸軍に入り、貴族の世界とは別の、貴族以上に高慢な自意識に触れたことで、人と我とを隔てる考え方の暗く浅ましい不愉快さに、図らずも気づくことができたのだ。

そんな頃に天軍が創設された。ソレンスは天軍始動時の組織作りのために、一年の短期間、出向者として移籍した。――そして、一年が過ぎてもそこにとどまった。

天軍は陸軍とはかけ離れたところだった。出来たばかりで誰もが未熟者であり、何をどうすればよいのかについて前例というものが皆無で、何をするにも上官と部下が寄り集まって知恵を絞らねばならなかった。陸軍での経験が役に立たないので年長者も年少者もなく、貴族の地位も金持ちの財力も物を言わず、頼りになるのは自己の才覚と仲間の力だけという有様だった。

そんな環境なのに、天軍は陸軍と比べ物にならないほど居心地が良かった。――ソレンスは生まれて初めて、因襲のない組織という稀有な集団に属し、そこで実力を発揮することの喜びを知ったのだ。

ただ、それでも悩みは続いた。軍の外には、天軍を軽蔑する陸軍や、政争の具としか思っていない政治家や、利権を狙う軍需企業や、そもそも天軍のことなど知ってもいない市民たちばかりがいた。さらに天軍にいてすら、陸軍にいた頃の不気味な動きから逃れることはできなかった。――天軍も陸軍と同じ、外征のために生み出された組織なのだから。

ソレンスは諦観に至りかけていた。自分たち天軍は、軍隊は、レンカ帝国は、惑星統一・皇土興隆の美名の下に、傲慢な選良意識と弱者から収奪する欲望に駆り立てられ、このままなし崩しに侵略国家としての道を歩んでいくしかないのか、と。

そんな時に、セイオを知った。

彼は驚異だった。――まず内務省高官の地位にある者が、この恐るべき災害の中に踏みとどまって、財産を守ろうとせず、身内の保護に走ろうとせず、ましてや身の危険に脅えて逃亡したりもせず、弾雨のごとき誹謗・中傷に身を晒してまで働くというのが、信じられなかった。ソレンスの知る官僚とは、平時にあれば特権を利して私財を蓄え、自己の職分すら極めずに部下や他人を働かせ、有事となれば身内でかばいあい、責任をうやむやにし、一個の人間としての自分を出さずに雲隠れしてしまうような人々だった。

セイオは組織の中心にいながら、組織と正面から戦う男だった。そんなことが可能だと、そんな行為があり得るのだと、ソレンスは瞠目して知り、そして深い共感を覚えたのだ。

さらにセイオが人間としての根本的な気持ちを吐露したことで、ソレンスは決心した。

――彼はさっきなんと言った？　「そうしたいからでないのは確かだ」。別に帝都など救いたくないと言っているのだ。総督府船や、帝都庁や、陸軍とのやり取りで受けた非難に、やはり傷つき、苦しんでいるのだ。これほど正直な告白もない。……にもかかわらず彼は、「救わなければいけないこと」を知っていた。官僚がやるべきことがわかっていて、それに一身を挺しようとしているのだ。

だからソレンスは決心した。この人の手足になろうと。――天軍軍人として可能な限り、引き受けられる仕事は引き受け、そばにいる者として、この傲慢な男が周りに呼び起こすであろう敵意を少しでも中和し、彼が最大の力を発揮できるようにしよう、と。

……柔らかなオレンジ色の光が機内に差し込み、セイオの横顔を照らした。日の出だった。彼はデータグラスを外していて、まぶしさに何度か瞬きし、苦しげにうめいてまた眠り込んだ。ソレンスは手を伸ばして、前席が地上監視に使うバイザーカメラを引き出し、日除けとしてセイオの顔にかざしてやった。

知り合ってまだ半日もたっていない。だがソレンスにはもうわかっていた。

自分には――そして帝国には、この男が必要なことを。

火事が収まって以来、くすんだ闇の色だけを透かしていたステンドグラスが、突然きらきらと輝き始めた。

ナニール寺院の聖堂に横たわる人々の間から一斉に安堵のため息が上がった。打ちのめされた人々に、夜明けはささやかな希望をもたらしたようだった。気持ちの上だけではあっても。

急速に明るくなっていく光の中で、両足の痛みのせいで一睡もできずにいたネリ・ユーダは、細い声を聞いた。

「お嬢さん、あれを持ってきてくれないか」

横たわったまま首を動かすと、隣に寝かされた老人と目があった。髭もじゃの太った年寄りで、最初はただ寝ているだけなのかと思ったが、少し下を見ると突き出した腹が包帯でぐるぐる巻きにされ、それでも傷がふさがらないらしく、じくじくと赤黒い血がにじみ続けていた。

老人はあごの先を動かして、また言った。

「あれを取ってほしいんだよ」

彼の視線の先には、壁際のアマルテ聖像の下に、木組みの古ぼけた車椅子があった。ネリは力なく笑って言った。

「おじいちゃん、動いたらよくないと思うよ」

「そうかな。そんなに痛くないんだよ。力は入らないが」

老人は言い、足元のほうの、軽傷患者たちが座り込んでいるところに目をやった。

「ほら、水をほしがっている人たちがいる。この裏に井戸があっただろ。持ってきてやろうと思うんだ」

「おじいちゃんがあの人たちに?」

ネリは驚いた。思いもしない言葉だった。助けてもらうならともかく、そんな傷で人を助けようだなんて。

老人は微笑んだ。

「そうだ。私もさっき、水をもらったからね。……さあ、車椅子を頼む」

「無茶だよ、死んじゃうよ」

「大丈夫さ。ほれ、この通り手は動く」

老人は毛むくじゃらの太い手を突き上げ、意外に軽い動きでバーベル上げのような仕草をした。

「手が動けば車椅子は動かせるだろ。ん、お嬢さんも足がだめなのか。それなら自分で行くか……」

老人は体をひねって起き上がろうとした。腹の包帯がずれて小さな噴水のように鮮血がしぶいた。ネリはびっくりして言った。

「待って、私が行く。寝ててよ」

「すまんね」

ネリはひじで体を支えてうつぶせになった。――とたんに、ひねられた膝から電撃のような痛みが駆け上がってうめいた。歯を食いしばって耐える。

「大丈夫かい。無理かな？」

「だ、だいじょぶ……」

必死に答えた。無理だと言えば老人が立ち上がってしまう。身動きしただけであんなに血が出るのに、立ち上がったりしたら……

両肘を交互に動かして、なめくじのように這い進んだ。石の床が膝を削るたびに、びりびりと痛みが湧いた。涙が出て、三度も突っ伏した。――それでも、進み続けた。どうしてそんなことができるのか、わからないまま。

車椅子にたどりつくと、よじ登った。運ぶ方法は自分が乗って動かすしかなさそうだった。腕の力だけで体を持ち上げるのは、とてつもない苦労だった。が、なんとかやってのけた。

体を回して椅子に尻を収めると、ふっと楽になった。膝の負担がなくなったからだ。寝ているよりも楽だった。

車椅子に乗るのは初めてだ。家では両親におぶってもらっていた。使い方がわからなかったので、あちこちいじって、どうにかブレーキらしきものを見つけた。レバーを倒すと、きぃ、と揺れた。

車輪を押す。——きぃ、きぃ、きぃと小さな音が上がった。まるで車椅子が歌っているようだった。油を塗りこめてあるのか車軸はとても軽く、ネリは雲の上を滑るように進むことができた。

老人のところまでの数メートルを、ネリは経験したことのない速さで進んだ。

「わ……速い」

ぶつかりそうになって、あわてて車輪を引き留める。見下ろすと老人が笑っていた。

「ご苦労様、代わってくれ」

ネリはちょっと考えて言った。

「私がやるよ。おじいちゃんは寝てて」

「ほお？　どうして？」

「おじいちゃんのほうが痛そうだもの。——それに、なんだか楽しいの。こんなにすいすい動けるの、初めて」

すると老人は目を細め、実に嬉しそうにうなずいた。

「楽しいのか。それはよかった。じゃあお願いするかな」

「うん、やってみる」

ネリは戸惑いながら左右の車輪を逆に回し、車椅子を旋回させて、また進みだした。石の床の段差がこつこつと車体を揺さぶり、膝に響いたが、這っていたときに比べればどうということもなかった。

井戸には大勢の人が並び、尼僧が一人ずつに水を汲んでやっていた。ネリがその列に並ぶと、あら、とか、おやおや、という大人たちの驚きの声が上がった。

尼僧も戸惑いの表情を見せた。――けが人に水を運んでやるのだと告げると、困ったように眉をひそめて、無理しなくていいのよ、と言った。

そんなことを言われると、いつもなら悪い気がして引っ込んでしまう。だが、老人にやると言った手前、引き下がれなかった。

「無理じゃないもの。できるから」

半ば強引に陶製の器をもぎ取って膝に載せ、ネリは向きを変えた。

聖堂に戻って、水を求めている人のところへ行った。その人は相手が誰かを確かめる余裕もないらしく、器を受け取るが早いか水を飲み干し、黙って突き返した。ネリはむっとした。――が、他にも大勢の人が水を求めていたので、我慢して引き返し、また井戸の列に並んだ。大人たちも尼僧も、やはり困った顔をしていた。

ネリはそこでも不満に思った。――みんな立って歩けるんだから、手伝ってくれればいいのに。

そんな具合に、何回も聖堂と井戸を往復した。五度目か、六度目のことだったろう。ずっと顔を曇らせていた尼僧が、列の最後尾についたネリに、思いきった様子で声をかけた。

「そこのあなた！　こっちへ来なさい！」

「なあに？」

「あなたは並ばなくてもいいわ。先回しにしてあげるから」

続いて起こったことに、ネリは心から驚いた。

「聖堂に持っていくのね、私もやる」

「おれも手伝うよ」

「わしも。片手なんで重い缶は無理じゃが……」

大人たちが次々に声を上げたのだ。ネリは目を丸くして彼らを見回した。

「え、どうして……みんないいの？」

「あんた、速すぎるから」

ネリのすぐ前にいた、派手な化粧が流れてすごい顔になっていた若い女が、ぶっきらぼうに言った。

「けがしてるくせに、うちらよりすいすい走るから。なんか、出番がないっていうか……圧倒されちゃってさ。言い出しにくかった」

皆が苦笑してうなずき合う。女は頬を染めて笑った。

「やるじゃん。あんた名前は？」

「ネリ、です……」

うつむいて答えた。

それからは、寺院の人間でもない大勢の人々が水汲みに走った。化粧の女――ナーヤ・フォンクはネリを押そうとしたが、大分慣れてきたネリはけっこうな速さで車椅子を動かせるようになり、助けを借りずとも、誰よりも速く水を運ぶことができた。不思議なことに車椅子は、今にも壊れそうなほど古びているのに、いつまでも羽根のように軽やかに走った。きぃきぃ、きぃきぃ、という歌うような音が、じきにネリは大好きになった。

水が行き渡るとネリは寝ていた場所に戻った。老人は目を閉じて横たわっていた。明るく声をかける。

「おじいちゃん、終わったよ」

老人は答えなかった。ネリはじっと彼を見つめ、じきに不安になり、辺りを見回して声を上げた。

「すみません、誰か来て！」

紫の長衣をまとった司祭がやってきて老人のそばにしゃがんだ。すぐに彼は首を振った。

「亡くなっていますよ」

「そんな……」

ネリは呆然とつぶやいた。

司祭が振り向いて、不思議そうに言った。

「あなたは確か、私たちが助けたユーダの娘さんですね。この人はお知り合いですか」

「ううん、全然……」

「はて……私も知りません。いつからここにいたのでしょう」

「わかんない。目が覚めたらいて……この車椅子も、多分その人のだと思うけど……」

司祭は目を見張り、次いで胸の前で固く両手を組み合わせ、頭《こうべ》を垂れた。

「それは初代院長の遺品です。宝物《ほうもつ》室から持ち出したのですか？」

「ここにあったんだよ！」

ネリは壁際を指差した。――二人は、吸い寄せられるように視線を上げた。朝日を背に負った、アマルテ神の像を。

司祭が独り言のようにつぶやく。

「……きっと、賜れたのですね。あなたのために」

ちがう、とネリは思った。

そんな親切じゃない。――足の悪い私を助けようとか、そんなことじゃない。

私に何かをしろっていう意味なんだ。この車椅子はごほうびの前払いなんだ。

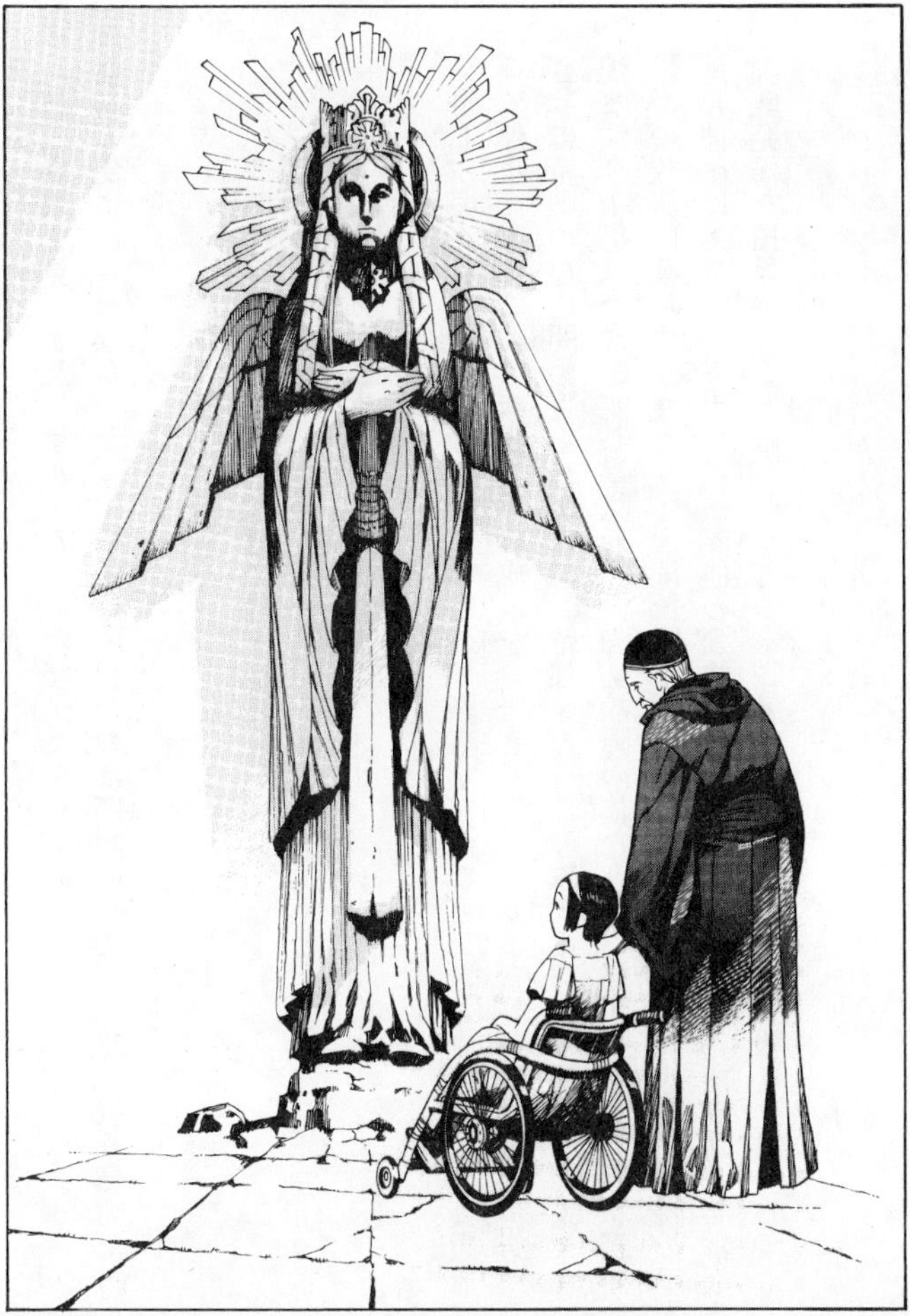

横たわる老人を見、またアマルテの不可解な微笑を見上げた。
礼を言う気にはなれなかった。車椅子がくれたのは感謝の心ではなく、戦う気力だった。

王紀四四〇年五月四五日〇六時〇〇分星間電
発・駐レンカ帝国トレンカ大使館　ガーベルウェイフ大使
転送・駐レンカ帝国カンガータ州領事館　スリンゴリック領事
宛・ダイノン連邦権統国　トングルハー大権統
「昨日夕刻帝都トレンカは激震に襲われ、議事堂官衙ことごとく崩壊しレンカ政府は全く停止の姿にて陸軍参謀本部は戒厳を宣告せり。レンカ皇室へも奏問を為すあたわざれば帝国の存亡問わざるべからず。帝都庁の一部のみ奮迅《ふんじん》努力の報あれど大火今に熄《や》まず全市街は交通閉塞し電気通信は一切故障の体《てい》なり。死傷すでに三十万を算《かぞ》え自力での救済は甚《はなは》だ危ぶまれり。大権統閣下に於かれては迅速かつ寛大なる救援の手を差し伸べ以てサランガナン専領国他の列強に先んずるは、我が連邦権統国の非常なる国威発揚を招き至ること確かなりとの本職愚考を添えてこれを急報せり」

第二章

王紀四四〇年五月四五日一二時〇〇分星間電
発・ダイノン連邦権統国　トングルハー大権統
宛・レンカ帝国　カング高皇《こうおう》
「レンカ帝国に古今未曾有の大災生ぜりとの飛報頻々《ひんぴん》として我国に至り、余は驚愕措《お》くところを知らずして深甚なる悲嘆を覚ゆ。ここに高皇陛下に連邦権統国国民を代表して衷心《ちゅうしん》より哀哭《あいこく》の意を表す。貴国罹災民及び陛下の艱難《かんなん》を緩和するの方途あらばいかなる努力をも吝《おし》む処にあらず。率直なる請求を仰せられたし」

四百六十年余り前に起こった星をまたぐ戦争によって、人類は散り散りに分け隔てられた。

当時の人類は百を越える星々に住み着いていた。故星地球を首星とし、何万隻もの光より速く翔ける天船で行き交い、一大文明圏を築いて繁栄を謳歌していたのだ。

だが、戦《いくさ》が起きた。大本の原因は戦火の中で忘れられ、今となってはわからない。確かなのは、いくつかの太陽系を支配するある自治星府が地球を攻撃して滅ぼし、地球の生き残りの軍隊によって自分たちも滅ぼされてしまったことである。

文明圏の中枢であり、地理的にも中心地に位置していた地球の消滅は、星々のコミュニケーションに重大な影響を及ぼした。一万年間もの科学的・文化的・軍事的な蓄積によって百以上の星を実力で治め、調停者、通訳者、中継地の役を果たしていた地球がなくなったことで、他の星との付き合いが難しくなり、行き来も不便になった。いくつもの星間交渉が暗礁に乗り上げ、物資の流通は停滞し、飢餓の兆しが現れ始めた。

追い詰められた人々が他人のものを奪い始めるまでに、五年もかからなかった。

最初に暴発したのは辺境の惑星ルオヤンだった。この星は入植からまだ二十年余りで産業が少なく、自給率の低い星だった。すぐ隣の太陽系に入植から八十年を数える豊かな惑星テクシガルパがあった。ルオヤン星府は武装天船隊でテクシガルパの巨大な物資集積軌道ステーションを襲って、五百万トンもの食糧を奪ったのだ。

不当に食糧の輸出を停止したテクシガルパが悪いのだ、とルオヤンは主張した。テクシガルパは、星間貿易事情が悪いから自衛のために輸出上限を引き下げたのだ、と言った。

どちらにも自分たちの責任ではない問題があり、両者のみでの解決は不可能だった。

だが、間に立って仲裁する者は現れなかった。――どこも似たような問題を抱えており、自分たちのことだけで手一杯だったからだ。

ルオヤン天船隊はテクシガルパ軌道上に居座って、輸出用の食糧の三割を供給するよう要求した。テクシガルパはこれを断ってやはり武装天船で反撃した。星運を賭けた激しい戦いになり、結局両者ともに保有する天船の九割を失ってしまった。

そして、同様な戦争が一度に三十も起こり、人類の宇宙航行能力はみるみるうちに弱体化していった。平和な時代が長く続いたので、どの星も大なり小なり他星の産業に依存しており、高度文明の結晶である天船を自力で建造できる星がいくらもなかったためだ。

このままでは人類が滅んでしまうと多くの人が思った。比較的力のあるいくつかの星府が相談して、以前の地球のような統一首星を持とうと話し合った。だが、どの星が首星になるかということではなかなか結論が出なかった。候補が多すぎたためではない。――候補がなかったのだ。

もし首星になれば、今の混乱した状況を一手に引き受け、人々の言い分を聞き、利害を調整し、必要とあれば軍隊を派遣して実力で抑え込まねばならない。それに要する労力は、首星となることによって得られる利益よりも、はるかに大きくなることが明白だった。そんな損な役回りはどの星も嫌がったし、そういう能力があり、経験があり、実績がある人々や組織は、彼らがいた地球とともになくなってしまっていた。

そうこうするうちに人類全体の天船保有数は減り続け、ある月を境に星間貿易が消滅するという事態になってしまった。天船が一隻もなくなったわけでもないのに、急に総星間取引額がゼロ近くになってしまったのだ。この事態を、惑星ダイノンの経済学者ロペは「臨界交通量の割り込み」だと説明した。——現在の人類文明圏で星間貿易が成立するためには、すべての地方にまんべんなく天船が航行していなければならない。なぜならば、仮にある二つの友好星の間で正常な貿易が行われていたとしても、どちらの星も相手以外の星と取引している。そちらの天船が急減すれば、国内の物資が偏《かたよ》り、生産力を減少分に振り向けなければいけなくなる。いきおい友好星へ輸出する物資も減少し、ついには二星間のみでの貿易も阻害されるようになる。——現実に目を向けると、天船保有数が完全にゼロになり、閉鎖経済へと移行せざるをえなかった星が、ほんの数ヵ所だがあった。もうこの頃には広域調査など望むべくもなかったが、ロペの言うとおり、その数ヵ所の破綻が全体に波及して、まだ余力のあった星にまで影響を及ぼし、広大な人類文明圏の貿易がドミノ倒しのように壊滅してしまったことは、ほぼ間違いないようだった。

そうなると有力星府も、失われた貿易を補う星内生産に余力を傾注しなくてはならず、統一首星の再設置どころではなくなってしまった。自己完結型の経済体系への変革が着々と進み、その陰では貿易主体だった過去の経済が急速に忘れられていった。

自己完結型経済が軌道に乗るには数世代の時間がかかった。その頃には、かつての星間貿易時代の繁栄を知る人も少なくなった。人々は昔とは比べるべくもない、貧しく不自由で息苦しい暮らしを当然のことだと考えるようになった。再び天船を建造することを言い出す者は誰もいなかった。――自分たちの星の生命線を他の星に預けて、手を取り合って繁栄することを、逆に危険で不安定なことだと思うようになってしまったのである。

惑星一つだけの小さな星府の中には、自己完結型経済を完成できなかったところがいくつもあった。それを成し遂げていた古代の地球が、そのノウハウをもやはり道連れにして滅びたからだ。ルオヤンは滅び、テクシガルパも滅びた。

滅びなかった星もあった。ダイノンは物資生産をうまく割り振ることでなんとか危機を切り抜けた。しかしこの星は混乱前に多くの星から移民を受け入れ、多数の人種が共存している状態だった。自己完結型経済構築のために社会構造を無理に変革した際、為政者が人種ごとに不公平な施策を取ったので、非難が集まって星府が倒された。星内が混乱し、内戦が起き、臨時政府ができ、いったん安定し、経済のバランスが崩れ、また社会が崩壊し、内紛が起きるといったことが繰り返された。そうするうちに、徐々に市民合意による民主政治という形態ができあがっていった。やがてこの星は「ダイノン連邦権統国」を名乗るようになる。

　また、やはり貿易時代の有力惑星の一つだったイングレスも滅びなかった。この星では経済再建をダイノンより大分うまくやった。成功の鍵は下手に穏健な策を取らず、星府のあるイングレスのみを優遇して、隣の太陽系の惑星ゴランティスを徹底的に犠牲にしたことだった。星間貿易が破綻した直後、イングレスでは将来の困難をいち早く予見し、残っていた天船をかき集めてゴランティスを完全制圧した。ゴランティスは抗議し、星外星内のあらゆる方面からも非難が殺到したが、時の星府代表者シャルディンは頑として軍を退かなかった。そのうちに他の星々がことごとく衰退していくと、イングレス市民はシャルディンの正しさを認めて彼を強力に支持し、後ろめたさを押し隠してゴランティスの搾取に加担した。星内が荒れたダイノンと違い、ゴランティスは別の惑星であり、天船はイングレスが握っていたので、反乱しようにも不可能だった。以後永く、イングレスにとっては豊かな時代が続いた。「古イングレス及びゴランティス連合帝国」はこうして成立した。

　サランガナンは例外的な惑星だった。ここでは太陽系内に自星を含めて六つもの可住惑星があり、生活品の需要はほぼ完全に域内で満たしていた。さすがに本格的な超光速天船を建造するのは無理だったが、光速以下で航行する天船はどこの惑星でもそれなりに作っていて、ここではそれで用が足りた。人類の星間貿易体制が崩壊すると、星府は混乱が域内に及ぶのを恐れ、より強力に民衆を支配しようとした。その方法は、それまでにもあった自領の星の生産分業を際立たせたことである。たとえば惑星ドラハンは食品、デルガンは機械、バイネルハンは天然資源、そして星府サランガナンは統治、というように。言わば、地球がやっていたことをスケールダウンして自領に適用したのだった。当然、それぞれの惑星は自分たちだけでは暮らしが立ち行かず、サランガナン星府の采配を仰ぐしかなくなった。「サランガナン専領国」はこの体制で四百数十年続いてきた。

宇宙に進出した人類の中には、惑星に根付かなかった人々もいた。無所属の船乗りや、探検家や、私営の貿易業者や、資源採掘人や、自由学者などである。そういった人々も地球支配下では権利と義務が与えられていたが、地球消滅とともに彼らは流浪の憂き目にあった。どこの星でも資源は大切で、旅人たちに分け与えてはくれなかった。そんな時に突然、一人の小惑星曳航船の船長が独立国の樹立を宣言した。彼は自分が曳《ひ》いていた直径千五百キロほどの小惑星とともに、惑星がなく無人だった太陽のそばに居つき、行くあてのない人々に国籍と互助の機会を与えると称して、自ら国王を名乗ったのだ。多くの人が賛同し、その小惑星マルカットを首府とする国家に参加した。ただ、初代国王を名乗ったハーラットという男は、国家草創期のささいな争いで射殺されてしまった。しかし彼の名と志は受け継がれ、以来その国土なき国家は彼の船の名を、元首は彼の名を名乗るようになった。「バルカホーン航民国」の由来である。

その他にも多くの国家が生まれ、変遷し、滅び、また生まれた。しかし、自分たちの領土から出ようとする人々はなかなか現れなかった。

半径数百光年の球内に天船を翔け巡らせ、一個の雄大な生命のように躍動し息づいていた人類は、千々《ちぢ》に分かれて永い沈潜した時代を経ることになった。星間貿易時代を指して今と区別し、「星代」と呼び習わすようになったことが、歴史の段階が変わってしまったことを示していた。

事前にさんざん聞かせられていたにもかかわらず、帝都の惨状はスミルの想像をはるかに上回った。

各所から立ち昇る黒煙煤塵《ばいじん》はもはや煙などとはとても呼べず、不吉な黒雲となって帝都をすっぽり覆っていた。正午近い日差しがうららと照る初夏の好日だというのに、街は暗く翳り、火災はいまだに燃え続けていて、普段なら網の目のようにくっきりと見える縦横の街路でさえ、崩れ落ちた沿道の建物によってかき乱され、ぼやけているように見えた。

ハイダックに近い空港から急遽徴発したソアラーに乗って、スミルは帝都の上空にやってきた。そこからの眺めは、髪の根が引かれるような寒気を彼女に覚えさせた。

ただ、現実感はまるでなかった。――これからそこへ行って、今朝会ったばかりの男に従い、なるとも思わなかった立場になって、したことのないことをするのだ、と理屈ではわかっていても、誰か別の人間がそうすると聞かされたように、ひどく醒めた頭で今後のことを考えていた。

摂政とは何をするのだろう？　父であるカング高皇がやっていたように、式典に出て侍従の書いた草稿を読み上げればいいのだろうか？　議事堂の玉座に座って、眠らないように努力しつつ、議員たちの理解できないやり取りを微笑みながら見守ればいいのだろうか？　それとも、もっと全然別のことをしなければいけないのだろうか？

全然別のことなど、スミルには見当もつかなかった。

レンカ皇統は星代承系をその権威の基《もとい》とする。四百年前より絶えず乱れず続いてきた貴《とうと》い一族であるというのが拠《よ》り所なのだ。政務の手腕によって君臨しているわけでも、軍務の采配によって統治しているわけでもない。古代ピラミッドの頂石《キャップストーン》のように、何を支えているわけでもないが、存在することそのもので巨大な国家を鎮めているのである。――スミルが皇族の務めについて何も知らないのも当然で、仕事らしい仕事など初めからなく、それで万事うまく回るからこそ、皇室というものは存在しているのだった。

だが、男は何かをしろと言っている。

スミルは首を回して機内後方に目をやった。民間機を召し上げたために一般乗客用の座席が並ぶ機内は、がらんとして人気《ひとけ》がなく、スミルの後ろに侍従長以下数名の付き人が立っている。――そのさらに数席後ろに、あの若い男がいた。侍従長が半ば脅すようにして命じたために、椅子には腰掛けず、背もたれの横に腰を預けて、不服そうに突っ立っている。

セイオ・ランカベリーと名乗ったその男と目があった――ような気がした。セイオの黒眼鏡のせいでしかとはわからないが。彼はにこりとも笑わず、あからさまに顔を背《そむ》けた。スミルは不快になった。

「姫さま?」

隣にいるサユカが心配そうに声をかけた。彼女は侍女ではあるが貴族の血筋なので最初から着席している。

スミルは顔を向けて、なあに、と言った。

少女は柔らかな黒髪の頭をわずかに傾けた。

「ご機嫌斜めみたいですね」

「……わかるかしら」

「私もあの者は嫌いです、乱暴で。一緒に来た兵隊のほうが礼儀正しくてまだましでしたわ。彼が陪乗すれば――せめてあの男も彼のソアラーに乗ればよかったのに」

「あまりひどいことを言うものではないわ」

そう言ったものの、サユカが気づいたぐらいなのだから、自分も顔をしかめていたのだろうな、とスミルは思った。

別に言葉遣いが乱暴だから気に入らないのではない。スミルは下々《しもじも》の言葉を聞いたことがないので不快とは思わない。外国語のように物珍しく思えるだけだ。

また、サユカのように——多分彼女はそうだと思うが——見目形の好き嫌いがあるわけではない。あからさまな醜男《ぶおとこ》とそうでない者の違いぐらいはわかるが、どちらであってもスミルにとっては下民だ。好きも嫌いもない。顔の良し悪しを言うなら、セイオはまともなほうではないかと思う。

そのような表面的なことではなくて、セイオの態度に見え隠れするとげとげしい雰囲気が嫌なのだった。

彼との会話で感じたのは、何か尖ったものを突きつけられているような恐ろしさだった。憎しみや恨み、蔑《さげす》みといった感情はわかる。だが、スミルが今まで会ったことがある者は、必ずスミルを貴人として敬《うやま》い、へりくだっていた。たとえ負の感情を抱いていても、注意深くそれを隠そうとしていたものだ。

なのにセイオはそれを隠そうともしない。

さらに手に負えないのは、セイオがそのような鋭いものを向けてくる理由がさっぱりわからないことだった。何もしていないのに、会ったばかりだというのに。身に覚えがあればスミルとても謝るのだが。居心地が悪いことといったらない。

それなのに、そんなセイオと協調しなければいけないらしい。——なんということだろう！　スミルは深々とため息をついた。

サユカがまた言う。

「お疲れですよね、支度もままならずにハイダックを発《た》ちましたから。降りたら湯浴《ゆあ》みでもなさいます？」

「そうしたいわ」

しばらくすると、二人のパイロットのうち一人が直接客席にやってきた。高皇に準ずる貴人を目《ま》の当たりにしているとあって、緊張しきった様子で言う。

「な、内親王殿下。間もなく着陸いたしますのでご用意を――」

「控えよ、言上《ごんじょう》はこちらで聴聞する」

「はっ、失礼いたしました！」

侍従長に咎《とが》められたパイロットは直立不動で答え、座席にけつまずきながら戻っていった。そう、あれが普通なのに、とスミルはもう一度振り返る。

セイオは下らなさそうに窓のほうを見て腕組みしている。不遜極まる態度だ。さらにあろうことか、スミルが見ている前で勝手に椅子に腰掛けてしまった。

侍従の一人が気づいて叱責した。

「ランカベリー、御料機《ごりょうき》の椅子は殿下のお椅子なるぞ！」

「着陸だぞ、立ったままでいられるか。あなたたちも座るがいい」

侍従は滑稽なほど顔をしかめて絶句したが、スミルが取りなした。

「みな、座りなさい。彼の言うとおりです」

セイオは少なくとも、スミルへのあてつけで勝手に座ったわけではなかった。このことに限れば単に必要だからそうしたまでだろう。だからスミルも、見逃すことにした。

しかし、これから先いちいちこんな摩擦に耐えなければならないとは。……摂政がどうしたとかいうことよりも、今のスミルにはそのほうがよほど重荷に思われた。

侍従たちがしぶしぶ腰を下ろす。前のほうでちらりと何かが動いたので目をやると、身も細らんばかりに心配して覗いていたパイロットが、ようやく安心して引っ込んだのだった。

機体が揺れて降下が始まった。じきにトレンカの家並みが窓に入り、近づいてきた。

皇宮のエアサイトにたどりついたソアラーが空中で静止し、ゆっくりと高度を下げる。やがて羽根布団に乗ったようなかすかな震動がやってきた。パイロットは一世一代の妙技を披露したようだった。

侍従たちがわらわらと立ち上がって出口の扉を開ける。サユカがシートベルトを外してくれるのを待って、スミルも起立した。外へ出る。

身を包んだのはきな臭い煙の匂い。

目に入ったのは、漆黒の馬車を従えた小さな小さな老人だけ。整列する軍兵も民衆の歓呼もない。

その向こうに、無残に折れて基台だけとなった漆黒の塔——占王の塔があった。

「塔が……」

恐るべき地震の威力を目の当たりにし、スミルはタラップの上に立ったまま言葉を失った。背後に来たセイオがぼそりと言った。

「わかったか」

ぽつり、とスミルの絹手袋に黒い点がはぜた。灰を含んだ雨が落ち始めていた。

惑星レンカは辺地の小さな星だった。

ジャルーダ大陸という大きな陸地と、その北端から南西に向かって、ぐるりと湾曲して突き出したヤモ半島という小さな半島があった。星代のころ、レンカ星府はその地にあった。開拓民はここから大陸中に散って、農地を耕し、鉱山を掘り、海に網を打って、惑星を富み栄えさせようとしていたのである。しかし星代の終焉によって、人々は星間貿易のためにヤモ半島に物資を集積することをやめてしまった。

収まらないのはヤモ半島の星府である。彼らは各地の入植民に服従を求めた。しかし従う者はなく、内乱が起こってしまった。多くの人が死んだが、もともと兵器も資源も少なかったために全滅戦には至らなかった。しかし、十五もの独立国家が各地にできた。

その影響として天船がなくなった。

なんとなれば、超光速天船を一隻飛ばそうとすると、内戦前のレンカ星府予算の数パーセントもの費用がかかるのである。かつての人類文明圏にはこれを万の単位で航行させる富があった。ダイノンやサランガナンなどの有力惑星にもその力はいくらか残ったが、レンカは入植したての貧しい惑星である。分裂し弱体化したレンカの各国にとっては、夢のまた夢となった。

天船は高度文明の象徴だった。それを失ったことは、単に貿易ができなくなったということ以上の影響をレンカの民にもたらした。人々は広大な宇宙のことを忘れて、惑星上だけが世界のすべてだと感じるようになり、身内とのせせこましい争いに力を費やすようになった。

レンカ星府も時の流れの中で、人類文明の一翼を担う自治機関だという自覚を失い、ヤモ半島のみを領土とするただの地方国家に成り下がった。ただ、堕落したとはいえ、かつては文明の力で惑星全土を興隆させようとした人々である。ジャルーダ大陸に散らばった開拓民に対して、責任を放棄した自分勝手な連中という蔑みを常に抱き続け、それが数百年を経るうちに、国家対立の基調的な感情になった。——ヤモ半島人のみが正統なレンカ人であり、他の連中は卑《いや》しく俗悪な者たちだ、と思うようになったのだ。

そして、近代。

四十年ほど前に、バルカホーン市民の一人が宇宙空間を漂っていたある天船を発見した。その船には驚くべき財宝が積み込まれていた。星間通信クリスタルの製法を記した記録である。それはかつての地球が独占していて、星代末期に失われたはずのものだった。

天船を調べたバルカホーン政府は、あの混乱の時代に、一人の賢明な地球軍人が希望を託してこの船を送り出したことを突き止めた。母星を失い、もはやこれまでと覚悟して、厳重な秘密とされていた製法を手放したものだろう。四百年ぶりにその記録をもとにクリスタル生産が試され、成功した。

バルカホーンは賢明な国だった。クリスタルがあれば天船に手紙を託さずして他星と連絡することができる。これは人類の現況を一変させてしまうだろう。自分たちが独占すれば大きな力を持つことができる――しかしその代わり、すべての星から敵視され、狙われることになる。国土のないバルカホーンにとってそれは死活問題である。

だからバルカホーンは、クリスタルの生産を開放した。ある程度の工業生産力のある国ならば、どこでもクリスタルが製造できるようにしたのだ。「ある程度」というのはかなり高いレベルを指したが、その能力のない国にも製法は行き渡ったから、非難はどこからも出なかった。

……三十年ほど前から、期せずして同時に、ダイノン、サランガナン、イングレスなどの有力国が天船の建造を再開した。クリスタルの普及により、天船の建造に足りない技術を補い合うことができるようになったためだ。これら大国は四百年の間に国力をたくわえており、技術さえあればそれが可能になっていたのだ。

そして大国は、周辺の星を侵略し始めた。

その大きな動きは、幾久しくなかった光年を越えた交流を人類に復活させた。宇宙はにわかに騒々しくなり、諸星はまず星間通信クリスタルを、ついで天船を購《あがな》い求めるようになった。有力国は秘蔵してきた高度技術を餌にして、一方的な条件ではあるが徐々に貿易を再開させ、それによってさらに力をつけ、ついには列強と恐れられるようになった。

現在から十八年前、ヤモ半島の人々は突然奇妙な主張を始めた。この国では、初期星府の指導者の子孫が、高皇として代々特別視されてきたが、それが自国だけにとどまらず、惑星レンカ全土の支配者だ、と言い出したのだ。ジャルーダ大陸の人々は何を今さらと感じ、否定すらしなかったのだが、なぜヤモ半島人が今になってそんなことを言い始めたのかは、三年後に明らかになった。

ヤモ半島人は「レンカ帝国」を名乗り、大陸への軍事侵攻を開始した。――それに当たって、星外への大義名分として主張したのが、先の高皇の件だったのだ。

大陸の人々は、「レンカ人」の憎悪と狡猾な考えを身をもって知ることになった。レンカ帝国軍は激烈な抵抗を受けながらもじわじわと進撃し、十五年にわたっていくつもの小国を段階的に占領し、さらに大陸の大部分を占めている南方のジャルーダ王国にまで迫った。そこで初めてジャルーダの民は星外を意識して救援を求め、初めてレンカ帝国の意図を知ったのだ。

列強はジャルーダを見殺しにした。ただ一国同情を表したバルカホーンも、こう告げた。

——我ら星間国家は内政不干渉を基本方針とする。レンカ帝国が惑星レンカ正統政府を名乗り、あなたたちがそれを否定しないのなら、我らも手出しはできない。そして列強は惑星レンカとの交渉を一本化するために、レンカ帝国を承認するだろう、と。

十五年以上放置してきたジャルーダが今さら否定しようにも、手遅れだった。

王都アルチャナは劫火《ごうか》に呑まれ、ハオロン国王は自刃《じじん》し、国王の第一王子は虜囚として帝都に連れ帰られた。レンカ帝国は「内乱地方」ジャルーダを「鎮撫《ちんぶ》」し、惑星統一を宣言した。

そのようにして、レンカ帝国はいよいよ星間諸国と対峙しようとしていた。

この日までは。


皇宮内の、モクセイやトネリコの木を植えた小さな林の中にある東屋《あずまや》で、スミルは元老クノロックと相対した。セイオも、侍従たちも、サユカさえ退かせて二人だけで、お茶も菓子も出ていなかった。

梢の上から大粒の黒い雨が降り注ぎ、東屋の屋根をばたばたと鳴らしている。木々の間を通る曲がりくねった小道の向こうに、元は三角屋根の小屋だったらしい、崩れた石の小家が見えた。

そちらに目をやって、クノロックはぽつりと言った。

「あれがわしらの溜まり場でな。地揺すりの時、わしだけここへ出ておった」

「わしらとは？」

「元老じゃよ」

「元老」

スミルは眼前のひねこびた老人をいぶかしげに見つめる。彼については、父と対等な口を利いていたという記憶ぐらいしかない。政府のことですらよく知らないのだから、元老などという人々のことは想像の埒外《らちがい》である。いや、政府の人間も元老も区別がつかない、というのが正しいか。

誰がどういう位置づけなのか、誰が味方なのかわからない。

クノロックは振り向き、目を細めて言った。

「わがままな爺婆の集まりじゃよ。集まりじゃった、か。気性の激しいのも穏やかなのもおったが、みな死んだ。しかし、レンカをよき国にしようと思うておったことは、みな一緒じゃった」

スミル、とクノロックは言った。

「わしはな、あんたとセイオがうまく力を出し合って帝国を立て直すのが、一番いいと思う」

「なぜですか」

「わしは昨晩から、あちこちに人をやって誰が働いておるのかをようく見極めとった。元老というのは位ばかり高いが実際の力はあまりなくてな——どこにも属しておらんから、どこも動かせんのじゃ——こういう急場では、じかに臣民を助けてやることができん。やれるのは、現に助けている者に目を配って、後押ししてやることだけじゃ。そうやって一晩見ておったところ、あのセイオという子が一番頑張っておった」

「そう……」スミルは胸の前に手を泳がせて、口をつけるカップもないので手を戻し、「では、なぜ私が？」

「皇族が死に絶えたのは聞いたな」

スミルは硬い表情でうなずく。実感はなかったが。

「父上のお姿も見つからないと……」

「カングだけはまだはっきりしとらん。宮殿の侍従が死んで、場所を知る者がおらなくなったから。しかしまず無事とも思えん。あんたがただ一人残った皇族じゃ。……そして、セイオには大きな権威がいるんじゃよ」

「嫌です、と申し上げたら？」

思い切ったスミルの言葉に、クノロックはかすかに片眉を上げた。

「無理強いはできん。が……セイオは邪魔者に阻《はば》まれて力を振るえず、結果として一万なり二万なりの余分な死人が出るじゃろうな。ほかにも困る者が大勢……」

「私、はっきり申し上げると気が進みません」

クノロックの言葉を聞くと、スミルはかえって口に出す気になった。

「そんな大役ならなおさらです。私のせいで死人が出たり出なかったりなんてこと、関わりたくありませんわ」

「あんたもわがままじゃな」

クノロックは苦笑した。スミルはなおも言う。

「それに、あのセイオとやらも乗り気でないようです。顔を見ればわかります。いやいややっているのが丸出しで。彼はもっと別の人に頼りたいのではありませんか」

「あの子は承知しておるよ。気が進まなかろうが嫌いじゃろうが、あんたに頼らねばならんことを」

「嫌いなのに頼るのですか？」

スミルは眉をひそめた。

「わからないわ。そんなことしなければいいのに」

「スミル、一つ覚えておきなさい。あんたがこれから学ばねばならんたくさんのことの、一つ目じゃ」

クノロックは低い位置からにらみ上げるようにスミルを見た。

「公人に私はない」

「……」

「あんたはこれから公人になる。これはセイオと手を組もうが組むまいがじゃ。摂政になればわがままは通らん。独裁者なんてもんは、この文明開化の時代には存在できん。むしろ周りの連中からありとあらゆる突き上げを食らって、皿の上げ下げも自分ではままならんようになる。……あんたは、我慢ということを知らねばいかん」

「気に入らないこと。ハイダックに帰りたくなりましたわ」

子供のように唇を尖らせると、クノロックが意地の悪い笑みを浮かべた。

「帰るのは無理じゃな。当分はここにとどまらねばいかん。帰ろうにも一人で乗り物を飛ばせるかの？　――あんたの周りの者は、あの侍女でさえ帰るわけにはいかんと知っとるぞ」

「サユカは私の味方です。どんなときも」

そうは言ったものの、スミルはクノロックの放つ無形の圧力のようなものに耐えられなくなっていた。ため息をついてうなずく。

「わかりましたわ、頑張ってみます。でも、私にも言いたいことがあるのですけど」

「なんじゃ？」

「私が力を――どういう力かわかりませんけど――貸すとして、他の者ではいけないのですか？」

「それはつまり、セイオを選んだわしの目利きが信用できんということじゃな」

「あなたを信用する理由がありませんもの」

くっくっ、とクノロックは笑った。

「これは意外じゃな……よいことじゃ。ただのわがままかと思ったら、一応は考えておるのじゃな」

「失敬な！」

「誉めとるんじゃぞ。あんたが箱入り娘だと聞いとったから、鳥のひなのように、最初に会った者に簡単になつくかと思っとった。少なくとも自分の目で人を見分けるつもりがあるようで、わしは嬉しいよ」

この台詞《せりふ》はややスミルの理解を超えた。信用できないと言われて逆に喜ぶとは。自分なら怒る。

よろしい、とクノロックはうなずいた。

「あんたが誰に力を貸すかは、当面据え置きにしよう。摂政位に就いてしばらくは、敵と味方を見極めるがいい。……そうじゃな、その間にあんたに会いに来る者を教えとこうか」

「あなたの口からは聞きたくありません」

「名前だけじゃよ。まずは陸軍の頭目。戒厳令を出しておって、連中は早く勅許《ちょっきょ》がほしいじゃろうからな。それとあわせて天軍の長も。帝都都令や役人の生き残りもご機嫌伺いに参じるな。それに外国の使者も来る。使者の接見は皇室の仕事じゃから」

指折り数えるクノロックの言葉を、スミルはあわてて記憶しようとする。これは少なくとも聞いておいて損はない話のようだった。人と会うことはハイダックでもやっていたから、予習が大事だと知っている。

「それに貴族どもや金持ちどもか。あとはもちろん、政治家じゃな」

クノロックがそう言ったとき、黒服の元老侍従が滑るように小道をやってきて、クノロックに耳打ちした。なんじゃと？　と老人は細い目を一杯に見開く。

「ほんとか？」

「まことにございます。グノモン宮での救助が成り、サイテン以下三十数名の議員が救出されたようです」

「……ほうほう、あの男が」

クノロックはスミルに向き直り、厳しい顔で言った。

「ちょっと今挙げた連中は忘れてくれんか」

「え？」

「それを全部あわせたのと同じぐらい大事な男が生き残っておった。……まずは、あの男の人品《じんぴん》から見極めるがいい」

「誰か電話を持っていないか？」

瓦礫《がれき》の中から助け出されたジスカンバ・サイテンの第一声は、水をくれでも手当てをしろでもなく、それだった。

救助隊長から電話を渡されたものの、依然として電話回線が輻輳《ふくそう》して通じにくいと知ると、サイテンは周囲を見回し、グノモン宮にいるはずのない陸軍軍人たちが周囲を警備していることに気づいた。

戒厳令が布《し》かれていると聞くと、すぐさまサイテンは現状に気づいた。軍が独断で戒厳宣告をしたということは、それを許可する、あるいは代行する人々が一切動いていないということだ。彼はまず首相官邸、内務省、自分のオフィス、帝都警察などに連絡しようとしていたのだが、これで考えを変えた。現在の帝都でもっとも活動しているのは陸軍らしい。そして陸軍なら通信設備も充実しているはずだ。ならば他の組織など二の次だ。

兵士に取り次がせて陸軍高官を呼び出し、身分を告げて面会を認めさせるまで十分もかからなかった。

ともに助け出された腹心の議員たちには、ひとまず党や派閥など、他の議員の状況を調べるように告げて、サイテンは装甲車で陸軍参謀本部へと向かった。前夜、生き埋めになってから十九時間あまりが経過し、闇の中で浅くまどろんだのみで、身だしなみを整えるどころか食事すら摂《と》っていなかったが、休む様子は皆目なく、それどころか激しい気力をたたえて彼は行動していた。

装甲車の中で、武装した沈鬱な表情の兵士に囲まれて、彼は考えた。

なんとも、大変なことになったものだ！

グノモン宮本会議場が崩壊しており、与野党あわせて五百余名の議員のうち生き残ったのがほんの三十数名で、閣僚は首相以下全滅しているという事態は、ほぼ見抜いていた。

——しかし帝都全域で三十万人以上の死者が出、中央省庁や各行政組織が半身不随になり、高皇陛下まで行方が知れないとは！　昨夜来、暗闇の中でさまざまな被害程度を想像していたが、その中でもこの事態は最悪のものだった。

だが、最悪とはいえ、このような事態についても彼は慧敏《けいびん》に対処を考えていた。

一朝事あって帝国政府に甚大な損傷が生じたら、自分は何をなすべきか。——決まっている、実権を握って政治のすべてを取り仕切り、自分の構想の下に帝国を立て直すのだ。

政界における今の自分の位置や政治力に鑑《かんが》みれば、閣僚の二、三人が残っていても政権を奪取できる。いわんや全滅という事態ならなおさらで、もっと思い切って言えば、それが義務にすらなってくるだろう。

自分が座るのはまだ数年先だと思っていた為政者の座が、目前に来ている。——サイテンは軽く身震いし、深く息を吐いて気を落ち着ける。

選挙のことはとりあえず考えなくていい。この非常時だ、当分は選挙よりもまず、生き残りの政治家を集めた緊急対処政体が求められるだろうし、仮に議会解散、万民選挙となっても、自分はもともと安定した票を集めてきた。臣民から信を問われるようなことはまだ先になる。

しかしもう一つの相手に対しては、油断なく応対しなければなるまい。——軍は、軽々しく取り扱えない相手だ。

自分はもともと軍と親しい。民間の軍需・建設産業と、軍との仲介をして地歩を築いてきた。だがそれは、軍隊と臣民の間に行政というものが必要だったからだ。

戒厳令を出した以上、軍は行政力をも手に入れている。——自分の立場は微妙になったのだ。下手をすれば軍が権利を行使する上での邪魔者とみなされて、排除される危険もある。そんなことになったらどうする？

いや。——サイテンは眉間《みけん》にしわを寄せて不敵な笑みを浮かべる。そうはさせない。軍とても行政のすべてを代行することは不可能だろう。人員的にも能力的にもそうだし、名目的にもそうだ。戒厳令は不安定なものだ。彼らにもプロの政治家を必要とする気持ちが必ずある。そこを見逃さなければいいのだ。

軍を敵に回してはいけない。——だが独走させるのはもっといけない。彼らに手綱をかけ、乗りこなさなければいけないだろう。

サイテンはそう腹を固めた。

参謀本部要塞に着いた彼を迎えたのは短い黒髪で長身の男だった。三十代半ばと思われるその青年は、スーザック・グレイハン大佐と名乗り、現在は代将格で第一師団長を務めていると説明した。サイテンが戒厳司令官への面会を要求すると、グレイハンは静謐《せいひつ》ともいえる穏やかな眼差しで見つめ、こう言った。

「現在、陸軍は戒厳態勢にあり、不穏分子の侵入を厳重に取り締まっております。失礼ですが、議員殿のお体を調べさせていただいてもよろしいでしょうか？」

「ああ、よろしく頼む」

グレイハンは、おや、というように目を見開いたが、何も言わず部下に合図した。兵士がほこりにまみれたサイテンのオールドスーツとインバネスを手探りし、武器がないことを報告した。

「こちらへ」

グレイハンの案内でサイテンは廊下を進んでいった。ある一室の扉が開いており、スーツ姿の数名の男たちが、いらいらと煙草をふかし、無表情に立っている兵士を怒鳴りつけているのが見えた。

そこを通り過ぎてから、サイテンが訊いた。

「彼らには見覚えがある。ツヴァーク州令や周辺都市の首長だな。待たせているのか」

「三時間ほど。戒厳司令官は多忙なので」

「私の順番を先にしていいのかね」

「彼らは持ち物検査を拒《こば》んだのです」

「ほう」

サイテンは面白そうに顔をほころばせた。グレイハンがちらりと振り向いて言った。

「私からも一つ質問を。――議員殿は戒厳軍へ抗議しにいらしたのではないのですか」

「違うな。臣民の動揺を抑えている陸軍に抗議することなど何もない」

グレイハンは前に目を戻した。

総指令室は本格的な非常発電が始まっており明るかった。司令官席にいた老人が、グレイハンの耳打ちを受けて椅子ごと振り返った。

「戒厳司令官、タムンド・リューガ中将じゃ。あんたのことは聞いておる。兵備調達に関していろいろと陸軍のために腐心してくれとるな」

「サイテンだ。私もあなたを知っている。南方ではご活躍だったということで」

かすかに微笑むと、リューガは活発な動きを示している総指令室を手で示した。

「見ての通り忙しくてな。話は聞くが、手短にお願いしたい」

「では率直にいこう。話は二つだけだ。まず一つ、陸軍の通信網を借用させてもらいたい。今から一般電話が復旧するまでの間、私と私が許可した人間にだ」

「たやすいことだ、手配しよう。もう一つは？」

「もう一つは質問だ。――戒厳令の布告期間はいつまでかね？」

リューガは見逃してしまいそうなほどわずかに眉を動かした。やや間を置いて言う。

「……戒厳令を撤回しろと言うのかな」

「いや、発令主体はあなた方だ。私に口出しする権限はない。他の誰にもな。これは単なる質問だ」

「そうか。それを教えればあんたは納得するかね」

「一つの場合を除いて。――無期限ならばカンガータへ行き、帝都以外の方面軍を動員して戒厳軍を制圧させる」

「ほう」

一瞬、二人は相手の目を貫くように視線をぶつけ合った。

やがてリューガが言った。

「……十日、ないしは実行力のある内閣が立って治安行政を回復するまでじゃ。これでよいか」

「十分だ。時間を割《さ》いてくれてありがとう」

リューガは総指令室に向き直り、サイテンも身を翻した。

廊下へ出ると、彼は随行するグレイハンに顔を向けた。

「あなたはここでは、司令官に次ぐ地位ということになるのかな」

「そうです」

「では訊くが……」サイテンは周囲を見回して、離れた廊下の角の哨兵しか人がいないことを確かめると、小声で言った。

「当初、何日の戒厳態勢を予定していた？　率直に答えてくれ」

「無期限です」

その時二人は、相手の顔に浮かぶ、隠された事情を知る者同士の笑みを見た。

サイテンは軽く顎をあげて面白そうに言った。

「話してよいのかな」

「あなたは愚直な州令どもや軍事政権を夢見る総司令とは違うようだ。あなたこそ、私が総司令に告げ口するとは考えなかったのですか？」

「それを今試したのさ。きみが権威を笠に着る傲慢な男でないのは、先ほどから察していたが、あの老人におもねる腰巾着《こしぎんちゃく》かどうかは、ちょっと測りかねていたのでね。……きみは今の陸軍の立場に気づいているな？」

「棹《さお》は立てれど旗が無し、というところです」

グレイハンは無造作に言った。

「戒厳を宣告できるのは高皇陛下のみ、軍司令官がそれを為すのはあくまでも陛下の御聖断を待つ間である、というのが建前です。綸旨《りんじ》がなければ求めなければならない。ところが今は玉体が見つからず、綸旨が降りない。——これは好機ではなく危機だということに、総司令は気づいておりません」

「正しい認識だ。名分なき軍政はいずれ必ず訴追される。政府乗っ取りの気構えがあるぐらいならそうのんきなことも言っておられないが、この災厄は降って湧いた天災で、彼にも彼の周りにも、クーデターの気運や準備などというものはまったくなかったのだろう？」

「図星です」

グレイハンは頭を下げた。

「あなたの他にも何人かが面会に来たが、どれも皆、軍政という異常事態に動転し非難するばかりで、実効的な考えを持つ者は誰もいなかった。あなたは違うらしい。他方面軍の動員という脅しをちらつかせつつ、正面から挑まず、期限を切らせるという形で間接的に軍の動きを制限した。——私は、あなたにならこの事態の着地点を探してもらってもいいと思います」

「ありがたい。私にしても、軍の行動力は必要なんだ」

サイテンは明るくうなずいたが、ふと苦笑した。

「いや、忘れてはいけないが……私はまだ一議員に過ぎない。きみもそう期待しないほうがいいぞ」

「ではそうしましょう。それがあなたの本心かどうかは措くとして」

グレイハンはあくまでも厳しい顔で答え、きみは抜け目がないな、とサイテンは砂の浮いた頭を軽くかいた。――互いにまだ完全な信頼は抱かないまでも、少なくとも共犯者としてあてにはできる、という紐帯《ちゅうたい》が生まれたようだった。

その時、廊下の向こうから小走りに走ってきた少年のような若い士官が、グレイハンを見つけて駆け寄った。

「大佐、いえ代将閣下。皇宮の部隊を通じて宮内府より通達がありました。ジスカンバ・サイテンという者はもう帰しましたか？」

「この方だ」

「この方？」

グレイハンのへりくだった言い方に、士官は戸惑ったようだったが、グレイハンが繰り返して、サイテン議員殿だと丁寧に言ったので、礼儀正しく頭を下げた。

「失礼いたしました、小官は代将の副官、シルド・ノート中尉であります。元老クノロック公爵の御下命で、御前会議を開くので議員殿と戒厳司令官閣下は至急参内《さんだい》せよとのことです」

「御前会議？」

「陛下がご無事であらせられたのか?」

サイテンとグレイハンが同時に訊くと、ノートはやや自信のない様子で言った。

「ハルハナミア内親王スミル殿下が上京なされ、陛下に代わって御下問《ごかもん》なさるそうです。……ええと、申し訳ありません、このお方の資料はありません」

「……なくて当然だ」

サイテンが言ったので、ノートは不思議そうに見返した。サイテンは顔をしかめていた。

「内親王スミル……そうか、あの方が残っていらしたか。私も忘れていた。グレイハン、リューガ中将を呼んで、私も同行させてくれ」

「はっ」

直属の上官に命じられたように、グレイハンは即答した。


五月四五日午後一時に開かれたレンカ帝国第八回御前会議は、当初から異常な状態で始まった。――まず、御前会議を御前会議たらしめる高皇が不在。内親王スミルは十八歳の直系皇女なので摂政になる条件をぎりぎり満たしているが、皇族会議での承認を経ていないので、元老の助言により摂政格の仮の地位に就いた状態。さらに、御前会議とは内閣と軍が高皇に拝謁し奏上する会議のはずだが、内閣も消滅している。

つまるところ、開かれたのは元老クノロックの個人的な呼びかけによる話し合いだった。

しかし、それを咎め立てする者は誰もいなかった。帝国の中枢にいた人々は、一度は横断的な話し合いをする必要があると感じており、「御前会議」という名目は渡りに船だったからだ。こういった大規模で分野をまたぐ問題について主導権を握るべき政府がないために、また実際問題として、現在このとき進みつつある災害対策で多忙な各方面の要人たちを集めるにあたっても、「皇室の権威」というものは都合がよかった。――即物的に見れば、まさにそのような目的のために皇室は存在しているわけで、それを知れども言わざる人々の思惑が一致した形だった。

宮殿が崩壊していたために、会議は皇室の神事に用いられるアマルテ神殿（もともと屋根がなく、頑丈な石灰岩の円柱だけが立っていた）に天幕を張った、仮設の幄舎《あくしや》にて開かれた。出席者は内親王スミル、元老クノロック、万民院議員サイテン、陸軍参謀総長代理リューガ、天軍軍令部総長ザグラム、帝都庁都令シンルージと、生存していた内務省警保局長、枢密院議長などだった。

上座に座ったスミルは、天幕にはぜる大粒の雨の音を聞きながら、一同を見回した。開会前には、出席者の正確な地位を確認することで一苦労あった。――スミルとリューガは災害とともにやむを得ずその地位に就いた者であったし、サイテンやシンルージなどの臣下は、平時ならば位が低くて御前会議になど出られない者どもだったからである。必要な人間が揃ったこと、居るべきでない者がどうやら居ないらしいことが確かめられたが、それを差配したのはクノロックで、スミルにはこれが正常な顔ぶれでないこともわからない。クノロックに一つ言い聞かせられていたので、最初のうちは様子をうかがうことに決めていた。何も命じてはいけない、ということだ。皇族が何も命じられないというのはおかしいと思ったが、彼女はまだレンカの政体である立憲君主制という制度について理解していなかった。

会議が始まると、一同の機先を制するようにクノロックが口を開いた。

「皆の者、承知のことと思うが、最初に一つ確かめておこう。今は非常の難局であって区々たる職分争いをしている場合ではない。大事なのは塗炭《とたん》の苦しみを嘗《な》めておる臣民をいかに救うか、そのために誰が何をするべきか決めることじゃ。許可がどうの、綸旨がどうのという話はあとでよろしい。まずはもっとも臣民に近しい、帝都都令から奏上させようと思う。――どうじゃな？」

手を挙げんばかりに身を乗り出していたリューガなどは、出鼻をくじかれたようにしぶしぶ身を引いた。代わって、シンルージに一同の目が集まる。

男爵位の貴族とはいえ、もっぱら世俗の政治に携《たずさ》わっていて、このような堂上の集まりに出たことなどなかったシンルージが、恰幅《かっぷく》のいい体を縮めるようにして言った。

「それでは畏れながら申し上げますと、帝都では昨夜来三十万を数える死者が出ており……」

顔ににじむ汗をしきりに拭い、口ごもりながらシンルージは報告を進めていった。聞くほどにある者は顔を青くし、ある者は無表情にうなずく。

「……以上、本都令も微力ながら救難に尽力してまいりましたが、帝都庁のみでの作業はもはや限界にございます。高皇陛下の帝都をこのように荒廃させてしまったこと、まことに我が身の不徳の致すところで、深く謝罪し奉る所存にございますが、そこを曲げて、何とぞ皇室とお歴々のお力を、帝都のためにお貸しいただきたく存じます」

卓に額をこすり付けんばかりにしてシンルージが頭を下げると、スミルがふと妙なことを言った。

「都令、あなたはサユカのお父上ですね？」

「はっ？」

「私の侍女です。確かあの子は男爵家の娘なのですが」

「はっ、左様にございます。娘です」

「家族は無事ですか」

「それが……その、妻が……朝方、身罷《みまか》りまして……」

「まあ」

スミルは眉をひそめ、悲しげに言った。

「それは気の毒なこと。元気をお出しなさい」

「ありがたきお言葉……」

一同は曖昧な表情でスミルを見ている。細かい気配りのある優しい人物なのか、それとも私事と公事の区別がつかぬ世間知らずなのか、まだ測りかねているといった顔だ。

天軍軍令部総長ザグラムが、やや居心地悪そうに貧乏ゆすりしながら言った。

「よろしいでしょうか。殿下の御前ですが、この場を借りてリューガ殿にお願いしたいことがございます。――リューガ閣下、現今の戒厳令の施行体制についてですが、天軍もそこに加えていただきたい。どうもあなた方は勝手にやりすぎておられる」

「これは異なことを」

リューガはザグラムを迎え撃つように言った。

「陸軍は警備救難に十分な人員装備を備え、現にそれを使用して着実に任務を進めておる。それに対して天軍の力は微々たるものだから、特別な協力は必要とせぬし、無理にそれを押し付けるのであればかえってこちらの行動に差し支えが出る。貴官らは貴官らで独自の任務を遂行するがよろしかろう」

「その警備が問題だ、貴官らは治安を維持すると称して不必要な武力をあちこちで振るっている。軍令部には、丸腰の民衆相手に実弾を発砲したという知らせも入っているぞ。独断専行にもほどがあるとは思わないのか？」

「実情を知らずして差し出口を利いてほしくないな。所によっては地震の被害よりも暴動によって多くの負傷者が出ているのだ。臨機応変の対処は軍の作戦行動の一環なのだ」

声はいつしか叫びになり、二人の軍人はしっかかとにらみ合って激しい言葉を戦わせていた。その狭間でシンルージや役人たちは呑まれたように目を泳がせ、スミルもぽかんとして二人を見比べていた。

彼女に問いかけるような目を向けられて、クノロックが小声で言った。

「そもそも軍務大臣がおらんからの」

「軍務大臣？」

「参謀総長も軍令部総長も本来は軍務大臣の部下じゃ。こういうやり合いは、普通はこの場に来る前に軍の内で済ませてくるべきものなんじゃ。——まあ、問題が目の前で見られるのはありがたいが」

クノロックは二人に向きなおり、御前じゃぞ、と言った。二人はまだ言い足りないというように不満げに口を閉じた。

クノロックはそのまま、サイテンに目をやり、何かを促すように見つめた。——が、サイテンは軽く目を閉じ、まるで部外者のように黙っていた。

実直な学者の枢密院議長が控えめに声を上げた。

「陛下を輔弼《ほひつ》奉る枢密院を代表して一言申し上げます。——現今の情勢下では陸軍の戒厳態勢もやむを得ないでしょう。他に実行力のある機関がございません。法的にはこの場で殿下の御裁可をいただければ問題ないかと存じます」

「私からも……」警保局長が、治安関係者特有の鋭い目つきで一座を見回して言った。「帝都警察は帝都庁隷下《れいか》で全力を挙げて動いておりますが、救助に手一杯で治安までは手が回っておらんようです。軍の警備に異存はございません」

「権限云々は後にしろと言うたじゃろ。——そろそろあんたの意見が聞きたいな。サイテン」

クノロックにはっきりと水を向けられて、ようやくサイテンは口を開いた。

「僭越なので今まで黙っておりましたが、それでは一つ。——内親王殿下、組閣に当たって何かお考えはございますか」

「組閣……ですか」

「左様です。倒れてしまった前内閣に代わる政権の御構想を拝聴したく存じます」

スミルは口ごもった。クノロックに言い聞かせられていた相手だ。迂闊《うかつ》な返答をしてはいけないだろう。組閣とは新しく内閣を作ることだと見当はついたが、誰を挙げてどう推すかといった知識は何もない。

正しいと思われる答えが見つからなかったので、斜めの方向から問い返した。

「どうしても内閣が必要なのですか？　今残っている組織を動かして事に当たったほうが早いのではありませんか」

がたん、と音がしたのはシンルージが立ち上がりかけて腰を下ろしたのである。呆れたように目を見開いている。他の者も困惑の表情を浮かべている。一人サイテンのみが謹直《きんちょく》に答える。

「可能ならばそれもよろしいかと存じます。では、残っている組織を動かす者についてお心当たりはおありでしょうか」

それがつまり内閣のことなのだ、とスミルは気づいた。少し頬を赤らめて口を閉じる。

クノロックが不愉快そうに言った。

「もって回った言い方をするな。あんたが組閣すると言いたいのじゃろうが」

「滅相もございません。私は一議員の身、自らそのような動議を申し出る立場にはございません」

かすかな微笑を浮かべて、あくまでもサイテンはへりくだった態度をとり続ける。クノロックがいまいましげに口を曲げた。

「この場に呼ばれたことでわかっとろう。政権を持てる人間は今のところあんたぐらいしかおらん。それを承知の上で他人に言わせたな」

「分を越えます。元老殿のご随意に」

「ふん。……リューガ、あんたは異議はないのかね」

「小官の布告した戒厳令は代替措置に過ぎませぬ。内閣が立つものならただちに権限をお譲り申し上げる」

リューガは生真面目に言った。――が、その目は間合いを計るようにサイテンをうかがっていた。

クノロックが言った。

「これぱかりは替えが利かん。皇室と同じく内閣がなくても帝国は成立せん。サイテンに組閣の勅命を降ろすとしよう」

自分の出番か、とスミルはクノロックに目をやった。しかし、クノロックはスミルを見もせず、何をしろとも言わなかった。サイテンも軽く黙礼したのみである。

自分はそのようなことのためにこの場にいるのではなかったのか。疑問を抱きつつ、クノロックを見守る。

事務的なことのようにクノロックが言った。

「実際問題として、奮闘しとる帝都庁の者どもを政府は無視できんじゃろうな。足元の細々したことは彼らに任せてはどうかの、サイテン。組織面で彼らを取り込むことも考えて」

「即答しかねますが、協力態勢を築くにやぶさかではございません。都令殿、よろしいか?」

「は、もちろんでございます」

シンルージが如才なく一礼した。単なる議員と都令であれば力関係にそれほどの上下はなく、むしろ相手によっては都令のほうがずっと優位である。しかし、サイテンはたった今大命が降下すると決まった身だ。――すなわち首相となる人物なのだ。シンルージに否《いな》やはなかった。

それに付け加えるようにクノロックが言った。

「いま帝都庁にはジャルーダ総督代理が入って、庁の仕事をかなり肩代わりしておる。サイテン、彼ともよく相談するんじゃな」

「ジャルーダ総督代理?」

サイテンが、初めてけげんそうな顔をした。言っておらなんだな、と忘れていたような顔をして、クノロックがセイオのことを説明した。

聞くうちに、一座の者は複雑な表情になる。ことにシンルージは顔色を変えた。卓に手をついて腰を浮かせる。

「げ、元老閣下。あの方はあくまでも臨時に帝都庁にいらしているのであって、そのように帝都庁の一部であるがごとくおっしゃられては、誤解というものが……」

「わかっとる。帝都庁の一部ではない、帝都庁が彼の一部なのじゃな」

シンルージは目を白黒させた。クノロックはサイテンを見、そしてリューガを見た。

「ややこしい立場なのでこの場には呼ばなんだが、ランカベリーという者は手続きさえ済んでおれば御前会議に出ていてもおかしくない男じゃ。皆の者、心に留め置いてくれ」

「遺憾ですな」

リューガが背を反《そ》らして言った。

「帝都庁の活動は自治体の災害対策として看過できます。——が、内務省の者がそのように動いているとは存じませなんだ。先ほど内務省の警保局長もおっしゃったが、治安維持は陸軍の任務です。これは取り締まらせていただきますぞ」

「そうかっかするな、リューガ。ランカベリーは治安には関知しておらん。棲み分けだと考えるんじゃ」

クノロックはそう言って、リューガの抗議を軽く受け流してしまった。そしてサイテンを見た。

「心得たかな、サイテン」

「承知いたしました。——頼もしいことだと存じます」

彼はなぜか、唇の端を上げて笑っていた。やるな、というような視線をクノロックに向けて。

さて、とつぶやいてクノロックがスミルに視線を向けた。

「大分長引いておる。残る件を早めに片付けたほうがよさそうじゃ。——どうした？」

「あ……いえ、なんでもありません」

スミルはザグラムを見ていた。先ほどから不満そうに黙り込んでいた彼が、今の話題になってから急に表情を変えたのだ。クノロックに声をかけられて、我に返る。

クノロックが言った。

「この瞬間にも火の中で焼け死んでいく民がおる。陸軍にも勅許を出そう」

「御意に」

スミルが何も言わないうちから、リューガが一礼した。たまりかねてスミルはクノロックを手招きした。

「公爵……」

「ん？」

顔を寄せたクノロックに、みっともないと思いつつ小声で尋ねる。

「勅許は摂政が出すものではないのですか？」

「その通り。しかしどのような勅許を出すかはあんたが決めることではないのじゃ」

「なぜ？　摂政とは陛下に代わって統治権を総攬《そうらん》するものなのでしょう？」

「実際に物事を運ぶのは、国務を輔弼する政府なんじゃ。摂政はそれを裁可する者じゃ」

「私が決めてはいけないのですか？」

「あんたが帝国に対して責任を取れるかね？」

スミルは沈黙した。クノロックは大きくうなずいて、そういうことじゃよと言った。

「権利は責任と表裏一体……この場にいる者は帝国を動かす代わりに、帝国に対して責めを負う。それは憲法にも定められておることじゃ。あんたにはまだ、少し早い」

課せられた務めの重さを考えていたスミルは、クノロックの最後の一言を聞き逃した。

クノロックは顔を上げて、一座を見渡した。

「正式な決定は皇族会議を催して行う。それまで、一同なすべきことはわかっとろうな」

「早急に人選を進めます」

サイテンが最初に立ち上がった。

「リューガ殿、部下を貸していただけるか。グレイハンという男がいい」

「承知した。あれは使える男じゃからな」

リューガはちらりと含みのありげな視線をサイテンに向けた。サイテンは涼しい顔で一礼して去ろうとする。シンルージがあわてて立ち上がる。

「サイテン閣下、お待ちください。私も参ります」

「都令殿は帝都庁に戻られては？　救助を続行なさるのだろう」

「いえ、その、救助のためにも議員の方々のお力をお貸し願えればと」

「あなたの部下こそ上司の帰りを待っているのではないかな」

「おっしゃるとおりですが……」

シンルージが恐縮のていで汗を拭く。露骨すぎるへつらいをやんわりと断られた形である。が、意外な方角から援護射撃があった。腕組みしていたザグラムが声をかけたのだ。

「行かれるがいいさ。次期内閣と顔合わせしておくのは意味のないことじゃあるまい」

「総長殿……？」

理屈でなく勘でもって、彼のことを肌の合わない人物だと感じ取っていたシンルージは、けげんそうに首を傾げる。ザグラムがさらに言う。

「サイテン殿。都令殿と帝都庁の連携は、我が天軍がしっかり面倒をみますよ。どうです」

「……そうだな。では参られよ、都令殿」

サイテンが歩き出し、シンルージがついていった。その直後のザグラムのつぶやきは誰の耳にも届かなかった。

「これでランカベリー閣下は動きやすくなる、と。……まあ本人に教えるところまでやらんでもいいか。自ら機を察するぐらいの器は期待してえな」

ザグラムは立ち上がり、軍令部に戻ります、と挨拶した。去り際にも、もうリューガには目を向けなかった。

リューガはザグラムのやり取りをじっと観察していたが、特に口をはさむこともなく、引き続き治安維持をはかります、と言って去った。

他の者もそれぞれの持ち場へ戻っていった。最後に残ったスミルに、クノロックが言った。

「あんたはどうするね」

「一度、天軍の司令部へ向かいます」

「ほう。なぜ?」

「私は天軍の総帥です。部下の働きをこの目で見たいと思うのはおかしいですか?」

「なるほど、そうじゃったな……よかろう、ザグラムを呼び戻すがいい」

クノロックはうなずいたが、スミルは首を振った。

「その前に食事を摂ります。公爵もご一緒にいかがですか」

「食事?　この忙しいのにか?」

馬鹿にしたようにクノロックは笑ったが、スミルは頑として言った。

「お昼がまだなのです。それとも公爵は、私に昼食を抜けとおっしゃるの?」

「まさか。そんなことは言わん。じゃが——」

クノロックは椅子から飛び降り、侍従たちのほうへ歩きながら、ひょいと振り向いた。

「明日のあんたは、それを当たり前だとは思わんじゃろうな」

「そんなこと、存じませんわ」

スミルは首を振って立ち上がった。

その頃セイオは、帝都庁ビルの地下三階にいた。

そこはコンクリート張りの大きな部屋で、金網に囲まれた巨大な四角い機械がいくつも並んでいる。ハンディライトの光がさっと壁を走り、ステンシル文字の書かれた威嚇的な赤色のプレートを照らす。——高圧電源、接触注意。

帝都庁の非常電源室である。

セイオは部屋の隅の操作パネルの前で、真っ青な顔をした電気技術者と向き合っていた。

「いけそうか?」

「主要な部分は処置しました。ですが、震動で生じた亀裂の中まではわかりません」

二人と、集まった帝都庁幹部たちが動く都度、足元でぺたぺたと音がした。——床が濡れていた。この階の別の場所で水道管が破裂し、屋上のタンクから送られた高圧の水がこの部屋にまで流れ込んでいたのだ。

水位は室内の機械の台座にまでしか達しなかったし、排水もすでに完了した。電源装置本体に強震による故障があったが、その箇所は簡単に修理することができた。いまだに復旧しない発電所からの引込み線に代わり、電気を供給できる用意がある。

だが、まだ危険があった。電線のどこかが浸水していて、給電を再開した途端に漏電が起こる恐れがあるのだ。感電事故の危険もあるし、過電流によって電源装置の主要部分が故障してしまうかもしれない。そうなったら一日や二日では修理できないだろう。

さりとて、室内が乾燥して点検が済むまで待っている時間はない。――今の帝都庁内では、電気はすべてバッテリーによって賄《まかな》われていて、遅かれ早かれ消耗してしまうからだ。危険を覚悟で復電するか、不便を耐え忍んで乾燥を待つか。その難しい二者択一が迫られているのだった。

問題は、決断を下す立場にあるシンルージ都令がこの場にいないことだった。帝都庁幹部は呻吟《しんぎん》するばかりで結論を出せずにいた。そこへセイオが戻ってきたのである。幹部にとっては救いの神だった。失敗した場合の責任を負わせることができるのだから。昨夜から冷たく扱ってしまった手前、顔色をうかがいつつ、彼らはセイオにこのことを申し出てみた。返事はあっさりとした承諾だった。

そしてセイオはここへ来たのである。

彼は操作パネルの前で腕組みする。室内は暗く、その表情は幹部からは見えない。だが、そばにいるソレンスには想像がつく。

セイオは皮肉な口調で言った。

「都令殿ならどうするか、を考えるべきかな？」

「いえ……」

口ごもる幹部に振り向く。

「都令殿ならやるなと言うだろうな。きみたちもそうしたいか」

「いえ、まあ……私どもは、どちらがいいというわけでもないのですが」

「ふん、それがきみたちのいつもの返事なのだろうな。悪いが気に入らん。発電を始めろ」

「よろしいのですか？」

「ああ。やってくれ」

セイオがうなずくと、技術者は震える手でパネルを操作した。大金庫のような水素燃料キャニスターにぽっと稼動ランプが灯り、リレーのあがるガチリという音が響き、変電器が低い唸《うな》りを立て始めた。

やがて、唐突に光が降ってきた。天井の照明がついたのだ。技術者が泣き出しそうな顔で言った。

「電圧、安定しました。……異常ないようです」

おおっと幹部が声を上げ、喜色を浮かべてセイオを取り囲んだ。ありがとう、よくやってくれました、と肩を叩く。

その手を振り払って、セイオは冷たく言った。

「騒ぐな、博打をやったわけじゃない。失敗なら失敗で、おれは電気なしでの業務方法を考えていた。何も起死回生の一打を放ったわけじゃないんだ。さっさと持ち場に戻ってくれ」

幹部たちは不満そうな顔をした。——が、徐々に表情を変えた。農林水産局長が思いついたように言った。

「閣下、都内の水の供給に関して懸案事項が一つあるんですが、お考えをうかがってよろしいですかな」

「なんだ」

「水道管がそこらじゅうで破裂して、帝都はいま極端な水不足です。エルガン川からの取水だけではとても足りませんで、別の川からも水を取るよう指示しておるのですが……」

「やればいいだろう」

「それがですな、たとえばソーネ川の水利権は、隣のツヴァーク州が持っているので」

セイオはじっと局長の顔を見て、なるほど、と言った。

「なら次はそれだ。先に行って向こうの担当者を呼び出しておいてくれ」

「建設局にもお願いします。地盤がゆるんで各所の擁壁が崩壊しているんです」

「生活局もよろしいでしょうか。都民の一部から、ペットの犬猫を助けてくれという訴えが来ていて……」

「わかった、わかったから持ち場に戻れ。すぐ行く」

幹部を追い払うと、セイオは軽いため息をついた。ソレンスは彼が微笑していることに気づいて、言った。

「頭が下がります」

「なんだ」

「わざと汚れ役をお引き受けになりましたね。――失敗した場合に非難されるばかりの判断を、進んで買って出られた」

「頭ごなしに決定を押し付けるのは無理だとわかったからな。あちらが持て余している事項ならば角も立つまい」

セイオは淡々と言った。

「役人どもの足には太い鎖がついている。現状維持という鎖だ。成功か失敗かなんて判断そのものを好まない。問題を放置して誰の責任にもならないようにするんだ。結果として悪影響がじわじわと進むに任せてしまう。――おれも役人だからよくわかる」

「閣下は役人とは思えません」

「それは、今はそうかもしれないというだけのことだ」

セイオは電気技術者にちょっと目をやり、問題なしというようにうなずくのを見ると、歩き出した。

「指導者なんてこんなものだ。他人より損な役回りをするから責任者と言えるんだ。そうでない責任者が存在するほうが間違っている。そうだろう？」

その日の朝から昼までにかけては、地震が起きて以来翻弄され続けてきた人間たちが、ようやくその力を災害に対して拮抗《きっこう》させ始めた頃合だった。

その場その場の被害に応じてばらばらに発せられていた救助要請が、救助機関によって徐々に蓄積、整理されて、「どこで」「どの種の被害が起きている」のかが、やっと系統立てて理解され始めた。

——この地震での被害は、大きく分けると「石造建築の崩壊」「木造建築の火災」「交通機械の衝突（落下・誘爆などを含む）」「群衆の圧死」「浸水による破壊」の五種類だった。他に地割れに呑まれたり、土砂崩れをこうむったり、感電したりなどといった少数の例はあったが、被災の様相はほぼこの五種に分けられた。初期のころ最も多かったのは石造建築の崩壊で、他はこれより大分少なかったが、木造建築の火災だけは後になるほど拡大していた。

石造建築の崩壊は地震直後の通報件数の七割を占めた。その大半は近代以前の古い建物だった。というより、古い建物の大半が倒れたというのが事実だった。しかし中には、近代的な鉄筋コンクリート造りなのに倒れてしまったビルもあった。

地図を広げると、帝都中心部の古トレンカ十六街の辺りはこの件を示した印で埋没せんばかりだった。だがそれとは別に、エルガン川に沿って並ぶ印の群れもあり、近代的なのに倒壊したビルはここに集中していた。——その一帯は川のかつての後背湿地に当たる場所であり、地盤が特に軟弱だったのだ。帝都庁は川沿いにありながら持ちこたえた数少ない建物の一つだったが、これは特に大きなビルで、堆積層の下の岩盤にまで基礎を打っていたのである。

時間とともに減少した石造建築の崩壊通報とは逆に、火災通報は、通信途絶の悪条件の中にあっても増加し続けた。これは当局にとっては予想外のことだった。帝都の建築物はほぼ六対四の割合で石造のほうが木造より多く、火災が起きても大火にはならないとの見解が一般的だったからである。

だが、これは平時の火災を参考にした予測だった。帝都の木造建築は、木造とはいっても木の柱の間に漆喰やレンガの壁を持つ、いわゆる木骨組み《ハーフティンバー》であり、火災にはある程度の耐火性を持っていた。しかし、地震による火災では、この漆喰の部分が崩れて木の骨格がむき出しになる。平時の耐火性がまったく当てにならなくなったのだ。

加えて、木造建築が中・低所得の一般市民の住居に多いということがあった。再び地図を見ると、出火地点の印は古十六街から、南東のトレンカ湾に至るまでの地帯に密集していた。これは年収三百万リング以下の低所得者層の住居分布とぴたり一致した。それらの人々の住居は庭が狭く、数十軒が軒続きになった長屋であることも多い。逆に石造建築は富裕層によって建てられ、各戸に庭園がある。――つまり、木造建築はもともとの燃えやすさに加えて、地震時に脆弱《ぜいじゃく》であり、延焼しやすい配置になっているという悪条件を持っていたのだ。

この条件によって、火災が拡大することに加え、平時ならば山火事などでしか見られない消火不能帯が出現した。――そこにある可燃物がすべて燃え尽きない限り収まらない、最悪の火災である。これは十二時間が過ぎた翌朝になっても際限なく増加した。

また、石造建築も火災と無縁ではなく、室内品の炎上やボイラー燃料の発火、あるいは準可燃物の密集（西プラットのような！）などによって、すべての地域で出火した。こういった諸々の火災は四五日朝八時の時点で帝都の面積の三割を覆うに至っていた。

交通機械の衝突は主要幹線道路、高速道路、鉄道でほぼまんべんなく起きた。これらはすべて地震後三十分以内に通報されたが、ただ一件例外として四五日深夜二時半という奇妙に遅い時刻に通報があった。――その事故は帝都鉄道星型線のベルカ運行区で起こった。八輛編成の駆動車つき特急列車が地震の瞬間に停止し、乗員乗客はみな避難したのだが、二時過ぎになって寝ぐらを探していたある男がこの列車に潜り込み、エンジンを再始動したのだ。暴走した列車は二キロ先で切れていた陸橋から落下し、すぐ横手にあった避難民でいっぱいの公園に躍りこんだ。これは四百二十人余りが死傷する二次災害となった。

しかし、交通機関の被災は明け方には鎮静化し、障害物としての問題だけが残っていた。

群衆の圧死の最悪のケースは西プラットだったが、この日のメイポール祭は帝都全域で祝われていて、それらの場所でも被害が多発した。また、鉄道各駅でも同様のことが起こった。地図上で言うと古トレンカ十六街の他にも被害の印が散在したが、皇宮の北のウェルノ区にやや目立つ印の群れがつけられた。――ここはわずか八百メートル四方の街区に中小の寺院が百三十七社も群立していて、聖ナニール寺院以外では最も参拝者の多い地帯だったのだ。

この種の被害通報は地震発生時だけではなく、避難した群衆の圧死という形になって午前五時過ぎまで波状的にもたらされたが、午前六時を回るとぴたりと途絶えた。その理由がわかるまでやや手間取ったが、五千五百人が避難していたにもかかわらず一人の圧死者も出なかったタブレット霊園からの報告によって豁然《かつぜん》と判明した。そこでは死者の霊を慰めるための微光照明が、独立発電によって一晩中点灯されていたのだ。

避難民を暴走に駆り立てたのは、電気を断たれた帝都の暗く深い闇だった。――この日の日の出は午前五時四十八分で、その暖かい光が人々を落ち着かせたのだった。

浸水、つまり主に津波による被害通報は、他の例と違って四四日午後八時四十六分まで一件もなかった。これは被害がなかったのではなく、津波というものが電話はおろか徒歩での通報をも不可能にしてしまう壊滅的な被害を、一瞬にして与えたためである。被災者の中で生き残った者も、泥海の中で孤立して移動すらできなかった。このために、近隣の救助機関への通報はともかくとして、遠方に被害の様相を納得させるのにかなりの手間がかかった。

最初にこの種の被害を域外に報告したのはジャルーダ総督府船アマルテ・フレイヤで、以後ももっぱら一次救助者たちが被害地区と外部の橋渡しをし、当事者からの報告はほとんどなかった。

地図上ではこれらの被害は、帝都南東に広がるトレンカ湾の沿岸全域、対岸の大陸側まで印がつけられた。ただし、皇室の緑鱗《りょくりん》離宮から南に一キロあまりの海岸線には印が一つもつけられなかった。ここは陸軍海戦隊である第四海戦師団の基地港と帝都防衛海堡《かいほう》にあたり、外部から窺うことは一切禁止されていて、内部からの通報もなかったためである。

他の地域の浸水被害は朝を迎えてもまったく解決されず、それどころか最も影響が長引きそうな被害として取り扱われることになった。

もう一つ、例外的な被害として帝都東方のタンナウ第一発電所の事故があった。四五日零時八分に大規模事故の兆候をつかんだ帝都庁では、陸軍と連携して周辺一帯四万二千人の住民を避難させたが、これは朝になると解決できる見通しが立ち、九時に避難命令が解除された。

こういった各種被害の様相が、消防庁、帝都警察、帝都庁、軍によって総括的に把握されてくると、それに応じた効率的な対策が実施され始めた。それまでは場当たり的に過ぎたから、被害の多いところ、または見込みのあるところへ救助人員を振り替えようとしたのである。

午前八時に各種機関の横断的な合意をもって、第一次総合救助態勢への移行が発令された。――しかしこれは逆に、失敗と言ってもいいほどの結果を引き起こした。特に、この態勢には戒厳令を盾に独断専行する陸軍が参加しておらず、それが大きな摩擦の種となった。

午前八時二十八分、エッジストリート十六番街の環状交差点《ラウンドアバウト》では消防庁の重工作小隊が車輛移動作業を行っていたが、態勢移行令によってナイトストリートへの移動を命じられた。小隊はこれに抗議したが聞き入れられず、三十五分にその場を離れた。すると五十二分に、小隊が心配しつつも放置した、傾いたタンクローリーが転倒して、積載物を路上に噴出させた。これによって周囲二百メートル四方で五十九人が死亡、二百二十八人が呼吸器に損傷を受けた。――タンクローリーは青酸化合物を積んでいたのだ。

また帝都南方の陸軍第二師団トリバット駐屯地では、明け方五時ごろに所轄警察が軍施設の火災を発見して師団司令部に問い合わせたが、師団長負傷により返答がなく、思い切って消防とともに無断で基地内に侵入し、四十五名で消火作業に当たっていた。しかし午前九時過ぎに戒厳司令部より退去命令が出たので、あと少しで消し止められる火災を放置して、やむなく基地外へ去った。この炎上していた官舎のような施設は、その後九時三十九分、凄まじい轟音を上げて大爆発した。火柱は高度四百メートル以上にまで届き、爆風、破片、それに砲弾によって、基地の三分の一の建物と、基地に隣接していた民家三十九棟がなぎ倒された。――その官舎は消防に届出のなかった秘密弾薬庫だったのだ。後日、この件は消防法規の面もさることながら、師団司令部で把握していなかった謎の弾薬集積事件として、むしろ軍の内部で相当紛糾した。

また逆に、消防の不手際で引き起こされた惨事もあった。十時二十分過ぎに起きたその事故は、この時間帯に起きた二次災害――というより「救助災害」の中でも、最悪のものとなった。

帝都西方のマロック市にある、大手製紙企業メルリントン・パルプの工場では、前夜に出火したパルプ倉庫が炎上している真っ最中だった。ただ、そこから四十メートル離れた従業員用体育館は耐火建築のしっかりした造りで、延焼の恐れはないと思われたので、主に女工たちと、付近の住民八百四十名あまりが避難していた。

工場には付近の消防署から消防車十二輛が集結していたが、パルプ倉庫の周りの道が狭く、思うように車輛を移動できない状況だった。そこで消防隊は陸軍に応援を依頼した。間もなくやってきたのは第一師団に所属する大型ソアラーで、八トンの航空消火剤を積んでいた。消防隊を率いる三十代の若い隊長は、安堵して無線機に言った。

「見ての通りだ、消防車が近づけない。あなた方が消し止めてくれ」

ところがソアラーの返事は意外なものだった。航空消火は無理だというのである。

倉庫は猛烈な炎と黒煙を上げていて、工場全体が覆われてしまうほどだった。ソアラーのパイロットは目視できないと言ってきた。しかし消防隊長は重ねて投下を要請した。火勢が強すぎるといっても、まさにそれだからこそ航空の応援を頼んだのだ、ここで引き返されては何のために呼んだのかわからない、と無理やり頼み込んだのだ。

ソアラーのコクピットでは、切迫した訴えを聞いた二人のパイロットが、相談の挙句、師団本部に指示を求めた。――が、間の悪いことに本部は別の場所の指揮にかかりきりになっていて、的確な指示が返ってこなかった。

このパイロットらも、消防隊長と同じく経験の浅い人間だった。彼らは話し合った。

「いけると思うか？」

「多分。――上昇気流がすごいが、高度を取れば大丈夫だろう」

「しかし目標がほとんどわからん」

「消防に誘導させよう。頼んできたのはあいつらだ、それぐらいさせても罰《ばち》は当たるまい」

「爆弾を投下するわけでもないしな」

彼らはそれほど深く考えず、消防隊と連絡を取って徐々に現場に近づいていった。

地上から彼らを見上げていた消防隊長は、早く火を消したいと焦るあまり、危険を見失っていた。十時三十五分、この両者の間で、致命的なやりとりが交わされた。

「もう二百メートル前方だ。四角い大きな建物が見えるか？」

「見える……だめだ、風が強まった。煙がこっちへ」

「大丈夫だ、もう少しだ！　あと少し！」

「視界が利かん。ここか？」

「そうだ、もう少しだ！」

「ここでいいんだな？」

直後、消防隊長は絶叫した。――ソアラーは、倉庫ではなく体育館の真上でバケットを開いたのだ。

上空三百二十メートルで放出された八トンの消火剤は、ほとんど拡散せず落下し、鉄骨スレート葺《ぶ》きの屋根を突き破った。そこじゃない、と叫ぶ消防隊員たちの声は破壊の轟音にかき消された。続いて、凄まじい悲鳴の合唱が起こった。液塊と屋根材に打ち倒され、飲み込まれた、数百人の声が――

消防隊員たちは腑抜けのようにへたり込んだ。隊長の無線機からは、パイロットの不思議そうな声が流れ出していた。

「こちらは無事だぞ。何か失敗したか？　……おい、どうした？」

――体育館では、打撲や溺死、それに化学消火剤のハロゲン化物中毒で、十代の女工三百十名を含む八百二十二名が死亡していた。

この件は消防隊員の無理な督促や、視界の悪さ、倉庫と体育館の形状の類似、位置の近さ、火炎を恐れてかなり高い高度から投下した機長の判断ミスなど、さまざまな原因が重なって発生した事故だったが、根本的には、消防と陸軍の意思疎通の不徹底から誘発されたものだった。

総合救助態勢を管理する帝都庁では、正午前になって、ようやくこの措置が不適切なものだったと気づいた。これは一見して救助を促進できるもののようだったが、実際には多くの場所で無用の失敗を生んでいたのだ。すでに現場で作業を進めていた人々は、所属がどこであろうと、また装備が欠けていようと、「慣れ」や「機転」、あるいは「一時的な協調」によって——軍人・消防官・警察官が一体となって瓦礫の下敷きになった市民を助けた例もあった——即応的な救助行動に成功しつつあった。それは本来、組織的な救助の実施に当たって頼るべきものではないが、いったん成立したならば壊してはいけないものだった。——この「総合救助態勢」は、無情な事態が否応なく進展しつつある現場で、不可避的に応急策が形成され、それなりにうまくいこうとしていた矢先に、すべてを一からやり直させてしまう、最悪のタイミングで実施されてしまったのだった。

昼頃から、帝国電電や半島電力の尽力によって、徐々に電話や電気が復旧し、ますます情報が増えてきて、そのような失敗がどっと報告され始めると、帝都庁の幹部は狼狽《ろうばい》した。——まずどのように失地を回復するか、それに、この施策がだめならばどのような施策を打ち出せばいいのか、そういった重大な判断が重なり、幹部は抜き差しならないところに追い込まれていた。

そこへ突然現れたのが――セイオ・ランカベリーだったのである。彼にとって、これはまさに皮肉な好機だった。

もし彼が帝都を離れず帝都庁で影響を与え続けたなら、こういった救助の不手際は、いくらかなりとも緩和されただろう。――だがその反面、帝都庁側からの白眼視は続き、遠くない未来に完全に疎外されることになってしまっただろう。

ところが、セイオが留守にし、その間に立て続けに問題が生じたために、こと結果から見れば、あたかもセイオがいなくなったために問題が起きたとも受け取れる状況が作り出されたのだ。また、その問題に追い詰められたために、幹部が責任者を必要としており、肝心の帝都都令シンルージが御前会議のために不在となっていたのも、セイオにとって好都合なことだった。

そのような成り行きから、セイオの帰還は本人が予想していたよりもはるかにスムーズに受け入れられたのだった。――彼の仕事が楽になったわけでは、決してなかったにしても。

午後二時十一分、ベルタ区天軍軍令部の下部機関である惑星軌道監視本部に、一本の通信が届いた。

「帝都トレンカの窮状に同情の意を表す、バルカホーン航民国政府の名代として微力なれど救援の一助を担いたし。帝都への進入許可を要請する。当方は民間天船アルフ・ライラー」

このような要請は、本来トレンカ天港で扱うべきものである。天港が被災して機能低下しているので、軌道監視本部へと通信が送られてきたらしいが、本部では困惑した。軌道監視本部は惑星レンカの周囲の宇宙空間を軍事面で管掌《かんしょう》する組織だが、現在のレンカでは宇宙空間での軍事行動が何も行われていないので、事実上名目だけの組織だった。要請を取り扱うための天船援助施設など何もない。

さらに、かつて陸軍情報部に在籍したことのある士官が、重要なことに気づいた。アルフ・ライラーは民間船として登録されていたが、その所有会社は航民国自衛艦隊の御用会社の一つだった。――バルカホーン自衛艦隊。国土を持たず、他国の権威も認めず、漂泊の人々だけで構成される国家を守るための軍。専守防衛の理念を掲げてはいるが、彼らがその気になれば先制攻撃能力をも発揮できることは周知の事実だった。

スパイの乗った特務艦かもしれないのだ。本部では当初この船を丁重に追い払おうとした。しかし本部長がその方針を変更させた。特務艦の可能性はあっても、アルフ・ライラーが航民国の名代であることに変わりはない。好意で来てくれたものを追い払うのは紳士的ではない。――それが彼の主張だった。

結局、惑星軌道監視本部は着陸許可を出した。アルフ・ライラーは大気圏へ突入し、トレンカ湾に南方から滑走進入して海岸線へ近づき、三時十分に天港ではなくトレンカ海港南埠頭に接岸した。そこは奇しくもジャルーダ総督府船アマルテ・フレイヤの隣で、大型海上船と優雅な流線形の天船が並ぶという珍しい光景が現れることになった。

続いて天軍ソアラーの仲介によりトレンカ帝都庁との打ち合わせがなされ、船長ハムシン氏は帝都庁の指示下に入ることを了承した。合わせて許可を待たずに救援物資の運び出しが始まった。

だが、遅れてこのことを知ったレンカ帝国首脳部には大きな波紋を広げ、「アルフ・ライラー号事件」が引き起こされることになる。


天軍作戦指令室に足を踏み入れたスミルは、奇妙にざわついた雰囲気に気づいた。門のところから引き連れてきた衛兵などは直立不動でスミルを注視しているが、室内の将官や兵士たちは、円形の作戦卓の傍らで電話に怒鳴っている男を見つめている。

本来は全員が一時なりとも最敬礼するはずだ。しかしそれどころではない様子である。手近の士官が入り口を振り返って、いぶかしそうにスミルを見つめ、隣の元老クノロック、黒衣の侍従たち、そしてなによりもスミルが腰に佩《は》く白鞘の刀——天軍総帥たる証《あかし》を目にして、卒倒せんばかりに驚いた顔をした。

が、スミルは片手を振って、気にするなという仕草をした。士官は顔色を失って最敬礼し、怒鳴っている男のそばへ飛ぶように走っていった。

彼の注進を受けて、男――ザグラム総長が振り返り、目を見張った。

「これは……摂政殿下、わざわざこのようなところへ」

ようやく室内の全員が気づいた。ばたばたと立ち上がって一斉に敬礼する。スミルが再び手を振り、傍らのサユカがよく通る澄んだ声を上げた。

「内親王スミル殿下におかれては、此度、摂政ではなく白翼兵団総帥として御臨察なされた。皆の者、引き続き軍務に精励するがよい」

「では失礼つかまつります」

一礼して再びザグラムは電話機をつかむ。従卒の少年兵が二人、総長執務室からでも引っ張り出したらしい革張りの椅子を抱えて、転がるように走ってきた。床に据えられたその椅子に、スミルはややわずらわしげな顔で腰掛ける。

そのそばに、銀髪を丁寧にしばった初老の女性士官がやってきた。サユカに言う。

「総長副官、キルナ・メルク中佐にございます。なんなりと御下問ください」

「あれは何を騒いでいるのです？」

サユカに問われて、メルクはちらりとザグラムに目をやった。彼はまた怒鳴っている。

「陸軍より抗議が来ております」

「抗議？」

「はい。先ほどこの星にバルカホーン航民国籍の天船が訪れて、政府名代として援助を申し出て参りました。我が白翼兵団がこれを許可してトレンカ湾に降ろさせたところ、陸軍が遺憾の意を表したのです」

「それはなぜですか」

「その天船は第四海戦師団基地と帝都防衛海堡の間を横切ったのです。――防備の要《かなめ》たる拠点の目睫《もくしょう》を、正体の定かでない星外船にかすめられたとあって、陸軍は沽券《こけん》に関わると申しております」

「それは軽率なことを許したものですね」

サユカがザグラムに目をやった。

「私が陸軍の長でも怒ります。なぜおまえたちは許可したのです？」

年端《としは》も行かない小娘とはいえ、サユカの言葉は総帥の言葉である。並みの兵なら恐れ入って返事もできない質問だ。

しかしメルクは毅然として言った。

「あの船は援助にやってきたのです。好意を無下に断るのが立派な優等国のすることでしょうか？」

「……それは天軍総長の考えなのですね？」

サユカが眉をつり上げてメルクをにらんだ。皇族の総帥に反問するなど不敬なことだ。緊迫した雰囲気になる。

それを和《やわ》らげたのは小柄な老人の一言だった。

「許しておやり。ザグラムはちょっと前までわしらと一緒におったじゃないか。あれの決めたことではあるまいよ」

え、というようにスミルがクノロックを見てつぶやいた。

「では誰が……」

「小官の責任であります」

電話中のザグラムが振り向いていかめしい表情で言った。

「誰がということはございません、天軍の為したことならば小官が為したことです！」

サユカとスミルは顔を見合わせる。一人クノロックが、上《じょう》の綱紀《こうき》紊《みだ》れざれば下《げ》もこれに習う、と微笑みながら言った。

「さりながら、星外船を放置するのも不行き届きです」

メルクが何事もなかったかのように続ける。

「そこで天軍から監察官を派遣して見張ろうとしたのですが、陸軍が承服しないのです。総長はこれを談判しているのです」

「くそっ！」

そのとき、御前にあるまじき罵声を吐いてザグラムが電話を切った。

「申し訳ありません、殿下。陸軍を諫《いさ》められませんでした」

「諫められなかった？　どういうことです？」

サユカが尋ねると、ザグラムは悔しげに拳を震わせて言った。

「陸軍は……海戦師団の水上艦を出して天船を威嚇《いかく》するつもりです」

「そんな！」

声を上げたのはスミルだった。

「監視するだけならまだしも、威嚇ですって？　そんなことは私が摂政として――」

「スミル」

低いがはっきりした声でクノロックが遮《さえぎ》った。

「止めれば、陸軍で十もの首が飛ぶぞ」

「……」

「摂政裁可は至聖の命じゃ。そのような制止を受けたとあっては軍人の面子《めんつ》は丸つぶれ、関わった者は譴責《けんせき》や蟄居《ちっきょ》では済まん。それだけの覚悟を持って命じられるかの？」

「それでは……それでは一体、私は何ができるのです！」

声を震わせてスミルが言う。人を食ったような顔でクノロックが答える。

「そういうことは政府が命じるべきじゃな。それならば無用に事を荒立てずに済む。……

サイテンは何をしておる？　この事態をつかんでおるかの？」

　クノロックに問いかけられたメルクが部下に質問したが、答えは妙なものだった。

「サイテン閣下は、この件の対処を帝都庁に一任するとのことです」

「帝都庁に？　なんだそりゃ、シンルージが引き受けたってことか？」

　ザグラムの問いに、サイテン側と話をした通信管制官が首を振る。

「違います。シンルージ都令はサイテン閣下のおそばにいたようですから。何か叫んでいました」

「てことは……あの長髪野郎」

　ザグラムは何かに気づいた様子でつぶやいた。そして、誰も気づかなかったが、クノロックもこの知らせを聞いてかすかな声でつぶやいた。

「火の気に敏感な男じゃな……」

　その時、別の士官が叫んだ。

「閣下、連絡機九一二号から通信、ソレンス少佐です！」

　その名を聞いて表情を変えたのは、スミルたちだった。

　ソレンスといえば、セイオとともにハイダック庄にやってきたあの青年のはずだ。彼は一体何を？

　どうしたと尋ねるザグラムに、士官が困惑しきったように言った。

「帝都庁、ランカベリー閣下より要請！　南埠頭周辺のジャルーダ人を保護したいそうです！　ソレンス少佐を伴って埠頭へ向かわれるとのことですが、少佐に移動許可を出しますか？」

「ジャルーダ人？」

ザグラムは虚を突かれたように聞き返した。

「なんでジャルーダ人が関わってくるんだ。ちょっと貸してみろ」

士官から通信機をもぎとったザグラムは、しばらく話してから通信を切り、顔をしかめて言った。

「アルフ・ライラーがジャルーダ人への援助を優先していやがる」

「なんですって……」

聞いていたスミルたちは絶句した。ザグラムが苦い顔で続ける。

「それで避難民の不満が高まって、ジャルーダ人への援助物資を奪おうとしているそうだ。ランカベリーのやつはそれを知って守ろうとしている。くそっ、なんだってアルフ・ライラーは帝国人の神経を逆撫《さかな》でするようなことをしやがるんだ？」

その時メルクが、ふと思いだしたように言った。

「閣下……バルカホーンは旧ジャルーダ王国の友邦でした。恐らく、初めからジャルーダ人の援助が目的だったのでは」

「ふん？　なるほどな、スパイじゃないが親切なだけでもないってことか。……いや、そいつは重要じゃない。問題は、このままだとランカベリーと陸軍が衝突するってことだ」

ザグラムが吐き捨てるように言ったとき、短い声が響いた。

「そこへ行きます」

一同はハッと振り返った。スミルが立ち上がっていた。

「私をそこへ送りなさい。見届けます」

「殿下……」

「何も無理を言ってはいないでしょう？　私の兵団にごく普通の務めを果たさせるだけです。それとも、この命だけでも、誰かが職を逐《お》われることになるのですか？」

ザグラムが口をもぐもぐと動かしたが、じきに部下を振り向いて、お召しだ、四〇式を呼べと怒鳴った。

スミルはクノロックを見下ろして言う。

「もう我慢の限界です。何がどうなっているのかこの目で見てまいります。公爵、お止めにならないでください！」

元老は楽しそうに目を細めたまま、何も言わなかった。

天軍全体で一機しかない将校用ソアラーで飛び立つと、十分もしないうちに港湾の景色が目に入ってきた。

海抜の低いロウ・ヒルの辺りは、見渡す限り泥色の海水が流れ込み、元の海岸線がどこだったかもわからないような有様だった。ボートや水陸両用車が走り回って救助に努めているようだが、あちらこちらの民家の屋根に今でも多くの人々が取り残されていた。一本の木の枝に子供らしい小さな人影が四、五人もまたがっているのを見て、あの子たちは昨夜どうやって眠ったのだろうか、とスミルは不思議に思った。

トレンカ港はそこから程近かった。上空からでも岸壁にのめり込んだ貨物船や将棋倒しになった大きなクレーンなどが見え、一番南の埠頭に大型の船と、これは見間違えようのない大魚のような特異な形をした天船の姿があった。そこでソアラーがぐっと旋回してやや内陸に入った緑の林に機首を向け、高度を下げて着陸すると、そこがアルフ・ライラーが物資を集積している公園だった。

随伴してきた二機のソアラーから天軍兵たちがばらばらと飛び降り、将校機の周りを囲む。サユカとともに外へ出て、周囲を見回したスミルは、息を呑んだ。

そこにはスミルが初めて見る、無残な市民たちの姿があった。

公園には大勢の避難民がいた。着の身着のまま、いやもっとひどい、血や汚れや焼け焦げでぼろぼろになった服のままで薄い敷物の上に座り込み、昨夜の混乱による疲れがまだ抜けず、睡眠もろくに取れていないようなやつれた顔、どんよりと力の失せた目で、突然

めているのだった。

空から降りてきたスミルたち一行を、すがるような、妬《ねた》むような眼差しでじろじろと見つめているのだった。

彼らはほとんど声を上げず黙りこくっていたが、その周りではオレンジや銀の制服を身に着けた救難・消防隊員たちや、濃緑の軍服の陸軍兵が、物々しい様子で歩き回り、苛立《いらだ》った大声や低いささやき声を交わし、無線機から切迫した声が飛び出すと、一斉に走り出していった。どこか遠くから獣の遠吠えのようなサイレンの音が絶えず聞こえ、突然ひゅうひゅうと甲高い緊急ホーンの音がして、驚いてスミルが振り返ると、灰の雨を浴びてどろどろに汚れた救急車が、タイヤをきしませて走っていくところだった。

公園を囲む木々の向こうには、墓地か遺跡のように生気のない灰色の町並みがあった。どの建物も傾き、崩れ、あるいは黒焦げに燃え尽きて湿った煙を上げていた。五十メートルほど離れた空き地に、何か黒ずんだ燃え殻のようなものがうずたかく積まれており、スミルは目をこすって見極めようとした。——すると天軍兵がさっとその前に立ちはだかった。おどきなさい、と命じようとすると、クノロックが首を振りながら言った。

「死体を見たことがあっても、あれはやめておくんじゃな。大の男が吐きながら集めたものじゃ。——それとも初めてか？」

スミルはごくりと唾を飲み込んだ。想像しただけで喉がえずきあげるような感じがした。

そういったものが帝都に付けられた傷跡だった。——なんという荒廃、明るく穏やかなハイダック庄との、なんという懸隔《けんかく》！

「姫さま、大丈夫ですか？　お戻りになります？」

「いえ……いいわ。行きましょう」

差し出されたサユカの手を振り払って、スミルは歩き出した。雨上がりの空気はごみを焼いたようないやな匂いに満ち、息苦しさに立ちくらみを起こしそうだったが、来ると決めたのは自分だ、と言い聞かせた。

一行は一塊になって公園を進んだ。避難民の姿は数え切れず、向けられる無数の眼差しの重さに、スミルは何度も逃げ出したい気持ちを抑えねばならなかった。

小道を進んで別の広場に出ると、二つのものが目に入った。

一つは雑然と積まれたコンテナの数々。見慣れない白い服装の人々が車で公園に運び込み、端から開封して中身を取り出している。

もう一つは、やや離れた広場の片隅に集まっている人間たちだった。アルフ・ライラーの乗員たちだろう。最初、帝国人の一群だと思ったスミルは、よくよく見直して、眉をひそめた。

彼らはぐっしょりと濡れていた。――先ほどの雨を防ぐものを何も与えられず、また拭くものも渡されていないのだ。汚れの程度も他の避難民より一段とひどく、まるでごみの中から引き出されてきたようだった。

スミルが愕然としたのは、肩口のざっくりと割れた男が、包帯も巻かずに血の流れ出るまま座り込んでいることだった。その男は横たわってこそいないものの、顔色は紙のように白茶けていて、もう意識を失っているようにすら見えた。

スミルは助けを探すように左右を見て言った。

「誰か……誰か、あの者たちを助けないのですか？」

「姫さま」

サユカが、どうしようもないというように目を逸らして小声で言った。

「あれは、ジャルーダ人です」

「あれが……」

スミルはもう一度彼らを見た。それら三、四十人余りの人々は、避難民とは異なって、亜麻《あま》色のくるくるとねじれた髪を持っていた。生粋《きっすい》の帝国人ならばサユカのような黒の直毛が普通である。

「ジャルーダ人だから助けないのですか？」

「そうではない。もし人や物が十分に余っておれば、彼らにも助けの手は伸ばされるよ」

クノロックが言う。

「じゃが、足りないんじゃ。帝国民にすら助けが行き渡っとらん。そんな状況で彼らを助けるわけにはいかんのじゃな」

「でも他の者は命が危ないわけではないのでしょう？　あれ、あの者はもう死にそうなのではないの?」

クノロックは憂鬱そうにうつむいたまま答えない。サユカも、天軍兵たちも。

そして他の者にいたっては、あからさまに彼らに迫害の手を及ぼしていた。

白服のアルフ・ライラーの乗組員が、先ほどから陸軍兵と声高にやり合っていた。様子を見に行った天軍兵が戻ってきて報告する。

「やはりアルフ・ライラーはジャルーダ人を優先しているようです。陸軍は千トンの援助物資を付近の人間すべてに均等に分けるよう命じていますが、アルフ・ライラー側は医薬品のみジャルーダ人から先に配るようにと……」

「それのどこが優先なのです!」

報告を受けているサユカの頭越しにスミルが叫んだ。天軍兵は一言もなく頭を下げる。

スミルはクノロックを振り返る。

「これでもまだ私に何も命じるなと?」

「何度も言うたじゃろ。今の一言でも聞く者が聞いておればその兵は降格処分じゃ。あんたがしゃしゃり出て仕切り始めたら、皇室がジャルーダ人の優先を宣言することになるんじゃぞ。周りの者が混乱するどころか、帝国臣民すべてが嘆き悲しむことになる」

「くっ……」

スミルは唇を噛んで沈黙する。

その時、曇った空の一隅から轟音が降ってきた。見上げるスミルたちの前で、一機のソアラーが広場に着陸する。出てきたのは二人の青年――セイオとソレンスだ。

「来たか……どう采配するかな」

クノロックのつぶやきを耳にしながら、自然にスミルは命じていた。

「みな、ここで待っていなさい」

「よいのか？」

「かき回さなければいいのでしょう！　サユカ、行くわよ」

顔色を変えた侍従や天軍兵が制止しようとするが、スミルは若鹿のような身のこなしでするりと人の輪から抜けた。サユカが小走りについていく。

見咎められないようコンテナの山を回りこんだ。セイオたちからほんの十歩余りのところまで近づいて様子をうかがう。

この時スミルの心にあったのは、彼女自身も意識していない嗜虐《しぎゃく》の感情だった。皇族の自分をあれほどそっけなくあしらったセイオが、この難しい問題をどう扱うのか――また、扱いきれずにどう失態を晒《さら》すのか、それを見届けてやりたいという気持ちである。

スミルの想像では、彼は人を人とも思わない冷血漢であり、自分の仕事を成し遂げたいだけの功利主義者だった。陸軍と天軍の間に横槍を突き入れてきたのも、あわよくば手柄を立てて名を挙げようとの思いがあるからだと考えていた。そのような者は、数は少ないがハイダックにもいた。――無関係のスミルと知り合いになることで、皇族の権威を笠に着ようとする者が。

予期に反して、セイオと陸軍兵たちの会話は、さほど激しくないものだった。彼は低い、静かな声で士官と思《おぼ》しき陸軍の指揮官に話しかけていた。

「アルフ・ライラーの救援行動に関しては帝都庁が指示することになっている。どうかここは退いてくれないか」

「それは正式な手続きにのっとったものではないのでしょう。我々にとっては、アルフ・ライラーは不届きにも陣地の目の前を横切った無法者どもです。勝手な行動をさせるわけには参りません」

「ならば監視なり威嚇なりするのも仕方ないが、物資の分配については彼らに任せてもらえないか」

「それも監視の対象なのです。相手は卑族民どもですよ。帝国への救援というならば、むしろ卑族民と帝国民への待遇をきちんと分けてもらわねば困るのです。さもなければこちらも、卑族民に不穏なことを吹き込みにきた扇動者と見なさざるを得ません」

「だったらそれも帝都庁で責任を持とう。ジャルーダ人は不穏分子などではないんだ」

「姫さま……あの男、どうしたのでしょう？」

スミルの下にしゃがんでいたサユカが、いぶかしげに顔を上げた。

「私たちの時にはあんなにも傍若無人でしたのに……まるでお願い事をしているよう」

「そうね。立場はあの男のほうが上なのでしょう?」

「そのはずです。陸軍のご機嫌取りをしたいのかしら」

その時、思いもかけないことが起こった。みじめに身を寄せ合っていたジャルーダ人の中から、一人の老婆が走り出して陸軍の指揮官に飛びついたのだ。

「な、なんだ?」

老婆は歯のない口を大きく開けて、意味のわからない言葉を喚き散らす。下がろうとした指揮官の腰にしがみついて引き倒さんばかりだ。驚いた指揮官は拳を振り上げて、老婆の頭を殴りつけた。

がっ! と音がして老婆は軽々と吹き飛ばされた。「不意討ちのつもりか!」と叫んで指揮官が軍刀を抜き、あっという間もなく振り下ろした。

次の瞬間、誰もが目を疑った。飛び出したセイオが老婆を抱きかかえたのだ。

ハッと驚いた指揮官がとっさに手首をひねった。軍刀の腹がセイオの肩に当たり、鈍い、嫌な打撃音が上がった。

地位のある人物を打ち据えてしまったことで、いささか狼狽して指揮官が叫ぶ。

「か、閣下! どういうおつもりです! 今のは身を守るためにやったのですよ!」

「それなら武器など使うな……たかが年寄り一人、一発殴れば十分だろう」

セイオは肩を押さえて顔を上げ、何事かささやいた。呆然としていた老婆が途端にほっとしたような顔になり、早口でまくしたてた。

セイオは立ち上がって指揮官を見つめた。

「ジャルーダ語だ。息子が——あのけがをした男だな、彼が亡くなったので、布か何かかけるものがほしいんだそうだ」

「そ、そうですか。……まあ、それぐらいなら」

指揮官は気後《きおく》れしたようで、布を届けるよう部下に命じた。その命令に付け加えるようにセイオが言った。

「見ての通り、ジャルーダ人は反抗する気などない人々だ。先ほどの件、考えてもらいたいが」

「それとこれとは別です！　閣下、我々にも戒厳司令部から命じられた任務というものが」

指揮官は再び困惑の顔を見せる。

一部始終を見ていたスミルは、サユカの肩を押した。

「サユカ」

「はい？」

「言って、告げてきなさい」

スミルはサユカに決断を伝えた。サユカが黒い瞳を大きく見開く。

「そんなことを……クノロック公がなんと言うか」

「いいのです。もう決めました」

「それほどの仰せなら……わかりました」

歩いていく細い背を、スミルはコンテナの陰から見守った。

「聞きなさい、ランカベリー。それにそこの兵隊」

突然現れた少女に、一同は戸惑った。薄汚れた避難民とは別世界の人間のような萌黄《もえぎ》のドレス姿で、浮世離れした話し方をする娘である。指揮官は面食らって言う。

「なんだ、きみは。おい誰か！　この子をあっちへ――」

「待て」

セイオが気づいた。指揮官に近づいてささやく。

「この子は、いやこの方は貴人だ」

「貴人？」

「やんごとなきお方だ。星代承系の御一家にじかに侍《はべ》る方――と言えばわかるか？」

「星代……ま、まさか？」

「ランカベリー」

違うともそうだとも言わず――言う必要はないといわんばかりの態度で、サユカがセイオに向き直った。

「殿下の仰せです。天船アルフ・ライラーが緑鱗離宮の前を横切った件、皇室は関知せぬとのこと」

「……離宮の前を？」

「それだけです」

サユカはドレスの裾をさっと翻して、足早に去った。しばらくはセイオも指揮官も、狐につままれたような顔をしていた。

不可解な言葉の含みに最初に気づいたのはソレンスだった。セイオに耳打ちする。

「緑鱗離宮は帝都防衛海堡のすぐ隣です。これを皇室がお許しになったのに、陸軍が咎め立てすると騒ぐのは……」

「……そうか」

セイオもすぐにその意味に気づいた。指揮官に向き直る。

「聞いただろう。アルフ・ライラーの立場は無法者ではないということだ。ならば陸軍がその行動に掣肘《せいちゅう》を加える根拠もないのじゃないか？」

「そんな突飛なことを！　第一、今の娘が定かに皇族のお付きだという保証もないではありませんか！」

「帝国の誰が御一家を騙《かた》る？　偽者でなかったら貴官はどうする？　確認の奏問をするだ

けでも不敬に当たるのはわかるだろう？　それに本物ならすぐに正式の綸旨が届くはず。――戒厳司令官か、首相に。その時、一士卒が御内意を汲み取っていられなかったとしたら？」

畳みかけるようなセイオの言葉に、指揮官は顔色を失って歯ぎしりした。

彼と向き合いつつ、セイオはサユカが消えたコンテナのほうへ目をやった。――もちろん、そこには誰の姿もなかった。


ソアラーの機内でスミルたちは待っていた。じきに、様子を見にやっていた天軍兵が戻ってきたので、これを収容してソアラーは離陸した。

ぐったりと椅子に体を沈めたスミルに、隣席のクノロックが言った。

「手を出したな」

「はい」

「あれほど止めたのに」

「覚悟しました。そのことで大勢が驚いても仕方ないと」

「なぜじゃな？」

顔を覗くクノロックに、スミルは薄目で天井を見つめながら答えた。

「少なくともあの男には私心がないと思ったからです。帝国臣民ならまだしも、異邦人を身を挺して守るようなことが並みの者にできるわけがありませんから」

顔を傾けてクノロックを見る。

「公爵、あなたが彼を見極めろと言ったのは、そのようなことを見抜けという意味だったのでしょう?」

「それだけではない、いい」

クノロックはじっとスミルを見て言った。スミルはわずかに眉を上げる。

「どういう意味です」

「じきにわかる。……じゃが、その決断は偉いな」

クノロックの次の言葉で、スミルは跳ね起きた。

「あんたがわしの指図に逆らうのを待っておった」

「……公爵!」

「やるなと言われても、やらなければならん時がある。君臨すれども統治しない、立憲君主制のレンカ皇室であっても、法の枠を越えて非常の判断をしなければならん時がある。それが今、この大難じゃ。……この先何度か、あんたはその宝刀を抜かねばならんことじゃろう。その最初の一閃を、わしは待っておったのじゃ」

「では……今まであなたが止めていたのは」

「実は背中を押しておった」

悪びれもせずに告げたクノロックを、スミルは唖然として見つめる。なんと底意地の悪い人物なのか――

だが、その認識はまだまだ浅かったことが、すぐに思い知らされた。

サユカが天軍兵の報告を受けていた。聞き終わったサユカは憤慨したような顔になり、スミルのそばへ来るとやにわに頭を下げた。

「姫さま、申し訳ございません。やっぱりお止めするべきでした！」

「どうしたの、なんのこと？」

「ランカベリーのしたことです。――ランカベリーは姫さまのお許しを得たのをよいことに、帝国臣民に分け与えられるはずの物資まで、大半をジャルーダ人に渡してしまったそうです！」

スミルはその報告が、最初は頭に入らなかった。何度かサユカに問いただして、彼が一般の避難民を疎外してまでジャルーダ人を保護したということを知ると、ようやく驚きを覚えた。立ち上がって叫ぶ。

「そんなこと、わけがわからないわ！　少数の者のために多数を犠牲にしたら、まるで意味がないじゃないの！　彼は一体どういうつもりなのかしら？」

「言うたじゃろ、それだけではないと」

クノロックが猿のように顔を歪《ゆが》めて笑った。

「さあ、おまえはあの子を見抜けたかな、スミル」

「……できなかったようですわ。恥ずかしいのですけど、間違ったことをしたような気がしてきました。公爵はあんな男だとわかっていたのですか？」

「さあて……言っておくが、今さら取り消せんぞ、あんたの裁可は」

　クノロックは他人事のように窓の外を見る。

「そしてじゃな、その裁可で得をした人間がもう一人おる。——サイテンじゃ」

「彼が？」

「あの男はただで星外への点を稼いだ」

　クノロックは空を見上げる。

「バルカホーンは列強の一角。その使いを前にして不行き届きがあったとなれば、帝国の恥となる。しかし、セイオはあんたの威を借りてバルカホーンに角を立てずにうまくことを収めた。よって、セイオに処置を任せたサイテンの株も上がるという寸法じゃ」

「ランカベリーが失敗するとは考えなかったのかしら？」

「失敗したなら切り捨てれば済むじゃろ。サイテンはセイオになんの義理もない。人選を誤ったとでも言って処分すればよい。星外諸国もまさかサイテン本人の処罰までは求めまい」

「そこまで……そこまで深く、人間が考えられるものかしら？」

疑い深くスミルが言うと、クノロックは嘲《あざけ》るような顔で振り向いた。

「ザグラムは気づいておったよ。セイオがサイテンの犠牲にされかけたことを。しかし彼はセイオに賭け、勝った。セイオの人柄を多少なりとも知っておったからじゃな」

「あの軽薄そうな男まで……？」

自分たちには想像もつかない策士たちのやり取りを聞いて、スミルたちはもはや呆然とするしかない。老公爵は謎をかけるように言った。

「それだけではない、皆もっと多くのことを考えておる。……しかしスミル、あんたはもうセイオに手を貸してしまったよ」


「ランカベリーは陸軍を差し置いて星外船の接受を行ったそうです」

グレイハンはその知らせを、相手の反応をうかがうために伝えた。

新内閣メンバーを集めるために帝都を走る、装甲車の中である。シンルージ都令は少し前に帝都庁へ戻っていった。車室にはグレイハンとサイテンしかいない。

グレイハンの胸中はやや微妙だった。サイテンを主と仰ごうという決心は変わっていない。だが、セイオという新たな駒が現れたことで、自分の重要性が下がっては困る。サイテンがどういうつもりで、セイオと陸軍をぶつけるような指示を出したのか、それを知りたかった。

軽く目を閉じていたサイテンが、しばらくして妙なことを言った。

「昔、ある王が、狼と鷹を飼っていた」

「はっ？」

「狼も鷹も王によくなついていて、狩りに出ると競って獲物を獲り、王のもとへ持ち帰ってきた。王も二匹を可愛がっていたが、ある日、狼がこんなことを言った。王よ、私は鋭い牙と速い足があってあなたより強い。だから私が王になる。すると王は怒って鷹を呼び、狼をつき殺させてしまった。鷹は前にもまして王になつき、忠実に仕えたということだ」

サイテンは目を開け、グレイハンを見た。

「子供に聞かせるたとえ話だが、こんな甘い話もないと思わないか、グレイハン」

「と、おっしゃると……」

「私が王なら、獣に謀反の心があると知った時点で、二匹とも殺す」

サイテンの表情は穏やかだった。──それだけに、脅しや冗談でないことがはっきりとわかり、グレイハンは身震いした。

「しかし」

不意にサイテンは笑顔になって言った。

「狼と鷹が本当に仲がよければ、王は殺されてしまっただろう。だから賢明な王ならば、二匹が下手に親しくならないようにするだろうな。それは二匹にとって不幸なことだと思うか？」

「狩りはライバルがいたほうが張り合いが出るでしょう。その相手が自分の同族でなければなおのことといい。縄張りが重なりませんから」

「ふむ、模範的な答えだ。……少しつまらんぐらいだな。おまえはもっと大胆な物言いをしていいと思うぞ」

「では、いつかそうしましょう」

サイテンの笑顔を、グレイハンは心地よい緊張感とともに見つめた。なんとも、この人はたいした人物だ。謀反をそそのかすようなことを自分から口にするとは。

さて、とサイテンが表情を改めた。

「じきにペグモット伯のいる病院だな。彼を知っているか？」

「いいえ。軍に関係のない人物ですから。しかし、画家であるとは聞いております」

「彼は美術界を通じて星外に顔が利くんだよ」

「はあ。窮理大臣に取り立てるほどの人材ですか？」

グレイハンが尋ねると、サイテンは愉快そうに言った。

「いいや。実務能力は皆無だな」

「では、なぜ……」

「だからこそ、さ。狼と鷹のいる宮廷に、このうえ熊まで飼っても仕方ないだろう？」

彼の人格には感じ入っていたが、彼の言い回しは、軍人のグレイハンにとっていささか持て余すものだった。グレイハンは率直に言った。

「政治のお話は小官の手に余ります。ご命令をいただけますか」

「そうか。ならば――迎撃の計画を立ててくれ」

「迎撃？」

驚いてグレイハンは目を見開いた。

「何を迎え撃つのですか？」

「星外船」

サイテンは上を指差した。

「歓迎するばかりが能ではない。いずれ必ず撃つことになるだろうよ」

じきにグレイハンはサイテンの意図を理解し、黙って頭を下げた。

病院に到着し、サイテンが面会に行っている間、グレイハンは車列に加わっていた別の車輌に移った。それは通信機器を満載した戦闘指揮車で、サイテンが軍に要求したものの一つであり、また、グレイハンが第一師団長としての職務を遂行するために同行させたものだった。

グレイハンが不吉な知らせを受けたのは、その車に入って間もなくだった。

「虐殺？」

その言葉をこわばった顔で告げたノート中尉に、グレイハンは険しい眼差しを向けた。

「それはどの程度の殺害を言っている。百人か、二百人か」

「現在までに判明した数は百八十人ほどですが……」

「帝都全域での治安活動だぞ。それより一桁多い犠牲が出るのも予測のうちだ」

「気になるのは人数よりも殺害の状況です。師団司令部の聞き取りでは、中隊以下のいくつかの部隊が、わざわざ暴動を起こしていない卑族民を捜索して射殺したとの報告があるんです」

「むう……」

グレイハンは眉間にしわを寄せて唸った。

「手綱が甘かったな。そこまで野蛮な弾圧に走るとは」

「戒厳司令部の指示を仰ぎますか？」

ノートが尋ねると、グレイハンは鋭く制止した。

「待て。……まだ中将閣下には伏せておけ」

「しかし、この件は放置するとより悪化するのでは」

「わかっている。くそっ」

グレイハンは舌打ちして、ノートに顔を近づけた。

してくる」

「起きてしまったことは仕方ない。可能な限り利用するまでだ。おれはサイテン閣下に話してくる」

「そ……それは任務に背きます。司令部に伏せたまま文民に話すなど」

顔を引きつらせたノートに、グレイハンは低い声で言った。

「想像してみろ。中将がこの報を聞いたらどんな顔をするか。きっと手を打って喜ぶだろう。……その後のことも考えずにな」

ノートは蒼白な顔でうなずき、つぶやいた。

「止めるべきだった……でしょうか？」

「もう遅い。だが、サイテン閣下なら手があるはずだ。――ないとしてもこちらに責任を押し付けはしまい。閣下はまだ当分おれたちを必要とするはずだからな」

皮肉な顔で言って、グレイハンは指揮車を出ていった。

ダイノン大使のガーベルウェイフは、自慢のあごひげが抜けるほど何度もしごいて、考え込んでいた。武官のヒャウスがテントの中に入ってきても、しばらくは気がつかなかったほどだ。

ヒャウスがテーブルの向かいに腰を下ろすと、初めて彼に目をやり、不愉快そうな口調で言った。

「きみ、アルフ・ライラー号の件は聞いたかね」

「あの船に工作員はいませんでしたよ。とんだ無駄足だ」

「現地に行ったのか？」

驚いてガーベルウェイフが身を乗り出すと、ヒャウスは皿に盛られた乾ききったスコーンを取って、肩をすくめた。

「そりゃまあ、レンカ軍の無線を傍受していましたからね。星外船が来て騒ぎになったことはわかりました。バルカホーンだと軍情報部の三課か航安省あたりが工作員をまぎれ込ませているかと思ったんですが、行ってみればなんのことはない、全員シロでしたよ。純粋に文民がセッティングした政治的アピールですね」

「わしが問題にしておるのは、その政治的アピールのほうだ。せっかく我が国が他国に先んじるチャンスだったというのに、彼らに乗り込まれてしまった」

「仕方ありません、連中は常に星から星へ天船を飛ばしているんですから。アルフ・ライラーも惑星ツェルマットからの積荷を転用したんです。それが最初からわかっていれば、工作員などいないと判断したんですが」

「トングルハー大権統が気を変えてしまうかもしれん。まったく、アルフ・ライラーは面倒なことをしてくれた」

大使は深々とため息をついたが、ふとヒャウスに鋭い視線を向けた。

「まさか、きみらは我が国の船にも工作員を乗せようなどと考えてはいまいな」

「もう乗っているはずです」

「なんだと？」

身を乗り出した大使に、ヒャウスは平然と言った。

「うちから五、六人と中央情報局からも数人ですね。いや、そんなに怒らないでください。何もレンカ人を暗殺しに来るわけじゃないんです。ただちょっと内情を探るだけで」

「けしからん！　以前言ったばかりだろう、わしはこの国を救うために船の派遣を要請したんだぞ！　薄汚いスパイ戦争をさせるためではない！」

「だから、目立つことはしませんよ」

ヒャウスはスコーンをすっかり平らげると、軍服についたくずを払い落としながら言った。

「そもそも、救援隊の服装に関する件を上に認めさせたのは私なんですよ。お膳立てを自分からだめにするような真似をするはずがないじゃありませんか」

「む……まあ、あれはいい考えだったと思うが……」

大使は語気を収めて腰を下ろした。服装に関する件というのは、ダイノンの救援艦隊の人員に、すべて平服を着用させるよう頼んだことである。艦隊には軍艦が含まれるので、当然軍人が乗っているが、それらの人員にも軍服を避けるよう申し入れた。——軍人が上陸してくるとなると、ただでさえ災害で神経過敏になっているレンカの政府や人々、無用に刺激してしまうからだ。

ガーベルウェイフはしばし考えてから、毅然と言った。

「破壊工作はさせないと誓いたまえ」

「誓ったら信じるんですか？」

「約束するんだ！」

ひげを震わせて怒鳴ったガーベルウェイフを、ヒャウスはしばらく見つめていたが、両手を上げた。

「今回は譲りましょう。約束します」

「よし。……いいか、肝に銘じておきたまえよ」

ガーベルウェイフは老いを感じさせない強い眼差しをヒャウスに向けた。

「我々が列強たりえているのは、なにも富裕な国力があるためばかりではない。文化、人倫においても優れているから列強を名乗れるのだ。もしきみが非人道的なことをしたならば、わしは大使の職を投げ打ってでも止めるからな！」

「それが権統国の国益に反してでも？」

「そんなのは国益とは呼ばん、卑益だ！　わしは誇りと理想を示してこそ母国の威を高からしめると信じておる。それはまたレンカ帝国に対してもそうだ。我が国が示す手本にこの国が倣って、高邁《こうまい》な大国家となることを願っておるのだ！」

ヒャウスは立ち上がり、テントを出ていこうとした。入り口のところで振り返った彼の顔には、残念そうな翳りが浮かんでいた。

「大使閣下……あなたがこの地を去るときまで、そのようにご立派であり続けることを願いますよ」

「なんだと」

「レンカ人はね、すでにやってはいけないことをやっているんです」

「どういう意味かね？」

ヒャウスは出ていった。ガーベルウェイフは立ちあがって外へ出たが、武官の姿はどこにもなかった。

傾いた壁と屋根につっかい棒をかまして応急措置を施したり、その中に数トンもある輪転機を押し戻したり、不足してきた発電機の燃料をかき集めたりと、戦場のような大騒ぎになっている印刷工場から、新聞記者のタンジ・ヘリトは一束の紙を抱えてほうほうの体《てい》で逃げ出してきた。

編集局に戻るとまたぞろ雑用を押し付けられるので、通りを少し歩いて崩れた喫茶店まで行く。オープンカフェはテーブルも椅子も散乱してひどい有様だったが、適当な椅子を立てて適当なテーブルに添え、どういうわけかミルクティーが七分ほどこぼれもせず残っていたカップをつまんで、気取った仕草で口をつけた。――が、灰のひどい味がしたので吐き出した。

顔をしかめつつ持ってきた紙を広げる。普通の四分の一の大きさしかない、タブロイド判の新聞である。紙面をきれいにレイアウトする暇もなかったらしく、大小二種の活字をめちゃくちゃに詰め込んだだけの殺風景な体裁だ。

それでも、地震後初めて発行された印刷物だった。ヘリトは食い入るように記事を読んでいった。

大型バイクがどろどろと音を立ててやってきて、そばで止まった。同僚のワショー・グインデルが相変わらずの仏頂面《ぶっちょうづら》でヘリトの脇に腰掛ける。ヘリトは貧弱な新聞から顔も上げずに言った。

「見ろよ、我ら報道人の輝かしき戦果だ。輪転機、どうやって守ったと思う？　あのグラリ一発のあと、工場の人間が総出で縄かけて外へ引っ張り出したんだと。二トン半もあるあいつをだぜ。――その後も雨よけにカバーかけたり、引きちぎったコード結んでつないだり、えらい苦労したそうだ。それだけでもヤソー賞ものの働きだよね」

それから顔を上げて訊いた。

「家、どうだった？」

「無事だった」

グインデルはサングラスを外して、無精ひげで熊のようになった顔をごしごしこすった。

「家族は無傷だった。偶然近所の公園に子供づれで遊びに出ていた」

「そうか！　そりゃよかった！」

ヘリトは顔を輝かせ、グインデルのごつい肩を叩いた。グインデルはにこりともせずまたサングラスをかけ、ヘリトを見た。

「で、あんたは一人で何をしていたんだ。理由もなくおれに時間をくれたわけじゃあるまい」

「ちょっとね。焦りなさんな、まずはこっちに目を通してくれ」

意味ありげに目配せすると、ヘリトは新聞を差し出した。グインデルは拝むようにして受け取る。

「めでたいな、我らがトレンカ彙報《いほう》は耐え切ったか」

「残念ながら社長はやられちゃったよ。そして残念ながら編集局長は生き残った。腕一本折ってるのに平然と喚きたてていた。殺しても死なないんじゃないかね、あの人」

「彼らしい。ふむ、閣僚は全滅だがサイテン議員が臨時首班に、今夕組閣の見込み、か……」

「帝国の首脳が根こそぎ入れ替わりそうな勢いだけど、新内閣も相当苦労するよ」

ヘリトは身を乗り出し、頼まれもしないのに解説を始めた。

「家を焼け出された被災民が推定二百八十万。……四十数万の死者よりも、こっちのほうが重荷になるね。まず食い物だ。プラットじゃ早くも焼け跡で奪い合いが起こってる。帝都圏内の備蓄なんて知れたもんだから、この先飢え死にも出るよ。そして着る物と家。……当面は仮設避難所にかき集めてボロでも着せておくしかないだろうけど、一週間もすりゃ不満が爆発する。新しく建てるにしろ地方に移り住ませるにしろ、相当揉めるな。それに一時金だの補助金だの弔慰金《ちょうい》だので何千億って金がいる。……仕事もなくなっただろうから職の斡旋、学校も潰れたから臨時学級の開設と、政府の仕事はてんこ盛りだ。まあ人間ってのは手間がかかるねえ」

「それでも、無傷ならなんとかなる」

「だなあ。けが人にとっては堪《こた》えるね。医院、病院の倒壊焼失は三割以上、医者も看護師も薬もベッドもそれぞれ一割から三割の減少。診る診ないの順番争いもそこら中で起こってるし、診療報酬の計算がめちゃくちゃになって払うほうも払えないし、請求するほうもてんやわんや。……それに、あれだ。いまだに助け出されていない人間も五万は下らないらしい。そのほとんどは重傷者だろうから、この先医療機関はますますパンクする。いま風邪なんか引いたら命に関わるかもしれない」

「ひどいもんだ。――おや、これで終わりか」

　グインデルは紙面を裏にしたり表にしたりして、首をかしげた。

「地方発の記事は来ていないのか。カンガータや、隣のツヴァークだって救助に動いていると思ったが」

「動いてるよ。地方自治体や陸軍の地方師団が明け方から続々と救援を寄越してる。しかし二つの理由で記事がない。一つは、まだそれらが届いてないんだ」

「まだ？　ツヴァークなんかほんの三十キロじゃないか」

　いやいやいや、とヘリトはもっともらしく首を振る。

「渋滞さ。――陸軍と帝都庁がしゃかりきになって道路を開いてるけどね、ぎっしり詰まった車は一朝一夕にはどけられないし、州境じゃ橋が落ちてる。それに受け入れ態勢も出来ていない。アルフ・ライラーの件は聞いたか？」

「聞いたもなにも見てきた。家の近くだったから」

「ああ、そう。あんな感じで、援助が来てもうまく届けられない。どこに何が必要で、どこに何が集まっていて、どうやって届けるかが、まださっぱり固まってない。だから記事にならないんだ」

「もう一つの理由は？」

　グインデルが尋ねたとき、テーブルのそばに誰かが立った。

「それは新聞か？」

二人は顔を上げた。帯刀した陸軍兵が厳しい顔で見下ろしていた。ヘリトがへらへらと笑って答える。

「そうですよ。お向かいに入った泥棒のことから高皇陛下のお言葉まで、何でもわかるトレンカ彙報は一号九十リング！　でも震災号外は無料です。どうですか」

「不敬なことを言うな」

新聞をつまみあげた兵士はざっと目を通して、ヘリトに尋ねた。

「おまえはこの新聞の記者か？」

「ええ、まあ。ほんとは在野なんですが他局はしっちゃかめっちゃかで――」

「時勢に妨害あると認めるものを統制する、戒厳令の報道規制を知らんのか？」

「なんですって？」

兵士はくしゃくしゃと新聞を丸めてポケットに突っ込むと、刀の柄《つか》に手をかけた。

「流言蜚語《りゅうげんひご》を防ぐために、すべての出版物は軍が検閲することになっている。これは未検閲だ。ちょっと来てもらおうか」

「や、待ってくださいよ」

ヘリトは立ち上がって両手を突き出した。

「僕はしがない記事集めですよ。連れてったって何の役にも立ちゃしません。あっちの本局が元締めです。苦情ならそちらへどうぞ」

「ふむ……それもそうか」

兵士はコートの裾を翻して去っていった。やれやれ、とヘリトが肩をすくめてグインデルを見る。

「あれがもう一つの理由さ。——帝都圏内はともかく、よそとの通信は軍が厳しく監視してる。陸軍各師団の動きなんて記事にしようもんなら、立ちどころに御用ってわけだ」

「局長は大丈夫だろうか」

「なに大丈夫、あの人はジャルーダ戦の奇襲をすっぱ抜いて憲兵一個小隊に踏み込まれたときも、筆之勝剣《ふではこれつるぎにまさる》の額縁抱えて口論四時間ついに論破したってつわものだからね。なんとか言って追い払っちゃうさ」

「だといいが」

つぶやいたグインデルが、声を潜めて言う。

「……それにしても、あんたは相変わらず詳しいな。こんな情勢下なのに」

「蛇の道は蛇ってね。……あんただから言うが、まだまだネタはあるぜ」

「どんな」

「陸軍の虐殺事件なんかどうだ」

「そいつは……」

グインデルは周りを見回し、水桶を抱えた一団の人々が通り過ぎていくと、さらに顔を寄せて言った。

「大ネタだな。おれを追っ払ったのはそのためか？」

「身軽に動きたかったからね。戒厳令は表向き治安維持を謳ってるが、その看板の下で相当な数の卑族民が殺されているらしい。おっと、『卑族民』は公正な表現じゃないな。――ジャルーダ人を市民が吊るし上げたって話はもう周知だが、軍が直接やったのもあるそうだ」

「じゃ、次はそれか」

「うん。もう当たりはつけてあるから、飯でも食ったら現場に行こう」

「飯のあてはあるのか」

そう言われると、ヘリトは途端に情けない顔になった。

「ないよ。……そう言えば昼前に本局でサンドイッチ一枚くすねただけだ」

「もう金では買えないぞ。サンザの食品卸市場にも寄ったが、トラック五百台分の食料が灰になっていた。当分、配給に頼るしかない」

「まあなんとか話をつけるよ、持ってる人がいたら。しかし顔ぐらいは洗いたいね」

ヘリトが針ねずみのようになった顎を撫でると、グインデルが首を振る。

「水も配給だ。一般水栓の使用禁止令が出ている」

「ああ……ひげ剃りてえ」

「露天の三択ってところだ」

「避難所で雑魚寝《ざこね》か、崩れるのを覚悟で空き家に入るか、露天の三択ってところだ」


「かみそりなんか手に入らんな」

「それに眠りたい。一睡もしてない」

「避難所で雑魚寝《ざこね》か、崩れるのを覚悟で空き家に入るか、露天の三択ってところだ」

「しょうがないね、まったく」

ヘリトは革コートのポケットから煙草の箱を取り出して手のひらにあけた。——が、葉くずがさらさらとこぼれただけだった。ねだり顔でグインデルを見る。

「ある？」

「あるがやらん。おれも最後だ」

「堪えるわ、こりゃ……」

今までに見たどの被害よりも深刻だという顔で、ヘリトはテーブルに突っ伏した。

本局のほうから、女の事務員が小走りに走ってきた。ヘリトを見つけると、ここにいたんですか、とやってくる。

「やあ、きみも無事だったか。やっぱり美人にはアマルテのご加護があるもんだね」

ヘリトが呑気《のんき》に片手を挙げると、それどころじゃないです、と事務員は真剣な顔で言った。

「ご家族のこと、聞いてます？」

「さっき聞いたよ。この熊公にもご加護があったなんて、アマルテは趣味がいいのか悪いのか……」

「ヘリトさんですよ。ご実家はバルケードでしょ。ヤクテ村っていうところで土砂崩れがあって全滅したって話が、いま局に……」

がたん、と椅子が倒れた。ヘリトが立ち上がったのだ。

「うちだ……」

ぼんやりとした顔でヘリトは灰色に淀んだ西の空を見た。グインデルが初めて見る、彼の表情だった。


八方手を尽くして無事な建物を探したが、皇宮宮殿、緑鱗離宮、首相官邸、帝都ホテルなど帝都の格式ある施設は軒並み倒壊していて、仮御座所《ござしょ》に相応《ふさわ》しいところはなかなか見つからなかった。しかし、敷地面積二百二十万平米の皇宮北側の森の中に、四代前の高皇が築かせた小さな読書用の宮が残っていることを誰かが思い出して、調べてみると使えそうだとわかり、その「ソロン見書殿《けんしょでん》」が仮御座所となった。

午後四時半、見書殿の広間では数人の人々が重いため息をついていた。一時間ほどの会議が終わりに近づいたところで、その「会議」の本来の構成人数には、大分足りていなかった。

出席者は元老クノロックとサイテン議員、万民院副議長、枢密院議長、それに内親王スミル。――本来はサイテンではなく首相が、そして両院議会議長と宮内府の内大臣、あと二人の皇族も列席していなければならない。

皇族会議。皇族を含めて政治の舵取りをする御前会議とは異なり、皇族や首脳の進退そのものを決定する会議である。

「では、陛下の御安否は据え置きとしたままで、スミル殿下に摂政に就任していただくということで……よろしいかな」

サイテンが一座を見回すと、万民院副議長が疲れ果てたという顔でうなずいた。

「やむを得ません。そろそろ一日がたとうかというのに玉体はお救い申し上げられず、確かめるだけでも十日以上かかる見込みとあっては……」

「法的なこともよろしいですか、枢密院議長閣下。私が関与したことで何か……」

「問題は問題ですが、摂政決定に首相臨席が必要で、首相任命に摂政裁可がいるという仕組みに欠陥がありましたな。堂々巡りですから……。非常時判断に非常時判断を重ねるようで心苦しいが、仕方ありません。順序としては摂政就任が先で、そのあとにすべての御裁可をいただくということになりましょう」

枢密院議長もうなずく。公爵閣下？　とサイテンはクノロックに顔を向ける。

クノロックは憮然とした顔で言った。

「わしに訊いてどうする。相談ならともかく、議決権なんぞない」

「これは失礼を……」

一礼すると、さて、とサイテンは上座に目をやった。

そこでスミルは、先ほどからサイテンの一挙手一投足を確かめるように、じっと目を向けていた。

サイテンが言う。

「本来なら大ヤシュバ寺院にて就任の儀を執り行うところですが、略しまして……内親王スミル殿下。カング高皇陛下に代わって万機を統《す》べ掌《つかさど》りくださいませ」

合わせて、一同が深々と頭を下げた。

スミルはしばらくサイテンを見つめ、やがておもむろに言った。

「サイテン、おまえに尋ねます」

「は」

「おまえが首相として守るものはなんですか?」

サイテンはするりと顔を上げ、淀みなく言った。

「レンカ帝国主権者たる高皇陛下御一家にございます」

スミルは一座を見回し、言った。

「一時、休会にします。私はちょっと考えてまいります」

「殿下、あまりお時間は……」

「すぐ戻ります」

スミルは席を立つと、侍立《じりつ》していたサユカに何事かささやいた。サユカがうなずいて出ていくと、クノロックのそばに行った。

「戻ったら、決めます」

「どちらか一方に手を貸さねばならんわけではないぞ」

すれ違いざまに二人はそう言い交わした。


崩れ残ったどこかの寺院から、重い二点鐘が殷々《いんいん》と響いてきた。

午後五時。いまだ晴れやらずごうごうと鳴る空の下、膨大な瓦礫の山にとりついた大勢の人々が、無言で石を取り除けている。巨大な鉤爪を備えた重機械がうなりを上げて小山を崩すが、少し動くたびに取り付いた人が手を上げて制止し、その都度、人力での作業が必要になるのだった。

グノモン宮。サユカが調べた通り、セイオはそこにいた。

彼は宮から少し離れたエアサイトの片隅に立っていた。その前には中身の詰まった細長いゴムの袋が等間隔で並べられていた。ざっと見ただけで百以上はあるだろうか。その前で、セイオはポケットに両手を突っ込み、ややうつむき加減でじっと立っていた。

何も知らなくとも、ゴム袋の形からその正体は察せられた。スミルがそこに近づくには大変な勇気が必要だった。セイオの背だけを注視して袋から目を逸らし、彼の隣までたどりついた。

横目で彼の顔をうかがいながら言う。

「帝都庁にいると思いました」

「すぐに戻る。別れを告げに来ただけだ」

「誰に？」

セイオは無言で顎を動かした。並んだ袋のどれを指したのか、スミルにはわからなかった。

戸惑いを読み取ったようにセイオが言った。

「このどれかが、おれの恩師だ。こんな有象無象どもと一緒にしたくなくてここへ来たが、手遅れだった」

「……シマックのことですね。他は？」

「あれだ」

声をかければ届くような近いところで、数人の救助隊員が掛け声をかけて、瓦礫から何かを引きずり出した。一目見てスミルは顔を背け、口元を押さえた。――衣服と皮膚が隠しているはずの人体の諸々を、目の当たりにしてしまったのだ。

「議員どもだ」

しゃがみこみ、喉からいやな音を漏らすスミルを気遣いもせず、セイオが言う。

「閣下は生きて連中と相対なさるはずだった。死んで枕を並べるのはさぞかし不本意なことだと思う」

「あなたは……」

しゃがんだまま、目の涙を拭いてスミルはセイオを見上げる。

「死者を罵倒して恥ずかしくないの？　それも、堂上の貴人たちのことを」

「知ったことか」

セイオは振り向いた。冷ややかな敵意の眼差しがデータグラスを貫いてスミルに届いた。

「おれが貴いと思うのは、相手を尊重することのできる人だけだ。――すべての相手を」

「どうして……どうしてそのような目で見るのです」

スミルが持ち堪えるためには、同じだけの強さを眼差しに込めなければならなかった。

彼を責める気持ちを。

立ち上がる。

「貴人たちを憎み、帝国民を憎み、私まで憎んで……あなたは何を守ろうとしているの？」

「弱き者を」

その言葉には一片の気負いもなかった。ましてや、羞恥も矜持《きょうじ》も。

「人が苦しむとき、おれに力があるなら、おれは助ける。貴人だの、帝国人だの、金持ちだの、貧乏人だのといったことは何も関係ない。……そうありたいと思っている」

ふとスミルは気づいた。彼は自分に対して憤りを抱いているようだが、その怒りを何か別の感情が支えているような気がしたのだ。セイオの目にあるのは……

悲しみ？

「あなたは……何かを失ったのですか？」

「そうだ」

「それは私の……いえ、皇族のせいなの？」

「皇族が何かしたわけじゃない。……だが、確かにあなたたちのせいなんだ」

「それは」

一体どんなことなの、と尋ねようとしたとき、びょう、と強い風が吹いた。

救助現場から巻き上げられた塵雲がスミルを襲った。顔をかばい、再び目を開けると、インバネスの背はすでに遠ざかりつつあった。

「もし！」

スミルは叫んだ。

「もし私が傷ついたら！　あなたは助けるの⁉」

セイオは振り返り、きっぱりと言った。

「助ける。あなたが皇族であってもだ」

皇族であっ、あっても。

胸の中の何かが砕かれたような気がして、スミルは声を出せなかった。

ただ、越えがたい壁のようなものを感じて、遠ざかる背を見つめ続けた。


五月四五日午後六時、ハルハナミア内親王スミルはレンカ帝国摂政に就任した。

摂政は就任とともにジスカンバ・サイテンを内閣総理大臣に任命した。新内閣は内相、逓信相《ていしんしょう》、商工相、窮理相、鉄軌相が兼任となる極めて異例の寡頭陣容。世人は旬日を経ずしてこれを地震内閣と呼んだ。この成立をもって、陸軍布告の戒厳令は政府の国家非常事態宣言へと移行した。

その一時間後、摂政は二つの勅命を発した。

一つは帝国震災委員会の設置令。目的は地震によって崩壊した帝国政府の再建。委員長はサイテン首相、副委員長は陸軍参謀総長リューガ中将、委員は貴族を主体とした。

もう一つは帝国復興院の設置令。目的は地震によって崩壊した帝国社会の再建。総裁はランカベリー元ジャルーダ総督府参事、副総裁は天軍軍令部総長ザグラム少将、実務を担当する参与には旧ジャルーダ総督府員と各省次官級文官を充《あ》てた。

四五日午後七時の段階で判明した死者、行方不明者は四十九万六千五百名。直接の被害総額は九兆九千億リング。それぞれ帝都人口の約一割、帝国国家予算の約二割。いずれも暫定的な数値で、今後も確実に増加すると予想された。

ネリは掃除道具入れの狭い倉庫で下着だけになり、濡らした手ぬぐいで体を拭いていた。ナーヤ・フォンクは手伝うと言ってくれたが、飲み水を洗い用に分けてもらっただけでも悪いからと言って、ネリは断った。

本当は目立つからだった。ナーヤはただでさえ派手な化粧と奇妙な衣装なのに、丸一日ほったらかしたせいで仮装行列から脱け出してきた道化のような姿になっていて、一緒に歩くのが恥ずかしかったのだ。

とはいえ、ネリはナーヤのことが嫌いではなかった。大好きになったと言っても良かった。ナーヤや、尼僧のシスター・サリマーとは、昼の間に大の仲良しになった。なにが嬉しいと言って、ネリのことを厄介者扱いせず、荷物運びの一人として——時に容赦がないほど——頼ってくれたことが一番嬉しかった。

「うふふ……」

思い出し笑いしながら、銅のバケツに水を浸して手ぬぐいを絞る。車椅子にかけたまま、腕や胸を拭いていく。ほこりと汗と、血と灰でがさがさした肌が、ひんやりとした水で拭われて、とても気持ちよかった。

下着の中まで拭いたが、それより下はちょっと無理だった。——膝は親切な大工の男が巻いてくれた包帯に包まれていた。その内側もじくじくして不快だったが、膝が伸びて痛むので、前かがみになることができなかった。

まあいいか、とネリはあきらめた。

出し抜けに倉庫の扉が開いた。逆光の中に人影が浮かび上がる。ネリはひゅっと息を呑んだ。

「……おや？」

その人は驚いたように動きを止めたが、背後で何やら硬い靴音がし、こっちだ、という声が聞こえると、猫のようにするりと倉庫に入ってきて、そっと扉を閉めた。

その背中を、ネリはぶるぶる震えながら見つめた。象牙色のマントのようなものを身に着けた小柄な人物。銀色の長い髪を背に流しているが、肩の張り具合で男だとわかる。

襲われる。

「だ、誰か……」

悲鳴を上げようとすると、さっと男が振り返った。いや、少年だ。まだ二十歳にもなっていない。整った顔立ちで、瞳は銀色——

少年は両手で目を覆った。

「見ない、約束する」

「……え？」

突飛な仕草に、ネリは悲鳴を忘れて口を閉じた。少年が小声でささやいた。

「婦人がいる、とは思わなかった。絶対に見ない、し触れな、い。だから声を出さ、ないでくれ。頼、む」

帝国語だったが、奇妙な発音だった。言葉の内容よりも、声に込められた切迫した調子に気圧《けお》されて、ネリはこくこくとうなずいた。

少年はネリの脇を通って、車椅子の後ろに潜り込み、小さく小さく体を丸めた。ほとんど同時に足音が近づいてきて、再び扉が開かれた。

「……なんだ、おまえは」

抜刀した兵隊が立っていた。血走った目で半裸のネリを一瞥し、倉庫の中を見回し、またネリを見る。

「街娼か？」

ガイショウという言葉の意味はわからなかったが、蔑むような眼差しにネリは嫌悪を覚えた。勇気を振り絞って声を出した。

「か、体を拭いていただけです。見ないで！」

「餓鬼でも口は一人前か……」

謝罪の言葉もなく兵士は扉を閉めた。どうだ、いやいない、というやり取りが聞こえ、じきに足音が遠ざかっていった。

「はあっ……！」

ネリは腹の底から息を吐いた。心臓がどくどくと鳴り、腋の下が一瞬で濡れてしまっていた。

ごそごそと少年が出てきて、ネリの前に回った。両目を押さえたまま頭を下げる。

「助かっ、た。きみは命のおんじ、んだ。一生忘れな、い」

「う、うん……」

「では、これで」

「待って」

背を向けた少年に声をかけてから、ネリは口を押さえた。しまった、と思った。軍隊に追われているような人を引き止めたら、自分の身も危ない――

少年が後ろ向きのまま言った。

「何も訊かないほう、がいいぞ。余に関われ、ばきみも捕まる」

「……わかってる」

「心配する、な。もし捕まって、も決してきみの、ことは言わない」

「……ありがとう」

「では」

「待って」

今度は、はっきりと決心して引き止めた。聞けば聞くほど、少年の人柄と窮状がひしひしと伝わってきたから。

ネリは震える胸を押さえて言った。

「もう少し待ったほうがいいと思う。まだ近くにいるかもしれない」

「……いいのか？」

「うん。……見ないんでしょ」

「ああ」

少年は扉を背に座り込み、ぐったりとうなだれた。ネリはワンピースを身に着けながら彼を観察した。避難民と同じように汚れているが、それ以上に疲れ切っているようだった。服を着ると少し落ち着いた。ネリは、もったいなくて使わずにおいたもう一杯の水を差し出した。

「水……飲む？」

「あるのか」

「バケツだけど……あと、もう目を開けていいよ」

おずおずと手をのけた少年は、ネリの姿を見てほっとしたように目を細めたが、バケツを差し出されると飢えた獣のようにひったくって、ごくごくと飲み干した。

きゅう、と胸が締め付けられるような感じがして、ネリは尋ねる。

「飲んでないの？」

「ああ、丸一日」

「じゃあ食べ物も？」

「ああ」

「ごめん、食べ物はないの……」

「構わ、ないこれ、で十分だ」

さすがに一杯丸々は飲まず、適当なところで少年はバケツを置いた。とても嬉しそうに微笑んでいた。

だが、ネリの膝に目を止めると暗い顔になった。

「けがをしたのか」

「いいの、別に。元からよくなかったから。手じゃなくてかえって助かったわ」

「汚れている」

包帯は水運びの時にこぼれた水で濡れ、赤黒い血がにじんでいた。腐ってしまうぞ、と少年はやや露骨な言い方で心配した。

「洗ったほうがいい」

「でも……」

「余がやって、やる」

「え」

断る暇もなかった。少年は包帯をくるくると外してしまった。現れた傷口を見てつぶやく。

「ああ、やっぱり。……少し痛む、ぞ」

もうネリは抵抗しなかった。バケツの水をすくって注ぐ、少年の手のざらついた感触にも、ぎゅっと口を閉じて耐えた。何か恩返しをしたいという彼の気持ちを、痛いほど感じていた。

仕上げに少年はマントの裾を裂いて新しい包帯にしてくれた。巻き終わるころには、ネリもすっかり警戒心を解いていた。

終わると少年は立ち上がった。もういいな、と確かめるように訊く。

「うん」

「では」

「待って」

三度、ネリは声をかけた。しかし、もう引き留めるつもりではなかった。

振り向いた少年に言う。

「私、ネリ・ユーダ。あなたは？」

ネリは包帯に手を触れた。そして、とても上等な布地だとわかってびっくりした。

「サイ……」

白い歯を見せて笑い、少年は出ていった。

「サイ」

王紀四四〇年五月四六日零時〇〇分星間電

発・レンカ帝国　摂政スミル

宛・ダイノン連邦権統国　トングルハー大権統

「貴国政府及び国民の厚情の発露に満腔《まんこう》の感謝の意を表す。帝国政府と臣民は甚大なる損傷を受くるも、上下合力し従前に増す発達のために邁進せん。貴我両国の懇交に一層の強固を加え、もって宇宙和平の絆をますます強靭ならしむべきは妾《わらわ》の信じて疑わざるところなり。高皇カングに代わり、摂政スミルこれを返報す」

小川一水作品

第六大陸1
二〇二五年、御鳥羽総建が受注したのは、工期十年、予算千五百億での月基地建設だった

第六大陸2
国際条約の障壁、衛星軌道上の大事故により危機に瀕した計画の命運は……。二部作完結

復活の地I
惑星帝国レンカを襲った巨大災害。絶望の中帝都復興を目指す青年官僚と王女だったが…

復活の地II
復興院総裁セイオと摂政スミルの前に、植民地の叛乱と列強諸国の干渉がたちふさがる。

復活の地III
迫りくる二次災害と国家転覆の大難に、セイオとスミルが下した決断とは？　全三巻完結

小川一水作品

老ヴォールの惑星

SFマガジン読者賞受賞の表題作、星雲賞受賞の「漂った男」など、全四篇収録の作品集

時砂の王

時間線を遡行し人類の殲滅を狙う謎の存在。撤退戦の末、男は三世紀の倭国に辿りつく。

フリーランチの時代

あっけなさすぎるファーストコンタクトから宇宙開発時代ニートの日常まで、全五篇収録

天涯の砦

大事故により真空を漂流するステーション。気密区画の生存者を待つ苛酷な運命とは？

青い星まで飛んでいけ

閉塞感を抱く少年少女の冒険から、人類の希望を受け継ぐ宇宙船の旅路まで、全六篇収録

野尻抱介作品

太陽の簒奪者
太陽をとりまくリングは人類滅亡の予兆か？
星雲賞を受賞した新世紀ハードＳＦの金字塔

沈黙のフライバイ
名作『太陽の簒奪者』の原点ともいえる表題
作ほか、野尻宇宙ＳＦの真髄五篇を収録する

南極点のピアピア動画
「ニコニコ動画」と「初音ミク」と宇宙開発
の清く正しい未来を描く星雲賞受賞の傑作。

ヴェイスの盲点
ロイド、マージ、メイ――宇宙の運び屋ミリ
ガン運送の活躍を描く、〈クレギオン〉開幕

フェイダーリンクの鯨
太陽化計画が進行するガス惑星。ロイドらは
そのリング上で定住者のコロニーに遭遇する

ハヤカワ文庫

野尻抱介作品

アンクスの海賊

無数の彗星が飛び交うアンクス星系を訪れたミリガン運送の三人に、宇宙海賊の罠が迫る

サリバン家のお引越し

メイの現場責任者としての初仕事は、とある三人家族のコロニーへの引越しだったが……

タリファの子守歌

ミリガン運送が向かった辺境の惑星タリファには、マージの追憶を揺らす人物がいた……

アフナスの貴石

ロイドが失踪した！　途方に暮れるマージとメイに残された手がかりは〝生きた宝石〟？

ベクフットの虜

危険な業務が続くメイを両親が訪ねてくる!?しかも次の目的地は戒厳令下の惑星だった!!

ハヤカワ文庫

次世代型作家のリアル・フィクション

マルドゥック・スクランブル
The 1st Compression――圧縮〔完全版〕
冲方 丁
自らの存在証明を賭けて、少女バロットとネズミ型万能兵器ウフコックの闘いが始まる。

マルドゥック・スクランブル
The 2nd Combustion――燃焼〔完全版〕
冲方 丁
ボイルドの圧倒的暴力に敗北し、ウフコックと乖離したバロットは〝楽園〟に向かう……

マルドゥック・スクランブル
The 3rd Exhaust――排気〔完全版〕
冲方 丁
バロットはカードに、ウフコックは銃に全てを賭けた。喪失と安息、そして超克の完結篇

マルドゥック・ヴェロシティ１〔新装版〕
冲方 丁
過去の罪に悩むボイルドとネズミ型兵器ウフコック。その魂の訣別までを描く続篇開幕！

マルドゥック・ヴェロシティ２〔新装版〕
冲方 丁
都市政財界、法曹界までを巻きこむ巨大な陰謀のなか、ボイルドを待ち受ける凄絶な運命

神林長平作品

敵は海賊・海賊版

海賊課刑事ラテルとアプロが伝説の宇宙海賊匋冥に挑む！　傑作スペースオペラ第一作。

敵は海賊・猫たちの饗宴

海賊課をクビになったラテルらは、再就職先で仮想現実を現実化する装置に巻き込まれる

敵は海賊・海賊たちの憂鬱

ある政治家の護衛を担当したラテルらであったが、その背後には人知を超えた存在が……

敵は海賊・不敵な休暇

チーフ代理にされたラテルらをしりめに、人間の意識をあやつる特殊捜査官が匋冥に迫る

敵は海賊・海賊課の一日

アプロの六六六回目の誕生日に、不可思議な出来事が次々と……彼は時間を操作できる!?

クラッシャージョウ・シリーズ／高千穂遙

人面魔獣の挑戦

暗殺結社からの警護を依頼してきた要人が殺害された。契約不履行の汚名に、ジョウは？

美しき魔王

暗黒邪神教事件以来消息を絶っていたクリスが病床のジョウに挑戦状を叩きつけてきた！

悪霊都市ククル 上下

ある宗教組織から盗まれた秘宝を追って、ジョウたちはリッキーの生まれ故郷の惑星へ！

ワームウッドの幻獣

ジョウに飽くなき対抗心を燃やす、クラッシャーダーナが率いる〝地獄の三姉妹〟登場！

ダイロンの聖少女

圧政に抵抗する都市を守護する聖少女の護衛についたジョウたちに、皇帝の刺客が迫る！

著者略歴　1975年岐阜県生，作家　著書『第六大陸』『老ヴォールの惑星』『時砂の王』『天涯の砦』『フリーランチの時代』『天冥の標Ⅱ　救世群』（以上早川書房刊）他多数

HM=Hayakawa Mystery
SF=Science Fiction
JA=Japanese Author
NV=Novel
NF=Nonfiction
FT=Fantasy

復活《ふっかつ》の地《ち》 I

〈JA761〉

二〇〇四年六月十五日　発行
二〇一二年九月十五日　六刷

（定価はカバーに表示してあります）

著　者　小《お》川《がわ》一《いっ》水《すい》

発行者　早川　浩

印刷者　入澤誠一郎

発行所　株式会社　早川書房

郵便番号　一〇一 - 〇〇四六
東京都千代田区神田多町二ノ二
電話　〇三 - 三二五二 - 三一一一（大代表）
振替　〇〇一六〇 - 三 - 四七七九九
http://www.hayakawa-online.co.jp

乱丁・落丁本は小社制作部宛お送り下さい。
送料小社負担にてお取りかえいたします。

印刷・星野精版印刷株式会社　製本・株式会社川島製本所

ISBN978-4-15-030761-5 C0193

本書は活字が大きく読みやすい〈トールサイズ〉です。